南 英男

刑事図鑑

実業之日本社

実業之日本社文庫

目次

第一話　炎の代償

1

気持ちが和《なご》む。

頬も緩《ゆる》みそうだった。ここしばらく殺伐《さつばつ》とした凶悪事件がつづき、幾分《いくぶん》、気が滅入《めい》っていた。

眼下に見える葉桜《はざくら》は瑞々《みずみず》しい。

満開時のソメイヨシノとは異《こと》なる趣《おもむき》がある。芽吹《めぶ》きはじめた別の樹々《きぎ》も、生命力にあふれていた。二〇二四年四月上旬のある昼下がりだ。

加門昌也《かもんまさや》は警視庁本部庁舎の窓辺に立ち、日比谷《ひびや》公園を眺めていた。六階からだった。春の陽光は柔らかい。

四十二歳の加門は、刑事部捜査一課第五強行犯《きょうこうはん》捜査殺人犯捜査第五係の係長である。職階は警部だった。

殺人犯捜査は第一係から第七係まである。第三強行犯捜査から第五強行犯捜査のいずれかに所属していた。課員は約三百五十人だ。

加門は数日前まで、四谷《よつや》署に設置された捜査本部事件の捜査に携《たずさ》わっていた。事件は、いわゆる連続猟奇殺人だった。

被害者の三人は共通して二十代で、セクシーな美女だ。彼女たちは鋭利な刃物で喉《のど》を真一文字《まいちもんじ》に掻《か》き切られ、乳房を抉《えぐ》り取られていた。それでいて、性的な暴行は受けていなかった。変質者の犯行臭い。

加門は十一人の部下と四谷署に出張《でば》り、所轄署の刑事たちと捜査に乗り出した。

都内で事件が発生すると、まず警視庁機動捜査隊と地元署員たちが臨場《りんじょう》する。当然、鑑識係員や検視官も事件現場に駆けつける。真っ先に鑑識作業が行なわれる。

初動班の面々は事件の全容を把握《はあく》すると、一両日、犯行現場周辺で聞き込み捜査に励《はげ》む。しかし、それだけで犯人を割り出せることは稀《まれ》だ。

たいてい捜査は所轄署に引き継《つ》がれる。窃盗や傷害事件などは地元署が処理することが多い。

都内で殺人事件が起こった場合は、警視庁が所轄署の要請に応じて捜査本部を設《もう》ける。他《た》の道府県警察本部も同様だ。所轄署に捜査本部を置くことを警察用語で、帳場が立つという。

警視庁は、捜査一課の管理官や強行犯捜査殺人犯捜査係を捜査本部に送り込む。彼らは所轄署の刑事と協力し合って、事件解明に当たる。犯罪の大きさにもよるが、本庁はまず十数人の捜査員を所轄署に出張《でば》らせる。

いかなる事件でも、捜査の基本手順は変わらない。

初動捜査の情報に基《もと》づいて、鑑取《かんど》りや地取《じど》り捜査から開始する。被害者の交友関係などを洗うのが鑑取りだ。正しくは敷鑑《しきかん》捜査と呼ぶ。地取りは、目撃証言などを事件現場周辺で集める聞き込みのことだ。現在、捜査本部事件は一カ月が第一期とされている。その間に犯人を逮捕できない場合は、捜査員の数が段階的に増やされる。難事件になると、延べ動員数が千人を超える。

加門たちは、四谷署管内で起こった連続猟奇殺人事件の加害者を第一期内に捕まえた。

犯人は三十二歳のニートだった。

逮捕された男は資産家の息子で、名門私立大学を卒業していた。しかし、一度も定職に就《つ》いたことはなかった。父親に小遣いを貰《もら》いながら、若い女性を理由もなく嬲《なぶ》りつづけていた。

加害者は幼いころから継母に辛《つら》く当たられ、女性に対する憎しみを募《つの》らせていた。社交性に乏《とぼ》しく、容姿コンプレックスも強かった。そうした要因が犯行の引き金になったのだろう。

その前の捜査本部事件も遣《や》り切れなかった。

名門私立中学校の受験に失敗した少年がいたずらに劣等感にさいなまれ、五キロの鉄亜鈴《てつあれい》でエリート官僚の父親を撲殺《ぼくさつ》してしまったのだ。

その種の尊属殺人は年ごとに増加している。いつから家庭は安らぎの場ではなくなってしまったのか。犯人の少年は、競争社会の犠牲者だったのかもしれない。

加門は窓辺から離れた。

自席に戻り、送致手続きの書類に目を通しはじめる。テレビの刑事ドラマでは捜査員たちがいつも聞き込みや張り込みをしているように描《えが》かれているが、デスクワークに費《つい》やす時間も長い。

「係長《ハンチョウ》、コーヒーを淹《い》れましょうか?」

斜め前の席に坐った部下の向井雅志《むかいまさし》巡査部長が、すぐに声をかけてきた。

向井は三十四歳で、筋骨隆々としている。背も高い。大学時代はアメリカンフットボール部に所属していた。

「いや、いいよ」

「そうですか。このまま何日も大きな事件《ヤマ》が起こらないといいですね？」

「ああ、そうだな。おれたちが暇《ひま》を持て余すような世の中になってくれればいいんだが……」

「それを望むのは無理でしょう？」

「残念ながらな」

　加門は小さく苦笑した。

「妙なことを訊《き》いてもいいですか？」

「改まって、なんだい？」

「係長《ハンチョウ》は、なぜ警察官《サッカン》になったんです？」

「ガキのころ、学校帰りに家の近くの交番《ハコ》に立ち寄ってたんだ。おれの両親は共働きだったんで、ひとりっ子のこっちは鍵っ子だったんだよ」

「地域課のお巡りさんが子供好きだったようですね？」

「そうなんだ。中年の交番警官は優しくて、よく話し相手になってくれたよ。自分のポケットマネーで、スナック菓子や缶ジュースも買ってくれたな」

「その方は、子供に恵まれなかったんですか？」

「いや、おれよりも十歳年上の息子がいたんだ。でもな、小二の夏休みに市営プールの吸水口に嵌《は》まって水死してしまったらしい。吸水口の蓋《ふた》がずれてたそうだよ」

「かわいそうに。そんなわけで、係長に優しく接してくれたんですね？」

「そうなんだろうな。神林《かんばやし》という名だったんだが、おれが小五のときに殉職したんだ。踏み切りの真ん中でレールに車輪を嵌《は》めてしまった車椅子に乗ってた身障者の青年を救出しようとして、自分だけ電車に撥《は》ねられてしまったんだよ。享年《きょうねん》四十八だった」

「偉い男性《ひと》ですね」

「おれは命懸《が》けで職務を全《まっと》うした神林さんに胸を打たれて、同じ仕事を選ぶ気になったんだ」

加門は言って、口を閉じた。神奈川県鎌倉《かまくら》市生まれの彼は地元の県立高校を卒業すると、都内の中堅大学の法学部に入った。そして、卒業と同時に警視庁採用の警察官になった。いわゆる一般警察官《ノンキャリア》だ。

加門は警察学校を出ると、巣鴨《すがも》署の生活安全課に配属になった。数年後に刑事に昇任されて神田《かんだ》署の刑事課に異動になり、さらに複数の所轄署を渡り歩いた。本庁勤務になったのは、およそ三年半前だ。

「自分、なんか恥ずかしくなりました。わたしの志望動機は実に不純なんですよ」

「不純？」

「ええ、そうです。自分、高一のときに渋谷《しぶや》の裏通りで同世代の輩《やから》たちに因縁《いんねん》をつけられて、有り金と腕時計を巻き上げられちゃったんですよ」

「警察官になれば、他人《ひと》になめられないだろうと考えたわけか」

「その通りです。不純ですよね？」

「動機はどうあれ、警察官は正義感を忘れてなきゃ、それでいいんじゃないか」

「そう言ってもらえると、なんか気持ちが軽くなります。ついでに、もう一つ教えてください」

「何が知りたいんだ？」

「係長《ハンチョウ》は女嫌いなんですか？」

「女好きだよ、おれは。しかし、結婚したいと思うような女性と巡り逢《あ》えないんだ」

「世の中の女性たちは、どうかしてますね。係長《ハンチョウ》はマスクがいいし、俠気《おとこぎ》もある。どうして係長《ハンチョウ》になびかないんでしょう？」

「おまえに心配してもらわなくてもいいよ」

「ちょっと生意気《なまいき》でしたね。謝《あやま》ります」

「いいさ、気にするな。おれのことよりも、ジュニアの誕生はまだなのか？　結婚して二年数カ月になるんだったよな」

「ええ。それなりに子づくりに励んでるんですが、妻が妊娠する気配はないんですよ。ひょっとしたら、自分、種《たね》なしなのかもしれません。子供のころ、お多福《たふく》風邪に罹《かか》ってますんで」

「おれの従兄《いとこ》もお多福風邪を患ったが、四人の子持ちになってるぞ。あまり科学的な根拠はないんじゃないのか」

「そうなんでしょうかね。それはそうと、妻の母方の叔母が三十八歳なんですが、なかなかの美人なんですよ。外資系の会社で役員秘書をやってて、語学力もあります。一度、紹介させてください」

　向井が真顔《まがお》で言った。

「才色兼備の女性は、おれにはもったいないよ」

「係長《ハンチョウ》となら、お似合いだと思うな。わが家でホームパーティーを開きますので、ぜひ妻の叔母に会ってみてくれませんか」

「せっかくだが、遠慮しておこう。悪いな」

　加門は詫《わ》びた。向井が残念そうな表情でうなずいた。

加門は三十二歳のとき、上司の勧めで見合いをしたことがある。相手は警察庁幹部の次女だった。五つ年下で、その美貌は目立った。頭の回転もよかった。警察官僚の娘でありながら、上昇志向はなさそうだった。

加門は見合い相手とデートを重ねた。いつしか恋情が膨《ふく》らんでいた。いずれはプロポーズする気でいた。

しかし、八カ月後に思いがけない展開になった。相手が大物国会議員の二世政治家と電撃的に婚約したのだ。加門は相手にからかわれていたような気がして、いたく傷ついた。失望と幻滅も大きかった。

そんな苦い体験があって、その後、加門は恋愛に慎重になっていた。交際を申し込まれたことは一度や二度ではない。だが、興味をそそられる女性はひとりもいなかった。結婚したくなるような相手は現われなかった。

そうこうしているうちに、四十代になってしまった。だが、別に焦《あせ》りは覚えていない。当分、結婚する気はなかった。本庁勤めになってからは、下北沢《しもきたざわ》の賃貸マンションで独り暮らしをしている。

間取りは１ＬＤＫだが、特に狭いとは感じていない。もっぱら外食で、めったに自炊することはなかった。

鎌倉の実家には老《お》いた両親が住んでいるが、ちょくちょく電話はしている。どちらかが亡《な》くなったら、実家に戻るつもりだ。

卓上の警察電話が鳴った。

内線ランプが点滅している。加門は受話器を摑《つか》み上げた。

発信者は捜査一課長の勝又誉《かつまたほまれ》警視だった。五十二歳で、ノンキャリア組の出世頭だ。

捜査一課は現場捜査畑では花形セクションだが、出世コースではない。エリートコースは警備部と公安部だ。どちらの課も課長は若手の有資格者《キャリア》である。

彼らは行政官としては有能だ。警視総監や副総監まで登りつめるのは、ほとんど警備部か公安部出身者と言っても過言ではない。

「昨夜《ゆうべ》、赤坂《あかさか》署管内で画廊の女性社長が絞殺された事案《じあん》は知ってるね？」

「ええ」

「赤坂署の要請で、明日の午前中に捜査本部《チョウバ》を立てることになった。とりあえず、五係に出張《でば》ってもらいたいんだよ」

「わかりました」

「初動捜査資料がわたしの手許《てもと》に届いてる。こちらに来てくれないか」

「すぐに向かいます」

加門は電話を切り、すっくと立ち上がった。

捜査一課の刑事部屋は広い。人影は疎《まば》らだ。昼間は、いつも空席だらけだった。同じフロアに、捜査一課長室、刑事部長室、刑事総務課、捜査二課、捜査三課などがある。

九階にある組織犯罪対策部は暴力団絡《がら》みの犯罪摘発に当たっているせいか、強面揃《こわもてぞろ》いだ。口の悪い警察《サツ》回りの新聞記者は、組対《そたい》部の刑事部屋を〝組事務所〟と冗談半分に呼んでいる。

加門は捜査一課長室に急ぎ、ノックをして入室した。課長の席の前にたたずむ。

「ご苦労さん！　これに目を通しといてくれないか」

勝又が水色のファイルを差し出した。

加門は軽く頭を下げ、ファイルを受け取った。

初動捜査関係の調書がひとまとめにされ、死体見分書や解剖所見の写し、鑑識写真の束《たば》が挟み込んであった。だいぶ分厚い。

「被害者の折戸里佳《おりとりか》、四十一歳は経営してるギャラリーの奥にある事務室で殺害されてたんだ」

「死亡推定時刻は？」

「きのうの晩の十時から十一時半の間とされた。凶器は黒い革紐《かわひも》だ。死因は頸部《けいぶ》圧迫による窒息だった」

「第一発見者は？」

「広瀬芳正《ひろせよしまさ》、三十四歳だ。あまり売れていない洋画家だよ。広瀬は女社長に電話で呼び出されて、昨夜十時十五分ごろに事件現場のギャラリーを訪ねたと供述してる」

勝又課長が言って、緑茶をひと口啜《すす》った。

「事件通報者は、広瀬という画家なんですね？」

「そう。しかし、広瀬が一一〇番通報をしたのは十時四十分ごろなんだよ。死体を発見しても、なぜだかすぐには通報していない。それがちょっと気になるんだ。加門君、どういうことなんだろうな」

「広瀬と被害者は親密な間柄だったんではありませんか。女性の画商が夜の十時過ぎに画家と仕事の打ち合わせをするとは、ちょっと考えにくいですので」

「なるほど。きみの推測が正しければ、殺された女性社長は年下の男と不倫してたことになるな。折戸里佳は人妻なんだよ」

「夫のことを教えてください」

「連れ合いの折戸幸司《こうじ》は、ゴルフのレッスンプロだよ。四十五歳だったと思う。二十代の半《なか》ばに華々《はなばな》しくプロデビューしたんだが、三十代の後半に腰を傷《いた》めてしまった。それまでは賞金だけで喰《く》えていたんだが、いまはゴルファー仲間が経営してるゴルフ練習所で雇われインストラクターをやってる」

「どのくらい稼いでるんです？」

加門は畳み込んだ。

「年収三百万円程度らしいから、経済的には大変だろうな」

「妻が経営してる画廊は儲《もう》かってたんですね？」

「ああ。国税庁から取り寄せたデータによると、折戸画廊の前年度の年商は約十六億円もあった。画商の取り分はおよそ三十パーセントらしいから、粗利《あらり》は四億八千万円前後だね。そこから諸経費を差し引いても、ギャラリーの純利益は二億四、五千万円にはなるだろう」

「でしょうね。被害者は贅沢《ぜいたく》な生活をしてたのかな」

「衣食住のすべてに金をかけてたそうだよ。女性社長はポルシェ、ベンツ、ＢＭＷの三台を所有して、青山のセレクトショップで毎月数百万円の服やアクセサリーを買ってたらしい。夫もベントレーを乗り回し、高級クラブを飲み歩いてるようだ。妻の稼ぎがなきゃ、そんな真似《まね》はできないだろう」

「犯人は不倫相手か旦那のどっちかじゃないかと睨《にら》んでるんだが、流しの物盗《と》りという可能性もあるんだ」

「そうでしょうね」

「事務室から金が消えてたんですね？」

「それはまだはっきりしないんだが、初動捜査の報告によると、耐火金庫の扉が半開きになってたらしいんだ。金の延べ棒は盗《と》られてなかったそうだが、現金はまったく見つからなかったというんだよ」

「儲かってた画廊なら、一千万円前後の現金は常時、金庫に入れてあるでしょう」

「だろうね。そのことを考えると、痴情《ちじょう》の縺《もつ》れと断定するのは……」

「ええ、予断《よだん》は禁物ですよね。折戸画廊に防犯カメラは？」

「出入口に設置されてるんだが、犯人は事前に防犯カメラに白いスプレーを噴霧《ふんむ》したんだよ」

「その直前の映像には、犯人の姿が映ってそうだな」

「初動班が映像をチェックしたら、不審者の右手しか映ってなかったんだ。不審者は革手袋を嵌《は》めてたという話だったね」

「そうですか。課長、ギャラリーの出入口はロックされていたのでしょうか？」

「いや、ロックはされていなかった。被害者は広瀬が来ることになってたんで、ロックしなかったんだろうな」

「多分、そうなんでしょう。事務室のドアノブから、第一発見者の広瀬の指掌紋《しょうもん》は出てるんですね？」

「ああ、それはな。しかし、事務室からは犯人のものと思われる指紋や掌紋は採《と》れなかったそうだ。ただ、凶器の革紐から犯人の皮脂と汗が検出されたんで、ＤＮＡを検《しら》べてるそうだよ」

「そうですか」

「犯人が被害者の背後に回り込んで、首に革紐を回したことは間違いないね。女性社長が少しは抵抗しただろうから、加害者の毛髪や繊維片《せんいへん》が現場に落ちてるはずだが、それだけで犯人を割り出すことは難しいかもしれない。ただね、被害者の右手の爪の間に皮膚片が付着してたというから、有力な手がかりにはなるだろう。もう間もなくＤＮＡ鑑定の結果が出ると思う」

「課長、被害者と夫の関係はどうだったのでしょう？」

「画廊の従業員や画家たちの証言によると、折戸夫婦は必ずパーティーには揃って出席してたようだが、どこか態度がよそよそしかったらしい」

勝又が言った。

「そうなら、二人の仲はとうの昔に冷え込んでたんでしょう」

「おそらく、そうだったんだろうね。捜査資料をよく読み込んでおいてくれないか」

「わかりました」

加門は課長室を出て、刑事部屋に戻った。

自席に着き、ファイルの間から真っ先に死体写真を抓《つま》み出す。事件現場で撮《と》られた鑑識写真だ。

絞殺された折戸里佳は、両袖机《りょうそでづくえ》の近くで倒れている。仰向《あおむ》けだった。首を絞められた後《あと》、椅子から引きずり下ろされたのだろう。革紐は深く喰《く》い込んでいる。スカートの一部には、染《し》みができていた。尿失禁の痕跡だろう。里佳の顔立ちは整っているが、死顔はいかにも苦しげだ。

いかなる理由があっても、法治国家で殺人は許されない。

加門は死体写真を机の上に伏せ、捜査資料を読みはじめた。死体見分書や解剖所見の写しにも目を通した。

しかし、犯人の見当はつかなかった。加門は腕組みをして長く唸《うな》った。

2

死体写真がホワイトボードに貼《は》られた。

六葉《ろくよう》だった。それぞれアングルは違っているが、被写体の表情には苦悶《くもん》の色が濃い。痛ましかった。

赤坂署の三階の会議室に設置された捜査本部である。午後一時過ぎだった。

加門は最前列に坐っていた。

ホワイトボードの左側の長いテーブルには、副捜査本部長を務《つと》めることになった赤坂署の署長と本庁捜査一課の管理官が並んでいた。管理官が捜査主任に就《つ》いたのである。

通常、捜査本部長には本庁の刑事部長か捜査一課長が選ばれる。しかし、それは名目だけだ。

署長の御木岳《みきたけし》は四十三歳の有資格者《キャリア》だ。切れ者だが、現場捜査には疎《うと》い。管理官の杉江貴規《すぎえたかのり》は警視で、四十五歳である。捜査一課の参謀である理事官の補佐役だ。理事官は二人いて、管理官は杉江を含めて十三人いる。

「お手許に初動捜査資料があるでしょうが、一応、事件のあらましをお話しします」

捜査副主任になった赤坂署刑事課課長の志賀紘一《しがこういち》がそう前置きして、事件経過を述べはじめた。五十三歳で、職階は警部だ。

加門の後方には、十一人の部下が縦列《じゅうれつ》に腰かけている。窓側に坐っているのは、十三人の赤坂署員だった。刑事だけではなく、外勤の所轄署員たちも混じっている。

志賀の話は冗漫だった。捜査資料に書かれていることをそのまま口にしている。

体育会系タイプの警察官は上下関係に気を配り、形式に拘《こだわ》ることが少なくない。加門は、そうした捜査員が苦手だった。スポーツは嫌いではなかったが、体育会系の気質には馴染《なじ》めないものを感じていた。

「課長、もう少し話をはしょったほうがいいんじゃないの?」

赤坂署のベテラン刑事が上司に遠慮なく進言した。五十嵐紀男《いがらしのりお》という名で、五十一歳だった。階級は警部補である。

「わたしの話は回りくどいかね?」

「正直に言うと、時間の無駄だと思います。課長が説明してることは、捜査資料に載《の》ってることばかりですので」

「おまえは、わたしをばかにしてるのかっ」

志賀課長が気色《けしき》ばんだ。

「別に軽く見てるわけじゃありませんよ。時間を有効に使うべきだと言ってるんです。おれたちは都民を含めた国民の税金で喰《く》わせてもらってるんですから」

「そんなことはわかってる。ちゃんと捜査資料を読もうとしない者もいるから、わたしは事件経過をつぶさに話してるんだ」

「いまの発言、ちょっと問題だな。刑事課《うち》の誰が捜査資料をろくに読まなかったんです？」

「ここで、個人名を挙《あ》げるわけにはいかないだろうが！」

「ま、そうでしょう。とにかく、要点だけを喋《しゃべ》ってほしいですね」

五十嵐が口を結んだ。

加門は密《ひそ》かに五十嵐刑事に拍手を送った。捜査員の多くは同じ気持ちなのではないか。

五十嵐は高卒の叩《たた》き上げである。数年の派出所勤務を経《へ》て、その後は一貫して所轄署の捜査畑を歩いてきた。柄はよくないが、敏腕刑事だ。

これまでに加門は五十嵐とバディを組んで、四人の殺人犯を検挙している。五十嵐の筋《すじ》読みは、たいがい的中する。並の刑事よりも勘が鋭い。加門は面と向かって誉《ほ》めたことはなかったが、五十嵐に一目置いていた。

「志賀課長、省略できる部分はカットしてくれないか」

署長の御木が困惑顔で言った。志賀捜査副主任は素直に聞き入れ、ほどなく説明を終えた。

「加門君、ちょっと来てくれ」

本庁の杉江管理官が手招きした。加門は腰を上げ、長いテーブルに歩み寄った。

「御木署長と相談して、きみと五十嵐警部補に予備班を任せることになった」

「荷が重いですね」

「きみなら、適任だろう。ひとつ頑張ってくれないか」

担当管理官の杉江が右手を差し出した。加門はうなずき、杉江の手を握り返した。

どの捜査本部も、庶務班、捜査班、予備班、鑑識班に分かれている。庶務班は捜査本部の設営が主な仕事だ。所轄署の会議室に机やホワイトボードを運び込み、専用の電話を引く。捜査員たちの食事の面倒を見て、泊まり込み用の貸蒲団《かしぶとん》の手配もする。

捜査費用を割り当て、会計業務もこなす。刑事課員だけではなく、生活安全課の者が駆り出されることもある。

捜査班は、本庁と地元署の捜査員で構成される。捜査一課の若手刑事と所轄署の老練刑事が組むことが多い。その逆の組み合わせもあった。どちらにしても、土地鑑のある地元署の刑事と本庁の捜査員を組ませるわけだ。

予備班というと、マイナーなイメージがあるが、最も重要な任務だ。捜査主任の懐《ふところ》刀《がたな》として、キャリアのある中高年刑事が選ばれる。特定の任務には携《たずさ》わらない。聞き込み情報を集め、作戦を練る。重要参考人や被疑者の取り調べを担当し、特命捜査活動も受け持つ。

通常、鑑識班は署の係官数名が任命される。必要に応じて、本庁の鑑識課員が加わる。

「相棒の五十嵐刑事はベテランだから、頼りになるだろう」

「そう思います」

「わたしは、これから本庁《カイシャ》に戻らなければならないんだ。明朝の捜査会議には必ず出席するよ」

杉江管理官が加門に言って、椅子から立ち上がった。管理官は署長と刑事課長に挨拶《あいさつ》をして、あたふたと捜査本部から出ていった。

所轄署の志賀課長が仏頂面《ぶっちょうづら》で、部下の五十嵐を呼んだ。五十嵐がホワイトボードの前まで歩いてくる。

「班分けは、おたくたちに任せたほうがいいだろう」

御木署長が誰にともなく言い、会議室から消えた。

志賀、加門、五十嵐の三人は相談して捜査班を地取り、敷鑑、遺留品の三班に分けた。

各班とも、原則として二人一組で捜査活動に当たる。

加門は志賀と五十嵐の意見を参考にしながら、部下たちを各班に振り分けた。すぐに志賀刑事課長が大声で組み合わせを発表し、捜査員たちを聞き込みに回らせた。

捜査本部には庶務班と予備班の者しか残っていない。

「何か動きがあったら、すぐ教えてくれ。わたしは刑事課に戻る」

志賀課長が五十嵐に言って、捜査本部から消えた。

庶務班のメンバーが机を中央に寄せ、警察電話を並べた。三基だった。

加門は五十嵐と並んで中ほどのテーブルに着いた。若い制服警官が二人分の日本茶を運んできた。

「出入口の戒名、どうも気にいらねえんだ。『女性画商殺人事件捜査本部』よりも『女社長殺人事件捜査本部』と記《しる》したほうがいいと思うがね」

五十嵐が言った。

「ドアの横に掲《かか》げられてる捜査本部名は、署長が考えたのかな？」

「いや、うちの課長だよ。女社長という表現は性差別に繋《つな》がりそうなんで、避けたいと言って、いまの戒名になったんだ」

「そうですか」

「ま、どっちでもいいやな。それより、加門の旦那はどう筋《すじ》を読んでる？」

「まだ捜査資料を読んだだけですので……」

「大卒は慎重だな」

「厭味《いやみ》に聞こえますよ。学歴や経験は関係ないというのが五十嵐さんの持論でしょ？」

「そうなんだが、心のどこかに学歴コンプレックスがあるんだろうな。大卒の刑事《デカ》に会うと、なんか突っかかりたくなるんだ」

「五十嵐さんには裏表《うらおもて》がないから、おれ、信頼してるんですよ」

「ヨイショしても、モツ焼きぐらいしか奢《おご》れないぜ」

「酒は自分の金で飲むものでしょ？」

「学士様は言うことがカッコいいね。からかいはともかく、その通りだよな。振る舞い酒じゃ、気持ちよく酔えねえ」

「ですね。話を戻しますが、五十嵐さんの筋読みを聞かせてくれませんか」

加門は促《うなが》した。

「おれは、売れない画家の広瀬芳正が臭《くせ》えと思ってる。ただの直感だがね」

「広瀬は事件当夜、十時十五分ごろに赤坂四丁目にある折戸画廊を訪ねています。初動捜査によると、被害者《マルガイ》の里佳に電話で呼び出されたようですが、そんな時刻に画商と画家が仕事のことで会う必要があったとは考えにくいですよね？」

「折戸里佳と広瀬芳正は他人じゃなかったんだろうよ。遣《や》り手の女画商は落ちぶれたプロゴルファーに愛想を尽かして、年下の広瀬に気を移したんじゃねえのか。事業で成功した女たちは、夢や野望を懐《いだ》いてる野郎に魅《み》せられる傾向があるからな」

「そうみたいですね」

「レッスンプロに甘んじてる夫に見切りをつけてたんじゃねえのかな」

五十嵐が言った。

「広瀬のほうはどうだったんだろうか。本気で年上の女性画商に惚《ほ》れてたんですかね？」

「相手は七つも年上だったんだ。広瀬は遣り手の女社長と親密になって、自分の野望を叶《かな》えようとしてたんだと思うぜ。里佳と男女の関係になれば、自分の油彩画《ゆさいが》を高く売ってもらえるだろうからな」

「ま、そうでしょうね。こっちは、広瀬が被害者の死体を発見してから二十五分も経《た》って一一〇番してることに引っかかってるんですよ。すぐに事件通報できない理由《わけ》があったんじゃないだろうか。それから半開きになってた耐火金庫には、まったく現金がなかった。繁昌してるギャラリーなら、一千万円程度のキャッシュは常に用意してると思うんですよ」

「だろうな。そっちは広瀬が里佳を絞殺して、金を奪ったと推測してるのかな？」

「そこまで疑う材料はないんですが、空白の二十五分が気になるんですよ。情《じょう》を通じた相手の死体を見つけたら、気が動転するまででしょう。しかし、通報するまでに二十分以上かかるなんて、なんか不自然です」

「売れない洋画家は、殺した女社長の死体を運び出して、どこかに遺棄《いき》しようと思ったんじゃねえのか。けど、遺体は思いのほか重かった。とても単独じゃ運べない。あれこれ迷ってるうちに、たちまち二十五分が流れてしまった。そういうストーリーは成り立ちそうだな」

「そうだったとしたら、広瀬と被害者の蜜月《みつげつ》関係は終わってたんでしょうね」

「ああ、多分な。広瀬は熟女の相手に疲れて、若い女ともこっそり交際してたのかもしれないぜ」

「そのことが被害者にバレて、里佳は広瀬との関係を清算する気になった。しかし、広瀬は女性画商に見放されたら、たちまち生活が苦しくなる。そこで、折戸里佳に手切れ金を要求した。だが、まったく取り合ってもらえなかった。そういうことなんだろうか」

「それで広瀬は女社長を殺《や》って、事務室にある現金を奪う気になったかもしれないって
わけか」
「こっちの推測には、リアリティーがありませんかね?」
加門は問いかけた。
「あるよ。耐火金庫には、ふだん銭《ぜに》が入ってたのかどうか。金がいつも入ってたとした
ら、広瀬ががめたのかもしれねえな」
「そのあたりのことは、ギャラリーの二人の従業員に当たってる係官が確かめてくれる
と思います」
「だろうな。初動捜査資料を読んだ限りでは、被害者の夫の折戸幸司が妻の不倫に気づ
いた様子はうかがえない。夫は、本当に妻の浮気に気づかなかったのかね。それとも、
気づかない振りをしてたのか」
「いまの段階では、なんとも言えませんね。折戸夫婦の仲はだいぶ前から冷えてたよう
だから、夫は妻にほとんど無関心だったのかもしれませんよ」
「ちょっと待ってくれ。惰性《だせい》で夫婦関係を保《たも》ってたとしても、てめえの妻が別の男に寝
盗《と》られたら、たいてい勘づくんじゃねえのか。男としてのプライドはずたずたになった
はずだ」

「でしょうね」

「激しやすい男だったら、背信行為をした妻に殺意を覚えるだろう。怪しいのは売れない洋画家だけじゃねえようだな」

「被害者の夫も臭い？」

「うん、まあ。折戸が妻の里佳を亡《な》き者にしてしまえば、ギャラリーと遺産はそっくり配偶者に入る。おそらく被害者はかなり貯《た》め込んでただろうから、十億円以上の遺産が転がり込むだろうな。レッスンプロで冴《さ》えない暮らしをしてた折戸は、遊んでても楽に喰《く》えるようになるわけだ」

「そうでしょうね」

「折戸が年下の彼氏に入れ揚げてる妻に腹を立てて、密《ひそ》かに女房殺しの計画を練ってたとも考えられるな」

「刑事はあらゆることを疑ってみるのが鉄則ですが、あまり結論を急ぐのはよしましょうよ。初動捜査では女性画商が同業者や画家と何かで揉めたことはないと報告されていますが、新事実が浮かび上がってくるかもしれませんので」

「そうだな。捜査班の連中から報告が上がってきたら、改めて筋を読むか。それまで油売ってくるよ」

五十嵐がおもむろに立ち上がり、捜査本部を後《あと》にした。近くのコーヒーショップで、しばし寛《くつろ》ぎたくなったのだろう。

勝又捜査一課長から陣中見舞いの電話がかかってきたのは、午後三時過ぎだった。

「きみが予備班になったこと、担当の杉江管理官から聞いたよ」

「そうですか」

「いろいろ大変だろうが、よろしく頼む。少し前に赤坂署の署長には電話で挨拶しといた。それからね、女性画商の爪の間から検出された表皮のDNA鑑定の結果も出た。皮膚片は男性のもので、血液型はO型Rhプラスだったよ」

「ありがたい情報です。そこまでわかれば、犯人の絞り込みが楽になります」

「それがね、楽観はできないんだよ」

「どういうことでしょう？」

「三係の熊谷《くまがい》君に日赤の献血センターのデータベースを調べてもらったんだが、O型Rhプラスの献血者リストの中に広瀬芳正と折戸幸司《の》の二人の名が載ってたんだ」

「そうなんですか」

「O型Rhプラスはそれほど珍しい血液型じゃないんで、被害者と関わりの深い二人の男がリストに載ってても不思議じゃないんだが……」

「ええ、そうですね」

「血液型は同じでも、DNAは各人異《こと》なってるわけだから、容疑者の唾液や汗をうまく採取してくれないか」

「わかりました。課長、凶器の革紐に付着してた皮脂や汗のDNAと被害者の爪の間から検出したDNAは……」

「合致《と》したよ。流しの物盗りの犯行とは思えないな。初動捜査によると、事件当夜、被害者の夫は中目黒《なかめぐろ》の自宅で友人三人と午後九時ごろから十二時数分前まで麻雀《マージャン》をしてた。しかも折戸は十時十分ごろ、出前のピザを受け取ってる。アリバイは完璧《かんぺき》と言ってもいいだろう」

「しかし、それだけでシロと判断するのは早計でしょう」

加門は控え目に異論を唱《とな》えた。

「折戸が三人の友人とピザの配達人を抱き込んで、口裏を合わせてもらったかもしれないと言いたいんだね？」

「意地の悪い見方をすれば、そう疑うこともできます」

「そうなんだが……」

「被害者は画家の広瀬と不倫関係にあったかもしれないんです。その裏付《ウラ》けが取れたら、折戸にも殺害動機はあることになります」

「しかし、被害者は遣《や》り手の画商だったんだよ。ゴルフのレッスンプロをやってる夫にしてみれば、妻にせっせと稼いでもらって楽に暮らしたいと思うんじゃないかね」

「夫婦仲がうまくいってれば、そう考えるでしょうね。しかし、女性社長は年下の画家と深い関係だったかもしれないんです。それに、被害者は不倫相手には惜《お》しみなく金を注《つ》ぎ込んでも、夫にはケチだったとも考えられます」

「そうだったら、折戸は自分を裏切った妻を亡き者にして遺産を独り占めしたくなるかな」

「でしょうね。里佳が旦那と別れて、不倫相手と再婚する気になったら、折戸は金に不自由することになるかもしれませんから」

「加門君の筋読みは的中することが多い。わたし個人は、広瀬のほうが怪しいと思ってるんだが、折戸を完全にシロと言い切れないことは確かだな」

「聞き込みの報告が上がってくれば、おのずと容疑者は絞り込めるでしょう」

「そうだな。とにかく、スピード解決に力を尽くしてくれないか」

勝又が通話を切り上げた。

加門は刑事用携帯電話《ポリスモード》を収めた。そのとき、五十嵐警部補が捜査本部に戻ってきた。

「うまいコーヒーを飲んできたようですね？」

「そうじゃないんだ。仮眠室で昼寝をしてきたんだよ。おかげで、頭の中がすっきりした」

「豪傑だな、五十嵐さんは」

「聞き込みの情報が集まらなきゃ、正確な筋読みはできねえ。加門の旦那も少し横になれよ」

「自分は小心者だから、とても職務中に昼寝なんかできません。誰かさんみたいに肝《きも》っ玉《たま》がでかくありませんのでね」

加門は雑《ま》ぜ返した。

五十嵐と雑談を交わしていると、夕闇が迫った。捜査班の面々が次々に捜査本部に戻ってきた。

鑑取り班の報告で、被害者は同業者や画家と一度もトラブルを起こした事実がないことがわかった。ギャラリーと委託《いたく》契約を結んでいる画家たちは、一様《いちよう》に支払い内容には満足していたという。

ただ、二人の女性従業員は雇い主と広瀬が不倫関係にあるかどうかは言葉を濁《にご》したらしい。二人の仲をきっぱりと否定しなかったことは、浮気の証拠を掴んでいるからではないか。

加門は、そう判断した。地取り班の情報には新たな収穫はなかった。落胆していると、加門のポリスモードに着信があった。ポリスモードは五人との同時通話が可能だ。

ディスプレイを見る。発信者は部下の向井だった。向井は赤坂署の刑事とタッグを組んで、被害者の通夜《つや》に訪れる弔問客《ちょうもんきゃく》から聞き込みをすることになっていた。

「いま、中目黒のセレモニーホールにいるんだな？」

加門は先に口を開いた。

「ええ、そうです。少し前に画家の広瀬がセレモニーホールに姿を見せたんですよ。しかし、喪主の折戸は亡妻の焼香をきっぱりと断りました」

「おそらく折戸は、殺された妻と広瀬が不倫関係にあることに気づいてたんだろう」

「そうなんだと思います。ギャラリーに作品を預けてるだけの画家なら、当然、通夜の席に通すでしょうからね」

「だな。で、広瀬はすごすごと引き下がったのか？」

「いいえ。喪主にいろいろ悪態《あくたい》をついて、強引に通夜が営まれてるホールに入ろうとしたんですよ。折戸は広瀬を押し返して、外に連れ出そうとしました。興奮した広瀬は折戸に足払いを掛けて、ぶっ倒したんですよ」

「広瀬は逃げたのか？」

「いいえ、セレモニーホールの駐車場にいます。折戸に被害届を出させれば、傷害容疑で広瀬を引っ張ることができます。係長《ハンチョウ》、どうしましょう？」

「別件逮捕は避けよう。広瀬が去ったら、いったん捜査本部《チョウバ》に戻ってくれ」

「了解！」

向井が電話を切った。加門は通話終了アイコンをタップし、部下の報告を五十嵐刑事に伝えた。

「そういうことなら、折戸は故人が画家の広瀬と不倫してたと気づいてたな」

「ええ、そうにちがいありません。なんかもどかしいな」

「おたくが現場捜査に出たくてうずうずしてるのはわかったよ。ここで二人が捜査班の交通整理をやることもねえだろう。おたく、捜査班も兼務しろや。なんだったら、おれが署長に掛け合って、そっちに特命を出させてやるよ。おたくは猟犬タイプなんだから、こんな所で茶ばかり飲んでたら、腐っちまうよな。というよりも、宝の持ち腐れだ。後《あと》のことはこっちがうまくやるから、動きたいときは自由に動けばいいさ」

「そうさせてもらうかもしれません」

「ああ、そうしろって」

五十嵐刑事が、ごっつい手で加門の肩を叩いた。少し痛みを感じたが、加門は笑顔を返した。

3

読経《どきょう》の声が重なった。

僧侶は三人だった。東急東横線の中目黒駅から六百メートルほど離れたセレモニーホールだ。女性画商の通夜は終わりかけていた。あと数分で、午後八時になる。弔《とむら》い客は数十人だった。

加門は香炉台に進んだ。

目礼して、故人の遺影を見つめる。折戸里佳は微笑していた。目にやや険《けん》はあるが、美人の部類に入るだろう。

祭壇は華《はな》やかだった。供物《くもつ》も多い。柩《ひつぎ》は花に囲まれている。

加門は香を手向《たむ》け、両手を合わせた。

声明《しょうみょう》が一段と高くなった。合掌を解《と》いたとき、喪主の折戸が椅子から立ち上がった。亡妻の名を呼びながら、柩に取り縋《すが》った。

ほとんど同時に、故人の夫は号泣《ごうきゅう》しはじめた。子供のように声をあげて、ひとしきり泣きじゃくった。親族らしき年配の男性が折戸に駆け寄り、そっと肩を抱いた。

加門はホールを出て、受付に足を向けた。

受付席には、セレモニーホールの社員が立っていた。五十年配の細身の男だった。

「警視庁の者です。通夜が終わったら、喪主の折戸さんにお目にかかりたいんですがね。取り次いでいただけますか？」

加門は写真付きの警察手帳を呈示《ていじ》した。

「は、はい。あのう、折戸さんが疑われているのでしょうか？」

「単なる事情聴取ですよ」

「そうですか。もう間もなく焼香は終了する予定ですので、あちらでお待ちになってください」

受付の男がエレベーターホールの横にある休憩ロビーを手で示した。そこには、五卓のソファセットが置かれていた。無人だった。

加門は受付を離れ、ロビーのソファに腰かけた。そのまま折戸を待つ。

喪主が近寄ってきたのは、およそ十五分後だった。加門は立ち上がって、小声で名乗った。

「別の刑事さんたちにもう事情聴取されました」

折戸は明らかに迷惑顔だった。泣き腫《は》らした目が痛々しい。

「お手間は取らせません。二、三、確認したいことがあるんですよ」

「そうですか」

「後《おく》れ馳《ば》せながら、お悔《く》やみ申し上げます。ご愁傷《しゅうしょう》さまです」

「とてもショックでした」

「心中《しんちゅう》お察しします。掛けましょうか」

加門は言った。

折戸が先に向かい合う位置に坐った。加門もソファに腰を戻した。

「里佳を殺したのは、画家の広瀬芳正にちがいありませんよ」

「何か根拠でも？」

「広瀬は孤高の画家を気取ってるようですが、なかなかの悪党なんです。あいつの目は、野心でぎらついてる」

「広瀬さんとは面識があるんですね？」

「ええ、三回ほど会ってます。最初に広瀬と会ったのは五年前だったかな。ある洋画家の個展のオープニング・パーティーに妻と出席したときに……」

「故人に紹介されたんですか?」

「ええ、そうです。その数カ月前に里佳は脇道から急に走り出てきた自転車と軽い接触事故を起こしたんですよ、ポルシェを運転中にね」

「その自転車に乗ってたのが広瀬さんだったんですね?」

「そうなんです。自転車ごと転倒した広瀬は右肘《みぎひじ》に擦《す》り傷を負っただけだったので、警察に事故届は出さなかったんですよ。そんなことがあって、妻は広瀬が売れない洋画家と知ったわけです」

「それで奥さんは、広瀬さんの描いた油絵を見せてもらったんですね?」

「そうなんです。里佳は、妻は広瀬の作品から卓抜な才能が読み取れると興奮して、彼の絵を折戸画廊で扱うようになりました」

折戸が言って、溜息《ためいき》をついた。

「捜査資料によると、亡くなられた奥さんは美術大学を卒業されたんですよね?」

「ええ、そうです。油彩画を専攻したんですよ。独身のころは里佳もプロの洋画家をめざしてたんですが、自分の才能に限界を感じたんでしょう。父親の遺産とわたしの貯《たくわ》えを元手にして、十三年前に折戸画廊を開いたんです」

「そうですか。どこかのギャラリーで何年か勉強されてから独立したんではなく、いきなり折戸画廊を開かれたわけですか」

「ええ、そうなんです。亡くなった里佳の父親は青山《あおやま》で古美術店を経営していましたし、岳父《がくふ》の弟は毎朝日報の文化部で長いこと美術記者をしてたんですよ。そんな関係で、妻は画壇関係者にコネがあったんです。それに、彼女自身もかなりの目利《き》きでしたしね」

「それだから画廊経営が軌道に乗って、その後、大きく発展したのか」

「そうなんです。しかし、妻は広瀬の画才を過大評価してたようです。わたしは絵については素人《しろうと》ですが、彼の作品はアマチュアの域を出ていないと思っていました」

「そうですか」

「しかし、里佳は広瀬の作品にはどれも魂が吹き込まれていると言って、美術雑誌の記者を抱き込んで、広瀬の提灯《ちょうちん》記事を書かせたんです。そうした根回しがあって、彼の絵は少しずつ売れるようになったんですよ。いまでは、一号十万円の値がつくようになりました」

「たいしたもんだな」

「もっとも広瀬の作品の半数は、折戸画廊が贈答用に買い取ってたんですがね。里佳はそういう形で、広瀬を援助してたんですよ」

「画商がお抱えの画家にそこまで入れ揚げるケースは珍しいんじゃないのかな」

「だと思いますよ。死んだ妻は、広瀬に恋愛感情を懐《いだ》いてたんでしょう。二人がいつから深い仲になったかははっきりしませんが、不倫の仲だったことは間違いありません」

「確信があるようですね？」

加門は折戸の顔を見据《みす》えた。

「みっともない話ですが、わたし、十カ月あまり前に探偵社に妻の素行調査を依頼したことがあるんですよ。数年前に里佳が寝室を別にしたがるようになったので、誰か好きな男ができたなと直感したんです」

「なぜ、そのときに素行調査を頼まなかったんです？」

「里佳を手放したくなかったんですよ。妻のほうは落ちぶれたゴルファーには愛想を尽かしてたのかもしれませんが、こちらには未練がありました。だから、ちょっとした火遊びなら……」

「目をつぶってやろうと思われた？」

「ええ。しかし、里佳はいっこうに広瀬と切れる様子がありませんでした。それだから、十カ月あまり前に妻の素行調査をしてもらったんですよ」

「訊《き》きづらいことですが、調査結果を教えてください」

「妻は週に一度、都内の有名ホテルで広瀬と密会していました。二人は偽名で別々にホテルに入って、いつも三時間ほど、睦《むつ》み合ってたようです。里佳がホテルに泊まることは一度もありませんでしたが、広瀬は翌朝にチェックアウトしてたみたいですね。探偵社の調査員は、部屋のドア近くで別れのキスをしてる二人の姿をビデオ撮影してるんです。妻と広瀬が不倫してたことは確かですよ」

「あなたは、奥さんに調査報告書を突きつけたんですか？」

「何度も、そうしようと思いました。ですが、里佳を追いつめることはできませんでした。ひどい裏切りには怒りを覚えましたが、妻と離婚した後《あと》のことを考えると、どうしても咎《とが》めることはできなかったんです。わたしが先に里佳に夢中になって、粘《ねば》って結婚してもらったんですよ。妻は、かけがえのない存在だったんです。心底、好きでした」

「それだけだったんでしょうか？」

「どういう意味なんだっ」

折戸が目を尖《とが》らせた。

「腰を傷《いた》めるまで、あなたはプロゴルファーとして活躍されてたし、収入も多かった。しかし、レッスンプロになってからは奥さんの収入の足許にも及ばなくなったんではありませんか？」

「その通りだが、わたしはこれまで損得を考えながら生きてきたことはない。確かにレッスンプロになってから、稼ぎはかなり少なくなりました。しかし、そのことは夫婦の障害にはなっていなかったし、里佳の収入なんか当てにしてなかったんだ。わたしをヒモ扱いするなっ」

「言葉に配慮が足りなかったのなら、謝ります。折戸さんをそこまで貶《おとし》めるつもりはなかったんですがね。ただ、奥さんの収入は半端な額じゃなかったようだから、つい甘える気持ちが生まれても……」

「無礼だぞ。わたしはね、折戸画廊の経営にはノータッチだったし、年商もよく知らなかったんだ。贅沢《ぜいたく》はさせられないが、わたしの収入でも妻を養うことはできた」

「そうでしょうが、人気ゴルファー時代の生活レベルを極端に落としたら、ストレスが溜《た》まると思うんですよ」

「あんたは、わたしが妻を殺したとでも疑ってるのかっ。里佳が築いた財産を独り占めしたくなって、彼女を……」

「そこまでは言ってません。ただですね、妻の浮気を知ってて黙認する男性がいることがわたしには理解できないんですよ。わたしが折戸さんなら、即刻、離婚するでしょうね」

加門は揺さぶりをかけた。

「里佳と別れなかった理由は、さっき言ったじゃないか。それに、わたしにはれっきとしたアリバイがある。妻が殺された夜、わたしは自宅で知人三人と麻雀をやってた。そのことの裏付けは取ったんでしょ？ それから、ピザ屋の出前係にも警察の人間が当ったはずだ」

「ええ、機捜《きそう》と赤坂署の刑事が折戸さんのアリバイの裏付《ウラ》けは取りました。しかし、また怒られそうですが、あなたが第三者に奥さんの殺害を依頼した可能性はゼロではありません」

「怒るぞ。大切な妻をどうして誰かに殺《や》らせなければならないんだ！」

「折戸さんの寛容《かんよう》さがどうしても理解できません。妻に浮気されたら、たいがいの男は赦《ゆる》せないと思うんじゃないですか」

「わたしは里佳を誰よりも愛してたんだ。わたしを疑うより、広瀬をマークするんだね」

折戸が憤然《ふんぜん》と立ち上がり、通夜の執《と》り行なわれたホールに足を向けた。

少し功を急ぎ過ぎたようだ。加門は反省しながら、腰を浮かせた。階段を使って、二階から階下のロビーに降りる。

セレモニーホールを出たとき、上着の内ポケットでポリスモードが震えた。この建物に入る前に、マナーモードに切り替えておいたのだ。

　発信者は赤坂署の五十嵐警部補だった。

「加門の旦那、犯人が割れそうだぜ」

「えっ？」

「少し前に広瀬芳正のA号照会したんだよ」

「犯歴照会したんですか」

「そう。広瀬が女社長の死体を発見してから二十五分も経《た》って事件通報してる事実が妙に引っかかってさ。で、一応、A号照会してみたんだよ」

「それで、結果は？」

　加門は刑事用携帯電話《ポリスモード》を握り直した。

　警察庁のデータベースには、全検挙者のリストが登録されている。警察官は専用端末を使って、誰でも犯歴照会ができる。調べたい人物の氏名、生年月日、本籍地などを入力し、リターンキーを押す。すると、わずか数分で照会センターから回答がある。

「ヒットしたよ。対象者は六年前に詐欺未遂容疑で世田谷《せたがや》署に検挙《アゲ》られてた。広瀬は所在不明のレンブラントの名画の贋作《がんさく》をベンチャー起業家に二千万円で売りつけようとしたんだ」

「広瀬は名画を摸写して、それを売りつけようとしたのか。そのことは予想してました?」

「まあね。赤坂署《うち》の若い奴が聞き込みで、広瀬は美大生のころに摸写の天才といわれてたらしいという証言を得たんだ。おれはそのことを思い出して、広瀬が贋作で生活費を稼いでた時期があるのかもしれねえと……」

「さすがですね。で、広瀬は地検に送致されたんでしょ?」

「ああ。けど、不起訴処分になってる。買い手から十万円の手付金を貰っただけだったんでな」

「そうですか」

「もう一ついい情報があるんだ。事件現場の耐火金庫の内側から採取された複数の指紋《モン》の中に、広瀬のものも混じってた」

「ほんとですか?」

「警察庁《サッチョウ》に登録されてた野郎の指紋と耐火金庫の内側に付着してた右手の親指の指紋がさ、一致したんだ。殺された女社長がいつも金庫に一千万円前後の現金を入れてたことを画廊の従業員のひとりが証言してくれたんだよ。その証言を引き出したのは悪いが、おれの部下だったんだ。別にそっちと競《きそ》い合う気はなかったんだが、先に点数を稼いじまった」

「こちらに張り合う気持ちはありませんので、五十嵐さん、おかしな気は遣《つか》わないでください」

「わかった。広瀬が耐火金庫の中にあった金を盗《ギ》ったと考えてもいいだろう。その前に、折戸里佳を殺《や》ったのかもしれねえぜ」

「そうなんだろうか」

「納得できないようだな」

五十嵐が言った。

「仮に広瀬が加害者だとしたら、自分で一一〇番通報するだろうか。堅気がそこまで大胆になれますかね？」

「広瀬は下手に逃げたら、警察にかえって不審がられると判断したんだろう。それで、かっぱらった金をいったんどこかに隠して事務室に舞い戻ったんじゃねえのか。だから、通報が遅かったんだろうな」

「そうだったとしたら、広瀬は耐火金庫の内側をハンカチで拭《ぬぐ》うでしょ？　自分の指紋をそのままにしておいたら、第一発見者は真っ先に疑われますんで」

「そうなんだが、それだけの心理的な余裕はなかったんじゃねえか。動機はどうあれ、つき合ってる人妻を絞殺したんだったら、当然、沈着さは失うはずだ」

「そうでしょうが、自分の指掌紋《ししょうもん》ぐらいは消してから一一〇番しそうだがな」

「女社長を殺《や》りそうな奴、ほかにも考えられるかい？　そっちは、セレモニーホールに行ったんだったな。里佳の夫には会えたの？」

「ええ。しかし、折戸幸司を怒らせてしまいましてね」

加門は経過をつぶさに伝え、自分の推測も付け加えた。

「そういう迫《せま》り方をしたら、相手は感情を害するだろうな。折戸のアリバイは成立してるんだから。けど、そっちが言ったように代理殺人をやらせた可能性はゼロじゃねえよな？」

「ええ。折戸は雀卓を囲みながら、わざわざピザの出前を頼んでます。しかも、自分がピザを受け取ってる。考えようによっては、アリバイを確実にする目的でピザを出前させたとも受け取れませんか？」

「それは考え過ぎだろう。麻雀に熱中してたら、ちゃんと食事をする気になれない。サンドイッチやおにぎりを頬張《ほおば》りながら、牌《パイ》を動かすことはよくある。ピザを出前してもらっても、おかしくないんじゃねえの？」

「自分の部下の聞き込みだと、折戸は自宅でめったに麻雀はやってないらしいんですよ。

それなのに、彼は事件当夜、三人の知り合いを家に呼んで何時間か麻雀をしてる。久しぶりに雀卓を囲むなら、徹夜麻雀になりそうでしょ？」

「平日だったんで、面子《メンツ》たちは終電車があるうちにそれぞれ帰宅したんだろう。タクシー料金が値上がりしたからな」

「そうなのかな？」

「加門の旦那の筋読みにはうなずけねえけど、折戸が妻の不倫に気づいてて、離婚しようとしなかったって話はどうも解《げ》せないな。妻を誰かに寝盗《と》られたら、たいがいの亭主はキレちまうもんだ」

「そうでしょう？　しかし、折戸は被害者に未練があるので、離婚する気にはならなかったと言ったんですよ」

「妻が稼いだ金に執着してたら、別れる気にはならないだろうな」

　五十嵐が言った。

「ええ。みすみす宝を捨てるようなものですからね」

「旦那、折戸の女性関係を洗い直してみようや。鑑取り班の報告だと、折戸に女の影はないってことだったが、こっそり愛人を作ってたのかもしれないよ。そうだとしたら、浮気妻を殺し屋《プロ》に葬《ほうむ》らせて、妻の遺産で愛人とやり直す気になっても、別段、不思議じやない」

「そうですね」

「そうなってくると、広瀬が真犯人《ホンボシ》と思い込むのは早計だな」

「ええ」

「けど、広瀬が耐火金庫の現金をかっぱらったことは、ほぼ間違いねえ。とりあえず、画家を窃盗容疑で身柄《ガラ》を押さえちまうか」

「御木署長と志賀課長のオーケーが出たら、裁判所に逮捕令状を請求しましょう」

加門は通話終了アイコンをタップした。

ポリスモードを耳から離したとき、着信ランプが灯《とも》った。発信者は部下の向井だった。

向井は、赤坂署の四十代の刑事と一緒に浜田山《はまだやま》にある広瀬の自宅を張り込んでいるはずだ。広瀬が借りている家は、庭付きの戸建て住宅らしい。

「セレモニーホールから帰宅した対象者は、外出する様子はないのか?」

加門は訊いた。

「ええ、一度も外出していません。家の中で荷造りしてる気配がうかがえます」

「荷造り?」

「ええ、そうです。テラスに大量の段ボール箱があって、広瀬はそれを少しずつ家の中に取り込んでました。引っ越しの準備をしてるんでしょう」

向井が言った。

「画廊の女社長が殺された翌々日に転居するってことは……」

「係長《ハンチョウ》、折戸里佳を殺害したのは広瀬なんでしょうか？　多分、そうなんだろうな」

「広瀬が殺人犯かどうかはわからないが、ギャラリーの耐火金庫から現金を盗み出した疑いは濃くなった」

加門は経緯《いきさつ》を語った。

「五十嵐さんの勘は冴《さ》えてますね。名画の贋作でひと儲けしようとしたことがあるなら、広瀬芳正が金庫の金をくすねたんでしょう」

「上の許可を得られたら、ひとまず広瀬を窃盗容疑で検挙《アゲ》ることになりそうだ」

「そうですか」

「今夜中に広瀬が荷造りを終えるとは思えないから、張り込みを解除してくれ。バディの岡《おか》刑事と軽く一杯飲《や》って、子づくりにいそしむんだな」

「は、はい！」

向井は冗談を真《ま》に受けたようだ。

加門は微苦笑して、刑事用携帯電話《ポリスモード》を懐に突っ込んだ。何気なく夜空を仰《あお》ぐと、満天の星だった。

4

逃走経路はことごとく封じた。

広瀬宅の周囲は八人の捜査員が固めている。本庁の刑事が三人で、赤坂署の捜査員が五人だった。

加門は捜査車輛の中で煙草を喫《す》っていた。ルール違反はわかっていたが、かなりの愛煙家だった。どうしても喫煙したかった。覆面パトカーは、オフブラックのスカイラインだ。広瀬宅の数十メートル手前の路上に駐《と》めてある。

運転席には、部下の寺尾秀人《てらおひでと》巡査長が坐っている。

寺尾は二十八歳で、まだ独身だった。地味な風貌《ふうぼう》で、サラリーマンに見られることが多い。刑事には珍しく、柔和な目をしている。性格も温厚だ。

「このあたりは閑静な住宅街だな」

加門は言った。広瀬宅は、杉並《すぎなみ》区浜田山三丁目にある。井《い》の頭《かしら》通りから少し奥に入った地域だった。

広瀬が住んでいる借家は洋風住宅で、庭は広かった。家賃は安くないはずだ。

「このへんの一戸建て住宅に住めたら、最高ですよね」

「寺尾は団地っ子だったな？」

「ええ、そうです。多摩《たま》ニュータウンの豊《とよ》ヶ丘《おか》団地で育って、いまも住んでます。団地には団地のよさがあるんですけど、子供のころから戸建て住宅には憧《あこが》れてました」

「結婚したら、一軒家を買えばいいじゃないか」

「それだけの甲斐性《かいしょう》はありませんよ。われわれの俸給じゃ、東京郊外の中古マンションを二十数年のローンで買うのがやっとでしょ？」

「親からの資金援助がなければ、そうだろうな」

「ひとりっ子の係長《ハンチョウ》が羨《うらや》ましいですよ。鎌倉の実家は、敷地が三百坪近いんですってね？　すごいな」

「父方の祖父が安いときに土地を買ったんだよ。おれの父親は、祖父の家督《かとく》をそっくり相続しただけなんだ。別に資産家ってわけじゃない」

「いずれは係長《ハンチョウ》が鎌倉の実家を引き継《つ》ぐんでしょ？」

「そうなるだろうが、親父とおふくろが死んだら、実家は処分するつもりだよ」

「もったいないなあ」

「人間は物を所有すると、どうしても自由に生きられなくなる。おれは、それが厭《いや》なんだよ。一生、借家暮らしでいい」

「カッコいいな、係長《ハンチョウ》の生き方は。わたしは俗っ気が抜けないから、洒落《しゃれ》た家に住みたいし、高級外車にも乗ってみたいですね」

「そうした物欲はエネルギー源になるから、必ずしも悪いことじゃないと思うよ」

「そうですかね。広瀬みたいに名画の贋作をやったり、女性画商に取り入らないと、高そうな借家には住めないんでしょうか？」

「かもしれないな。いっそ所轄の暴力団係《マルボウ》刑事になって、反社会から汚れた金を吸い上げるか？」

「悪徳警官になる度胸はありません」

「なら、地道に生きるんだな」

加門は喫《す》いさしのセブンスターを携帯用灰皿の中に突っ込み、左手首のオメガを見た。午前十一時七分過ぎだった。

そろそろ赤坂署の刑事が広瀬の逮捕令状を届けにくる時刻だ。令状がなければ、容疑者を連行することはできない。

「ちょっと様子をうかがってくる」

加門は寺尾に言って、スカイラインの助手席から出た。妙に生暖《なまあたた》かい。

通行人を装い、広瀬宅に足を向ける。

門扉《もんぴ》に近づいたとき、内庭《うちにわ》から男が姿を見せた。広瀬だった。黒いトレーナーの両袖を捲《まく》り上げている。下は白っぽいチノクロスパンツだ。

一瞬、視線が合った。

加門はさりげなく広瀬宅の前を通り抜け、物陰に身を潜《ひそ》めた。広瀬は腕時計に目をやって、左右を見た。

引っ越し業者が見積りにやってくることになっているのか。広瀬の目が数秒、スカイラインに向けられた。すぐに彼は洋風の建物の中に引っ込んだ。

広瀬には検挙歴がある。捜査車輌のナンバーの頭には、さ行かな行の平仮名が冠されている。広瀬はスカイラインを覆面パトカーと見抜いたかもしれない。

加門は足音を殺しながら、広瀬の自宅に近づいた。

白い柵越《さくご》しに庭先をうかがう。

広瀬はテラスにいた。まだ組み立てられていない段ボール箱の束《たば》を抱え持って、家の中に入った。昨夜に引きつづいて、荷造りをするのだろう。

どうやら広瀬は、こちらの動きに気づいていない様子だ。加門は胸を撫《な》で下《お》ろし、覆面パトカーに戻った。

「対象者《マルタイ》は誰かを待ってる様子でしたね？」

寺尾が口を開いた。

「引っ越し業者が来ることになってるんだろう」

「そうなんでしょうか。広瀬は時間の問題で捜査の手が自分に迫ることを本能的に嗅《か》ぎ取って、どこかに転居する気になったようですね？」

「多分、そうなんだろう」

「広瀬が折戸画廊の金庫から現金を盗《ギ》ったことは間違いないんでしょうが、殺人《コロシ》もやってる気がします」

「まだ、どちらとも言えないな」

「そういえば、きょうは折戸里佳の告別式でしたね。昨夜《ゆうべ》、セレモニーホールで広瀬が焼香させろと騒いだって話でしたが、告別式には列席しなかったんだな」

「そうなんだろう。もう里佳の亡骸《なきがら》は、火葬場に運び込まれた時刻だ。喪主の折戸に追い返されると思って、広瀬は出席することを諦《あきら》めたようだな」

「そうなんでしょうか。ひょっとしたら、広瀬は罪の意識に耐えられなくなって、告別式に出られなかったのかもしれませんよ。きのうの通夜には怪しまれたくなかったんで、わざわざセレモニーホールに出向いて……」

「そっちは、広瀬がギャラリーの女社長を殺害したと思ってるんだな？」

加門は確かめた。

「ええ、そうです。事務室の金をくすねただけでは、慌《あわ》てて引っ越す気にならないと思うんですよ。おそらく本件の犯人は、広瀬なんでしょう」

「大半の殺人者は犯行後、そのまま高飛びする。広瀬が里佳を絞殺したんだとしたら、家財道具をそのままにして、すぐにも逃亡を図ると思うがな」

「広瀬は、高を括《くく》ってるんじゃないですか。捜査本部は当分、加害者を割り出せないだろうとなめてかかってね」

「おれは、そうは思わない。広瀬は詐欺未遂容疑で検挙されたことがあるんだ。警察を甘く見ることはできないと考えてるはずだよ」

「言われてみると、その通りなのかもしれませんね。広瀬が犯人《ホシ》じゃないとしたら、被害者《マルガイ》の夫の犯行とも考えられますが、折戸幸司のアリバイは完璧ですよ。崩しようがないでしょ？」

「アリバイがパーフェクトなのが、どうも引っかかるんだ。まるで自分はシロだと強調してるようで、なんか釈然としないんだよ」

「お言葉を返すようですが、折戸の犯行動機がちょっと弱いでしょ？　妻に浮気されてたことは腹立たしかったでしょうが、被害者は画商として成功してたんです。奥さんがたくさん稼いでくれてたんで、夫はのんびりとレッスンプロをやってられたわけでしょ？」

「いまの若い連中は、プライドよりも金を選ぶらしいな。四十過ぎの男なら、妻に浮気されたら、自尊心をずたずたにされたと感じるだろう」

「男の沽券《こけん》にかかわることですが、妻の年収は三億円近かったんでしょうから、夫は楽できるじゃないですか。自分も適当に浮気をすれば、そのうち憤《いきどお》りは鎮《しず》まるような気がしますけどね」

「世代論は嫌いだが、おれたち中年と若い連中とはあらゆる価値観が違うようだな」

「誇りや自尊心も大事ですが、金の力はすごいですからね。人の心こそ買えませんけど、欲しい物品はたいてい手に入ります。やっぱり、捨てがたいですよ。折戸はもう若くないから、第一線に復帰できる可能性はゼロでしょ？」

「話題を変えよう。そっちの話をずっと聞いてると、そのうち怒鳴《どな》りそうだからな」

「すみません。係長《ハンチョウ》に不快な思いをさせるつもりはなかったのですが……」

寺尾がうなだれた。

「謝《あやま》ることはない。人には、それぞれの生き方や考えがあるからな。寺尾がドライに生きても、誰も文句はつけられない」

「そうなんですけどね」

「上司の機嫌を取ろうとする奴よりも、本音を言える部下のほうが増しだよ。寺尾とおれは単に生きる姿勢が違うだけだ。どっちが正しいかって話じゃない」

加門は口を閉じて、フロントガラス越しに広瀬宅に目を注いだ。

それから、七、八分後だった。

灰色のプリウスがスカイラインの前方に停まった。赤坂署の覆面パトカーだ。

「令状《オフダ》が届いた。着手に取りかかろう」

加門は先に車を降りた。すぐに寺尾が倣《なら》う。

プリウスから、赤坂署刑事課の鳥居哲生《とりいてつお》巡査部長が降り立った。

三十七歳で、眼光が鋭い。ずんぐりとした体型だ。五十嵐警部補に目をかけられている刑事だった。

「令状、遅くなりました」

鳥居が薄茶の書類袋を差し出した。書類袋の下部には東京地方裁判所の名が刷《す》り込まれている。

加門は鳥居を犒《ねぎら》い、中身の逮捕令状を改めた。捜査差押許可状をざっと読み、書類袋に納める。

「すぐに踏み込むんですね？」

寺尾が加門に顔を向けてきた。

「そうだ。そっちは、待機してる本庁の連中に伝達してくれ」

「はい」

「鳥居巡査部長は、おれと一緒に踏み込んでくれないか」

「わかりました」

鳥居が緊張した面持《おもも》ちになった。加門は、広瀬宅には被疑者しかいないことを告げた。

「それでは、執行しましょうか」

「ああ」

二人は門の前まで進んだ。鳥居が深呼吸をした。緊張をほぐしたのだろう。

「インターフォンは鳴らさずに、ポーチまで進もう」

加門は先に足を踏み出した。じきに鳥居が肩を並べた。

広瀬宅の門扉は低い。内錠は掛かっていなかった。

加門たちは門の扉を細く開け、敷地内に入った。鳥居が、また深呼吸する。

「そう緊張するなって」

加門は鳥居に小声で言い、玄関のチャイムを鳴らした。

ややあって、ドアの向こうで男の声が響いた。

「どなた？」

「赤坂署の者です」

鳥居がドア越しに答えた。

加門はドアのノブにそっと手を掛けた。ロックされていた。

「いま、取り込んでるんだよ。日を改めてもらえないかな？」

「あなたは広瀬芳正さんですね？」

「そうだが……」

「折戸画廊の事務室の耐火金庫の内側に、あなたの指紋が残ってたんですよ。従業員の証言によると、殺された折戸里佳さんはいつも一千万円程度の現金を入れてあったらしいんです。しかし、金庫の中に現金はまったくありませんでした」

「おれは金なんか盗《と》ってない」

「そのあたりのことを署でうかがいたいんですよ」

「任意同行なんだろう？」

「いいえ、裁判所から令状が出てます」

「そんなばかな！　誤認逮捕だ。不当な捜査には屈《くっ》しないぞ。おれは警察になんか行かない。行く必要がないわけだからな」

「とにかく、ドアを開けてください。そうしないと、踏み込むことになりますよ」

「帰れ！」

広瀬が喚《わめ》いた。

加門は鳥居に話を引き延ばすようゼスチュアで指示し、抜き足で家屋《かおく》の脇に回った。

建物に沿って進むと、台所のドアが見つかった。

ドアを力まかせに蹴り、すぐさま外壁にへばりつく。ドアの位置からは死角になる場所だった。

一分ほど待つと、ドアが軋《きし》んだ。

加門は振り出し式の特殊警棒を握った。ゴルフクラブを手にした広瀬が、ぬっと顔を突き出した。クラブはアイアンだった。

「窃盗容疑で逮捕する」

加門は告げて、書類袋から令状を抓《つま》み出した。

広瀬がアイアンクラブを振り翳《かざ》した。

加門は前に踏み込み、特殊警棒を振り出した。先端が広瀬の鳩尾《みぞおち》を突く。広瀬が呻《うめ》いて、前屈《まえかが》みになった。加門は広瀬の右腕を肩まで捩《ねじ》上げ、大声で鳥居を呼んだ。

鳥居と寺尾が駆け寄ってきた。鳥居が広瀬を引き倒す。寺尾が素早く広瀬に後ろ手錠を打った。

「よし、完了だ。ご苦労さん！」

加門は鳥居たち二人に声をかけた。鳥居が、ほっとした顔つきになった。

寺尾も安堵《あんど》した表情になった。広瀬は不貞腐《ふてくさ》れた顔つきだった。

「そっちが耐火金庫の中にあった現金をくすねたんだなっ」

加門は広瀬の前に立った。

「黙秘権を行使する」

「疚《やま》しいから、だんまり戦術を決め込む気になったんだな。そうなんだろう？」

「…………」

広瀬は無言のまま瞼《まぶた》を閉じた。

「先に広瀬を連行してくれないか。おれたちは物証を捜す」

加門は鳥居に言ってから、広瀬の背後に回り込んだ。広瀬の肩を押しながら、道路に出る。

捜査班のメンバーが広瀬宅の前に固まっていた。加門は部下の向井と所轄署の岡刑事を残して、ほかの者は引き揚げさせた。

家宅捜査を開始する。アトリエの隅《すみ》にあった現金九百六十万円を発見したのは、赤坂署の岡刑事だった。札束はスーパーのビニール袋に無造作に突っ込まれていた。広瀬が折戸画廊から盗み出した金と思われる。

加門たち三人が捜査本部に戻ったのは、小一《こ》時間後だった。

五十嵐の姿は見当たらない。刑事課の取調室1にいるという。加門は広瀬宅で押収した大金を手にして、二階に降りた。

取調室1を覗《のぞ》くと、広瀬と五十嵐警部補がスチールデスクを挟んで睨《にら》み合っていた。記録係の所轄署刑事は、ノートパソコンのキーボードの上に両手を翳《かざ》している。だが、ディスプレイには文字は打たれていない。

「アトリエにあった九百六十万円を押収した。万札には、そっちの手の汗や皮脂が染《し》み込んでるだろう。DNAを検《しら》べりゃ、すぐに立件できる。シラを切っても、意味ないぞ」

加門は、札束の詰まったビニール袋を卓上にどさりと置いた。前手錠を打たれた広瀬が長嘆息《ちょうたんそく》して、がっくりと肩を落とした。

「おい、どうなんだっ」

五十嵐が拳《こぶし》で机上を叩《たた》いた。

「半開きになってた耐火金庫から札束が覗いてたんで、つい出来心で……」

「かっぱらったのは、いくらなんだ？」

「ちょうど一千万円だよ。家賃とか光熱費の支払いで、四十万ほど遣《つか》ってしまったんだ」

「銭を盗《ギ》っただけじゃねえんだろ？　女社長も殺《や》っちまったんじゃねえのか？」

「冗談じゃない。里佳は大事なスポンサーだったんだ。彼女を殺しても、こっちには何もメリットはないじゃないか。それどころか、デメリットばかりだよ。ギャラリーの経営者が里佳の夫になったら、おれはお払い箱にされるに決まってる。そんなことが脳裏を掠《かす》めたんで、金庫の一千万円を盗み出して、いったん自分の車のトランクに隠したんだ」

「死体発見から二十五分も経《た》ってから、そっちは一一〇番してる。金をかっぱらう前に折戸里佳を殺《や》っちまったんだろうが？　そうなら、タイムラグもわかる」

「おれは里佳を殺してない。嘘じゃないよ。彼女は七つ年上だったが、おれたちは惚《ほ》れ合ってたんだ。それに、里佳は金銭的な援助もしてくれてた恩人でもあった。そんな女性を手にかけるわけないじゃないかっ」

広瀬が叫ぶように言った。

「年上女の深情《ふかなさ》けがうっとうしくなったんじゃねえのか。え？」

「里佳の件では、おれは潔白だ！　嘘発見器にかけてくれーっ」

「自信たっぷりだな」

「心証はシロですね」

加門は五十嵐に言った。五十嵐が一拍置いてから、小さくうなずいた。

「女性画商殺しの犯人に心当たりは？」

加門は広瀬に顔を向けた。広瀬が首を横に振って、子供のように泣きはじめた。加門は五十嵐と顔を見合わせ、肩を小さくすぼめた。

5

折戸画廊は営業中だった。

里佳が亡くなって、六日目である。加門は捜査車輛の助手席から、ギャラリーを注《ちゅう》視《し》していた。運転席には向井が坐っている。

広瀬は一昨日《おととい》の午前中、身柄を東京拘置所に移された。そのうち彼は、窃盗容疑で起訴されることになるだろう。

折戸幸司は画廊の経営を亡妻から引き継《つ》いだはずだが、赤坂の店にはまだ一度も顔を出していない。ギャラリーを仕切っているのは、吉見詩織《よしみしおり》という三十一、二歳の美人だった。彼女は二人の従業員にてきぱきと指示を与えている。何年か画廊に勤めたことがあるにちがいない。

「ギャラリーを任されてる美女、折戸の愛人とは考えられませんかね？」

向井が言った。

「その可能性はありそうだね。ただの雇われ店長なら、もう少し二人の従業員に気を遣《つか》うだろうからな」

「だと思います。吉見という彼女、まるでオーナーのように振る舞ってます。態度がでかいのは、折戸と特別な間柄だからなんでしょう」

「多分、そうなんだろうな」

加門は腕時計を見た。午後三時半を回っていた。

折戸は、きょうも画廊に姿を見せないのか。すでに彼はレッスンプロを辞めている。画廊の経営に専念するつもりなら、店のことが気がかりなはずだ。

妻が殺害された店に足を踏み込むことに何かためらいがあるのか。夫として、惨劇《さんげき》の現場を目にしたくない気持ちはわかる。そうなら、店舗の移転を真っ先に考えるのではないか。

それなのに、同じ場所で営業を再開している。しかも、まだ里佳が死んで一週間も経《た》っていない。

折戸が自分のギャラリーに近づきたくないのは、別の理由があるからではないだろうか。里佳の夫は予《あらかじ》め自分のアリバイを用意しておいて、第三者に妻を始末させたのかもしれない。単なる推測だが、そういう疑惑が胸に居坐っている。

「係長《ハンチョウ》、自分の筋読みを喋ってもいいですか?」

「ああ、遠慮するな」

「はい。地検送りになった広瀬のDNAは凶器に付着してた皮脂のDNAと違ってたわけですから、本事案ではシロに間違いありませんよ」

「そうだな」

「被害者の夫には完璧なアリバイがあるから、折戸もシロでしょう。少なくとも、殺人の実行犯じゃないと思います」

「そうなんだろう」

「ギャラリーを任されてる吉見詩織が折戸の愛人だったとしたら、彼女が折戸里佳を殺害した可能性もあるんじゃないですか？」

「向井は、解剖所見書の写しをよく読まなかったな。被害者の頸骨《けいこつ》は折れかけてたんだぞ。女がそこまで強く革紐を引き絞れるとは思えない」

「あっ、そうでしたね。実行犯は男なんでしょう」

「そう考えるべきだろうな」

「まだ勉強が足りませんね、自分は」

向井が平手で自分の額を軽く叩いた。

それから間《ま》もなく、加門のポリスモードが上着の内ポケットで鳴った。電話をかけてきたのは赤坂署の五十嵐刑事だった。

「加門の旦那、吉見詩織の職歴がわかったぜ。詩織は大学で西洋美術史を専攻して、卒業後は銀座の一流画廊に就職した。そこで八年半ほど働いて、ギャラリー経営のノウハウを学んだんだろう」

「折戸との接点は？」

「あったよ。二人は二年ほど前に高名な洋画家の祝賀パーティーで出会って、その後、密《ひそ》かに会ってた」

「五十嵐さん、その裏付《ウラ》けは取ったんですか？」

「もちろんさ。赤坂署《うち》の若いのが詩織の元同僚たちから、二人が親密な関係だという証言《こえ》を得てる。女は怖えよな。吉見詩織は折戸と不倫しながら、里佳にも有望な新鋭画家を紹介してたらしいんだ。女同士で、よくワインバーに行ってたんだってよ」

「不倫を覚《さと》られたくなかったんで、詩織は意図的《いとてき》に被害者とも親しくしてたんでしょう」

「そうなんだろうが、女は魔物だね。まさかおれのかみさん、こっちの友達か知り合いと密会してねえだろうな」

「心配になりました？」

「冗談だよ。三段腹のおばさんを誘う野郎なんかいないだろう。与太《よた》はともかく、折戸と詩織が共謀して、誰かに画廊の女社長を消させたんじゃねえのかな」

「そうなんでしょうか」

「殺人依頼の動機はあるぜ。折戸は広瀬に熱を上げてた妻を快くは思ってなかっただろうし、詩織は不倫相手と結婚したいと考えてた。折戸の後妻になれば、赤坂の画廊を切り盛りできる。八、九年ギャラリーに勤めてりゃ、いつか自分で画廊の経営をしたいと思うようになるんじゃねえか」

「そうかもしれませんね」

「きょうも折戸は、中目黒の豪邸に引き籠《こも》ってるそうだ。さっき捜査班の部下から報告があったんだよ。折戸は誰かに女房を殺《や》らせてるんで、赤坂の店に近づく気になれないんじゃねえか？」

「そうなんですかね。おれと向井は、吉見詩織の動きをもう少し探《さぐ》ってみます」

加門は通話を切り上げた。

詩織が折戸画廊から出てきたのは、午後六時過ぎだった。彼女はギャラリーの専用駐車場に急ぎ、ＢＭＷのスポーツカーに乗り込んだ。車体の色はドルフィンカラーだった。スポーツカーは裏通りを走り、青山通りに出た。向井が灰色のプリウスで慎重に尾行しはじめた。詩織の車は青山学院大学の手前で左折し、広尾《ひろお》を抜けた。折戸の自宅に向かっているのか。

やがて、スポーツカーは恵比寿《えびす》ガーデンプレイスに入った。

平成六年の秋にサッポロビール工場の跡地にできた〝複合都市〟だ。広大な敷地に四十階建てのオフィスビル、外資系ホテル、レストラン、映画館、多目的ホールが連《つら》なっている。

詩織はスポーツカーを駐車場に入れると、古城を復元したシャトーレストランに足を踏み入れた。加門は向井とともに詩織を追った。

詩織は一階のカフェに落ち着いた。中ほどの席だ。カフェ・オ・レを注文したようだ。

加門たち二人は隅のテーブル席に腰かけ、どちらもコーヒーを頼んだ。

「この二階には、三つ星レストランがあるんですよね。四年か五年前に友人とメインダイニングで一番安いランチを喰《く》ったんですが、一人前七千八百円もしたんですよ。高いランチは二万円近かったな、確か」

向井が言った。

「おれは、このカフェと奥にあるバーに何度か入ったことがあるな。しかし、三つ星レストランはなんとなく気後《きおく》れして、まだ入ったことがないんだ」

「盛りつけは綺麗《きれい》でしたが、それほどランチはうまくありませんでした。それはそうと、対象者は誰かと待ち合わせをしてる感じですね？」

「折戸と落ち合うことになってるのかもしれないな」

加門は言った。その直後、向井の視線が動いた。加門は向井と同じ方向を見た。

背広姿の折戸幸司が片手を挙げ、詩織の席に歩み寄った。コーヒーをオーダーすると、彼は前屈《かが》みになった。

少し経《た》つと、二人分のコーヒーが運ばれてきた。

加門はブラックでコーヒーを啜《すす》りながら、さりげなくカフェを見回した。折戸邸を張っていた二人の捜査員の姿は見当たらなかった。どうやら折戸に張り込んでいることを見抜かれ、尾行を撒《ま》かれてしまったようだ。

「うちの秋月《あきづき》と所轄の陣内《じんない》さんは、カフェの外で張り込んでるんでしょうか？」

向井が前屈《まえかが》みになって、小声で問いかけてきた。

「いや、そうじゃないだろう。対象者に尾行を撒かれたんだと思うよ」

「そうだったら、折戸は何か後ろ暗さを感じてるんでしょうね？」

「多分、そうなんだろう」

「あの二人が共謀して……」

「向井、声が高いぞ」

「あっ、すみません！」

向井が頭を掻《か》いて、コーヒーカップを摑《つか》み上げた。

加門は横目で折戸たち二人を盗み見た。二人の間には、何か濃密な空気が漂《ただよ》っている。

男女の関係であることは間違いなさそうだ。

折戸がコーヒーをひと口飲んでから、煙草をくわえた。店内は禁煙だった。どういうつもりなのか。折戸はマッチを擦《す》り、膨らんだ炎をしばし凝視する。火の点いていないメビウスをくわえたままだ。奇妙な行動だった。

折戸が目を細め、口の端をたわめた。瞳には何か残忍そうな光が宿《やど》っていた。

対象者には、放火癖があるのかもしれない。そんな直感が働いた。だが、加門は部下の向井には話さなかった。

科学捜査の時代である。第六感を口にすることは、さすがにはばかられた。しかし、勘の類《たぐい》を全面的に否定することはできなかった。

放火衝動に駆られるのは、一種の心の病気だ。消防団員が繰り返し民家に火を点けた事例は一つや二つではない。テレビの記者が放火し、その火災映像をスクープしたこともあった。その放火犯は激しく燃え盛る炎を目にすると、異常なほど興奮すると供述している。

アメリカの連続放火魔は民家や車を燃やすと、性的な快感を覚えると告白した。炎に異常な関心を寄せるのは、歪《いびつ》な性癖の持ち主なのではないか。折戸は過去に放火したことがあるのかもしれない。刑事の勘だった。

折戸と詩織は三十分ほど談笑し、二階の三つ星レストランに移った。

捜査費で高いフランス料理を食べるわけにはいかない。加門たちはレストランの近くで張り込みはじめた。

折戸と詩織がレストランから現われたのは、午後九時数分前だった。二人は外資系ホテルに入り、高層用エレベーターに乗り込んだ。

函《ケージ》が停まったのは二十一階だった。折戸は、ツインの部屋で詩織と肌を貪《むさぼ》り合うのだろう。

加門は向井とフロントに回った。

素姓《すじょう》を明かし、フロントマンに折戸たち二人のことを訊く。二人は一年以上も前から月に三、四回、ホテルに泊まっているという話だった。

フロントを離れると、向井が耳打ちした。

「二人のいる部屋に上がって、吉見詩織を廊下に連れ出しましょうよ。女だから、少し追及すれば、口を割ると思うんです」

「妻帯者のくせに、野暮な男だな。二人はこれから情事に耽《ふけ》るつもりなんだろう。嫌疑があるからって、そこまでやったら、無粋《ぶすい》じゃないか」

「そうなんですが……」

「折戸が誰かに妻殺しを頼んだんだとしたら、必ずボロを出すさ。今夜は引き揚げよう」

二人は外資系ホテルを出て、覆面パトカーに足を向けた。

赤坂署に戻る。捜査本部に入ると、五十嵐が部下の陣内と本庁の秋月刑事を叱《しか》りつけていた。やはり、二人は折戸に尾行を撒かれてしまったようだ。

「吉見詩織が折戸と接触したことを視認したんですから、もう勘弁してあげてくださいよ」

加門は五十嵐に声をかけ、経過を報告した。

五十嵐の顔が明るんだ。加門は、秋月と陣内に目配せした。

二人は救われた表情で目礼し、そそくさと捜査本部から消えた。少し遅れて、向井も帰途《きと》についた。

捜査本部事件の捜査だからといって、刑事たちは必ずしも署内の仮眠室や武道場に寝泊まりしているわけではない。捜査が順調に進んでいれば、捜査員たちはそれぞれ自宅や官舎に引き揚げる。

「陣内の野郎、失敗《ドジ》を踏みやがって。本庁の秋月刑事よりも刑事歴が長いんだから、被疑者に張り込みや尾行を看破されたら、すぐに気配で気づきそうだがな」

五十嵐が話を蒸《む》し返した。

「部下が優秀すぎても、困るんじゃないですか？」

「ま、そうだな。少しはしくじってくれないと、かわいげがねえ」

「そうですよね」

加門は五十嵐のかたわらに腰を落とし、折戸がマッチの炎を見つめていたことを話した。さらに自分が直感したことも喋った。

「折戸がじっとマッチの炎を見つめて、妙な笑みを浮かべてたのか。そっちが言ったように昔、放火したことがあるのかもしれねえな。ちょいと犯歴を照会してみらあ」

五十嵐が節《ふし》くれ立った指で、端末のキーを操作した。むろん、リターンキーが押された。

加門はディスプレイに目を向けた。一分そこそこで、照会センターから回答があった。

折戸幸司に逮捕歴はなかった。

「勘が外れましたね」

「まだわからねえぜ。照会センターのデータベースにあるのは、成年後の検挙歴や起訴の有無《うむ》だけだからな」

「ええ、そうですね。折戸は未成年のときに悪さをして、鑑別所か少年院送りになったことがあるかもしれないな」

「ああ。捜査資料によると、折戸は中学卒業まで福島県二本松《にほんまつ》市で育って、その後は一家で埼玉県の浦和《うらわ》に転居してる。何かよほどのことがない限り、家族で引っ越したりしねえよな？」

「でしょうね」

「明日にでも捜査班のペアを二本松に行かせて、折戸の少年時代のことを調べさせようや」

五十嵐が言った。加門は相槌《あいづち》を打った。

「今夜はこのくらいにして、安酒でも引っかけねえか」

「そうしましょうか」

二人は相前後して椅子から立ち上がった。

6

出前の天丼を平らげた。

加門はハンカチで口許《くちもと》を拭《ぬぐ》って、緑茶を口に含んだ。翌日の昼食である。捜査本部だ。

先にカツ丼を掻《か》き込んだ五十嵐は、すぐ横で爪楊枝《つまようじ》を使っていた。

加門の部下の寺尾と赤坂署の岡刑事は、今朝早く東北新幹線で福島に向かった。とうに二本松市に着き、折戸幸司の過去を洗っているはずだ。

しかし、まだ報告がない。のんびりと食事を摂《と》ってから、聞き込みの結果を伝える気でいるのか。

「岡たちは何をしてやがるのかね？」

五十嵐が爪楊枝で歯をせせりながら、苛立《いらだ》たしげに言った。貧乏揺すりもしていた。

「相変わらず、せっかちですね」

「報告が遅《おせ》えじゃねえか。こっちから、岡に連絡してみよう」

「それじゃ、岡刑事の立場がないですよ。もう少し待ってみましょう」

加門は五十嵐をなだめた。五十嵐がうなずく。

志賀刑事課長は窓際のテーブルで、うつらうつらしている。捜査資料を読み返しているうちに眠くなってしまったのだろう。

志賀に限らず管理職の多くは、どこか緊張感が欠落《けつらく》している。いつも神経を張りつめているのは、現場捜査に携《たずさ》わっている刑事や鑑識係員だけだ。管理職の大半は、自分の出世にしか関心がないのかもしれない。

一服し終えたとき、加門の刑事用携帯電話《ポリスモード》が着信音を発した。電話をかけてきたのは、部下の寺尾だった。

「連絡が遅くなりました。予想外の収穫があったもんで、ご報告が……」

「先をつづけてくれ」

「はい。折戸幸司は、中三の夏休みに少年鑑別所に一カ月ほど入れられてました。一つ年上の幼馴染《おさなな》み《じ》の高校生の自宅に放火したんですよ」

「やっぱりな。寺尾、詳《くわ》しいことを教えてくれ」

「わかりました。折戸は子供のころ、とても内気で、女の子みたいにおとなしかったようです。そんなことで、小学生のころから近所の悪ガキどもにからかわれたり、いじめられてたらしいんです。学校の校庭でズボンをブリーフごと引きずり下ろされたり、ランドセルの中に生きてる縞蛇《しまへび》を入れられたりね」

「子供は残酷なことを平気でやるからな」

「ええ、そうですね。悪ガキのリーダー格の中沢勇《なかざわいさむ》って奴は折戸の家の五、六軒先に住んでたんですが、一つ年下の幼馴染みを使いっ走りにして、小遣いもそっくり巻き上げてたというんです。それから折戸は、ポルノ雑誌を中沢に万引きさせられてたようですね」

「そう。で、折戸は中沢の家が火事になれば、一家はどこかに引っ越すだろうと考えたんだな?」

「そうみたいですね。折戸は真夜中に自宅を抜け出して、中沢宅の玄関脇の羽目板《はめいた》に火の点いた丸めた新聞を押しつけたというんですよ。火が羽目板に燃え移ったとき、中沢の父親が異変に気づいて、折戸を取り押さえたんだそうです。そのとき、折戸は自宅にあった徳用マッチを二箱も隠し持ってたらしいんですよ。幸い小火《ぼや》で済んだんですが、中沢家の世帯主は怒って一一〇番通報したというんです」

「で、折戸は県下の鑑別所に送られたんだな？」

「そうです。警察の調べで折戸が何年も前から中沢にいじめられてたことが明らかになったんで、保護観察処分になったらしいんですよ。当時の担当保護司にも会ってきました。放火騒ぎは夏休み中の出来事だったんで、学校の級友たちは折戸が鑑別所に入れられたことは知らなかったようです。でも、近所の人たちの噂がだんだん広まって……」

「折戸一家は二本松市に居《い》づらくなって、翌春、埼玉県の浦和市に転居したんだな？」

「そうなんですよ。折戸は県下の公立高校に進んだんですが、その学校の部室《ぶしつ》が彼が在学中に二度、不審火を出してるんです。そのことは岡刑事が電話で探《さぐ》り出してくれたんですよ、折戸が通ってた高校に問い合わせてね」

「折戸が部室に火を点けたのか？」

「複数の生徒が出火前に折戸を部室付近で目撃してたらしいんですが、物証がないんで、彼は何もお咎《とが》めは受けなかったそうです」

「そう。ご苦労さんだったな。ひと休みしたら、岡刑事と東京に戻ってくれ」

加門は通話を切り上げ、寺尾の報告を五十嵐に伝えた。

「折戸はガキのころに辛い目に遭《あ》ってたんだな。だからといって、誰かに妻を始末させる気になるかい？」

「折戸は、交際中の吉見詩織との再婚を真剣に考えてたのかもしれません。そうだとしたら、里佳の存在が邪魔になる。それから、広瀬と不倫してたことも赦《ゆる》せないと考えてたはずです」

「それはそうだろうな」

五十嵐が応じた。そのとき、彼のポリスモードが鳴った。発信者は部下の秋月のようだった。

数分で、遣《や》り取《と》りは終わった。

「秋月たちは吉見詩織の交友関係者に会ってたんだが、折戸の彼女は身内や友人に里佳の一周忌が過ぎたら、すぐギャラリーの新オーナーと結婚すると嬉しそうに話してたらしいんだよ」

「そうですか。やっぱり、折戸は吉見詩織を後妻にする気でいたんだな」

「加門の旦那、折戸の交友関係を徹底的に洗ってみようや。野郎の知り合いに、ヤー公がいるかもしれないからさ。里佳を絞殺したのは裏社会の人間とも考えられるじゃねえか」

「五十嵐さんの筋読みにケチをつけるつもりはないんだが、おれは実行犯は堅気なんじゃないかと睨んでるんですよ。やくざ者や不良外国人に妻殺しを頼んだら、依頼人は相手に致命的な弱みを握られることになるでしょ?」

加門は言った。

「それもそうだな。相手が性質《たち》の悪い奴だったら、折戸は全財産を毟《むし》り取られることになるだろう」

「ええ、そうでしょうね。少し頭が回れば、そういうリスクは避《さ》けるでしょう。折戸は誰かに交換殺人を持ちかけたのかもしれないな。そいつに妻の里佳を始末してもらって、自分は相手の邪魔者を殺《や》ってやった。それなら、どちらにも犯行動機がないわけだから、捜査当局に目をつけられずに済むでしょ?」

「旦那の言う通りなんだが、ガキの時分《じぶん》にいじめられっ子だった折戸に人殺しがやれるかね。放火ぐらいはやれるだろうがな」

「五十嵐さん、それかもしれません。折戸は妻を殺害してくれた実行犯の自宅か事務所に火を放ってやったんじゃないだろうか。もちろん、相手の狙《ねら》いは火災保険金です」

「そういうことなら、リアリティーがありそうだな。おれは、捜査班のみんなに折戸の交友関係の洗い直しをさせるよ。そっちは折戸をマークしてみてくれや」

五十嵐が言った。

加門はうなずき、少し離れた場所にいる向井刑事を呼んだ。部下と一緒にすぐさま捜査本部を出て、捜査車輛に乗り込む。ホワイトのエルグランドだった。

向井の運転で、中目黒に向かう。折戸邸は山手通りから少し奥に入った邸宅街の一角にあった。豪邸だ。

覆面パトカーは、折戸邸の数十メートル手前の民家の生垣《いけがき》に寄せられた。

「セールスマンになりすまして、折戸が在宅してるかどうかチェックしてきます」

向井が車を降り、折戸宅に向かった。彼はインターフォンを鳴らし、二言《ふたこと》三言《みこと》喋った。

じきに向井が戻ってきた。

「折戸は自宅にいるのか？」

加門は、運転席に坐った部下に問いかけた。

「ええ、いました。折戸は眠そうな声でした。きのうの晩は、ホテルで吉見詩織を一睡もさせなかったんでしょう。彼女、セクシーですからね」

「そうなのかな。折戸が誰かと接触するまで辛抱《しんぼう》強く張り込もう」

「了解！」

向井がハンドルを抱え込み、折戸邸に目をやった。加門も背凭《せもた》れに上体を預け、折戸宅の門扉《もんぴ》に視線を注いだ。

時間の流れは遅かった。

焦《じ》れたら、負けだ。二人は粘り強く張り込みつづけた。

五十嵐から加門に電話連絡があったのは夕刻だった。

「捜査班の連中が有力な情報を掴んでくれたぜ。折戸幸司の釣り仲間に大杉章《おおすぎあきら》って五十歳の男がいるんだ。大杉は大田区《おおたく》西糀谷《にしこうじや》三丁目でプレス工場を経営してたんだが、先月の下旬に全焼してるんだよ」

「放火による火災だったんですね？」

「ああ、そうだ。大杉章はすでに損保会社から一億三千万円の火災保険金を受け取ってる。自宅は同じ区内の大森南四丁目にあるから、塒《ねぐら》には困らない。大杉は、火事のあった場所に三階建てのワンルームマンションを建てる予定らしいんだよ。おれんとこの若い奴が工場の顧問税理士に当たったんだ。大杉の工場は五、六年前から、赤字つづきだったんだってよ。蒲田《かまた》署は聞き込みで、火災当夜に四十代半《なか》ばの男が工場の前を行ったり来たりしてたことを把握《はあく》してたんだ。その男はジョギングウェア姿だったらしいんだが、近所の者たちは見かけない顔だと証言してるんだよ」

「その男は折戸臭いですね」

「おそらく、そうなんだろうよ。旦那、ちょいと大杉章を揺さぶってみてくれねえか」

「わかりました。大杉の家《ヤサ》の住所を教えてください」

加門は上着のポケットから手帳を取り出した。

五十嵐が大杉の住まいの所番地を二度繰《く》り返した。加門は書き留《と》め、電話を切った。

経過をかいつまんで向井に語り、エルグランドを発進させる。

やがて、大杉章の自宅に着いた。ごくありふれた二階家だった。敷地は五十坪もないだろう。住宅が密集していた。

加門たちは捜査車輛を降りた。向井がインターフォンを鳴らすと、スピーカーから中年女性の声が流れてきた。

「警察の者です。大杉章さんの奥さんでしょうか？」

加門は確かめた。

「そうです」

「ご主人は、ご在宅ですか？」

「はい、おります」

「工場の放火事件のことで、大杉さんと話をしたいんですがね」

「放火犯が捕まったのかしら？」

「いいえ。しかし、ご主人には犯人に心当たりがありそうなんですよ」

「それ、どういう意味なんでしょう⁉　まさか夫が誰かに頼んで、工場にわざと火を点けさせたんじゃないですよね？」

「その疑いが出てきたんです。ご主人は放火の実行犯に心当たりがあると思うんですよ」

「うちの主人が誰かに工場に火を点けさせたと疑ってるんですねっ。夫は、そんな人間ではありません。亡くなった義父から引き継《つ》いだ工場を実直に経営してきたんです。器用に立ち回ることができない性格なんで、何年も工場の経営は楽じゃなかったんですけど、悪いことなんかできる男性《ひと》じゃありませんよ」

「とにかく、大杉さんに取り次《つ》いでほしいんです」

「わかりました。少々、お待ちください」

スピーカーが沈黙した。

十分近く経過しても、大杉は姿を見せない。

「係長《ハンチョウ》、大杉は追いつめられて自殺を図るかもしれませんよ」

向井が不安顔になった。

ちょうどそのとき、大杉宅の窓から五十年配の男が飛び降りた。灰色のジャージの上下をまとい、裸足《はだし》だった。大杉章だろう。

「お父さん、なんで逃げるの？　あなたが誰かに工場に火を点けさせたんじゃないんでしょ？」

窓から大杉の妻と思われる四十代後半の女性が顔を突き出し、狭い庭の奥に向かった男に声をかけた。

ジャージの男は背後の民家のブロック塀《べい》を乗り越え、間もなく見えなくなった。

「おまえはここにいろ。おれは裏道に回る」

加門は向井に言って、疾駆《しっく》しはじめた。

数十メートル先に脇道があった。道幅は狭かった。加門は路地を走り抜け、裏通りに出た。すると、前方からジャージの男が駆けてきた。大杉らしき男だ。

すぐに彼は加門に気がつき、身を翻《ひるがえ》した。

加門は速度を上げた。みるみる距離が縮まる。逃げる五十男が急に足を縺《もつ》れさせた。

次の瞬間、前のめりに倒れた。呻《うめ》き声は長かった。

加門は男に駆け寄り、荒っぽく摑《つか》み起こした。相手は肩を弾《はず》ませている。いかにも苦しげだ。

「大杉章さんだね？」

「そうだが……」

「あんたの工場を全焼させたのは、釣り仲間の折戸幸司なんじゃないのかっ」

「誰なんだ、その男は？」

「空とぼけても無駄だよ。われわれは、あんたと折戸の繋がりをもう調べ上げたんだ」

「えっ⁉」

大杉が視線をさまよわせた。うろたえていることは明らかだった。

「あんたは工場に火を点けてもらった交換条件として、折戸の妻の里佳をギャラリーの事務室で絞殺した。凶器は革紐だった。それには、犯人の手の皮脂と汗《し》が染み込んでた。それで、ＤＮＡ鑑定で犯人の血液型がわかったんだよ。あんたの血液型もＯ型のＲｈプラスなんだろっ」

「ち、違うよ」

「もう観念したほうがいいな。ＤＮＡ鑑定は、どんな言い逃《のが》れもごまかしも通用しないんだ」

「わたし、どうしても火災保険金の一億三千万円を手に入れたかったんだ。だいぶ前から工場は赤字つづきで、二千八百万も借金を抱えてたんですよ。無理して利払いをしても、元金はいっこうに減らない。このままじゃ、工場の土地も手放すことになってしまうと思って……」

「だから、悪魔の誘いに乗ってしまったんだな?」

「そうです。折戸さんの奥さんにはなんの恨みもなかったから、殺すことには強い抵抗がありましたよ。でも、交換犯罪なら、どちらも疑われることはないと何遍《なんべん》も言われたんで、だんだん……」

「それで、折戸里佳を殺《や》ったんだな?」

「申し訳ありません。わたしが愚《おろ》かでした」

「あんたの工場に火を点けたのは折戸なんだね?」

「ええ、間違いありません。わたし、彼が火を点ける瞬間をスマホの夜間モードでこっそり撮影してたんです。後日、折戸さんに火災保険金の一部を寄越《よこ》せと脅迫されるかもしれないと思ったんでね」

「折戸は妻の財産をそっくり相続できるんだ。そんなケチなことは考えないだろう」

加門は言った。

「よく考えれば、その通りなんですよね。でも、なんか疑心暗鬼《ぎしんあんき》に陥《おちい》って、保険を掛けておいたほうがいいと思ってしまったんです」

「殺しの報酬は貰わなかったのか？」

「彼は、折戸さんは奥さんが死んだ翌日に電話で二千万円の成功報酬を払ってもいいと言ってきました。だけど、わたしは受け取りを拒否したんです」

「なぜ？」

「人殺しをして、その謝礼を受け取ったら、外道《げどう》も外道だと思ったからです。それに損保会社から、一億円以上の火災保険金が入る当てもありましたしね。わたしも折戸さんも、どうかしてたんですよ。里佳さんを殺してから毎晩、悪夢にうなされ通しだったんです。わたし、もう疲れました。犯行を認めて、ちゃんと罪を償《つぐな》います」

大杉が涙声で言い、両手を前に差し出した。

加門は前手錠を掛け、女性画商殺しの実行犯を大杉宅の前に連れ戻した。覆面パトカーの後部座席に大杉と乗り込み、向井に声をかけた。

「大杉は折戸里佳を殺したことを認めた。DNA鑑定に必要だから、大杉の頭髪の付着したブラシか使いかけの湯呑《の》みを借りてきてくれないか」

「はい。大杉の工場に火を放ったのは、折戸なんですね？」

「ああ、こっちの読み通りだったよ」

「また、金星ですね」

向井が笑顔で言って、大杉宅の玄関に走った。

加門は、五十嵐のポリスモードを鳴らした。大杉が犯行を全面自供したことを五十嵐に伝え、折戸に任意同行を求めてほしいと頼んだ。

「今回も加門の旦那に先を越されちゃったな」

「こっちだけの手柄じゃありませんよ。チームプレイの賜物《たまもの》です」

「その謙虚《けんきょ》さを見習わなきゃな。折戸の件は任せてくれ」

五十嵐の声は弾んでいた。

加門は刑事用携帯電話《ポリスモード》を懐に収めた。

そのとき、運転席のドアが開けられた。向井は、ハンカチにくるんだブラシを持っていた。

「奥さんとお嬢さん、泣き崩れてたよ。大杉さん、人生をリセットするんだな」

「ええ、そうします」

大杉が声を殺して泣きはじめた。

向井が借り受けたブラシをダッシュボードに入れ、勢いよくエンジンを始動させた。

捜査車輌は滑らかに走りはじめた。

大杉宅から遠ざかると、向井が屋根《ルーフ》に赤い回転灯を装着させた。覆面パトカーはサイレンを高く響かせながら、一時停止している一般車輌を次々に追い抜きだした。

赤坂署に着いたのは二十五、六分後だった。

捜査本部にいる志賀課長に逮捕した大杉を引き渡し、加門はすぐに刑事課の取調室1に急いだ。

五十嵐警部補は折戸を取り調べ中だった。ノートパソコンの前には、加門の部下の才《さい》賀翔《かしょう》巡査が坐っていた。二十五歳のルーキーだ。

「少し前に折戸も完落《かんお》ちしたよ」

「五十嵐さんのお手柄ですね」

「チームプレイのおかげさ」

「一本取られたか」

加門は五十嵐と顔を見合わせ、にっと笑った。

「里佳は落ちぶれたおれを見下《みくだ》すようなことばかり言ってたから、仕返ししてやったんだ。夫をずっと立ててくれてれば、何も大杉さんに殺《や》らせなかったのに。里佳、おまえが悪いんだぞ」

折戸が虚《うつ》ろに呟《つぶや》いた。その目は焦点が定まっていなかった。

「てめえの心根《こころね》が腐《くさ》ってるんだよ。被害者面《づら》をするんじゃねえ！」

五十嵐が一喝《いっかつ》した。その言葉が耳に届かなかったのか、折戸は同じ言葉を呪文《じゅもん》のように唱《とな》えた。

「後《あと》は任せます」

加門は五十嵐に言い、取調室1を出た。

今夜の祝杯は苦そうだった。

第二話　汚れた夜

1

食欲がない。

気分が沈んでいるせいだろう。おかずは好物ばかりだった。それでも、喉《のど》を通らなかった。

深見安奈《ふかみあんな》は吐息《といき》をつき、ランチセットの洋盆《トレイ》を横に除《の》けた。

半分以上も食べ残してしまった。後ろめたい。

警視庁本部庁舎内にある大食堂だ。

午後二時近い時刻とあって、人影は多くなかった。二〇二四年四月下旬である。

安奈は本庁生活安全部少年育成課の刑事だ。階級は巡査長で、独身だった。二十八歳だが、若く見られることが多い。髪をポニーテールにまとめているからだろうか。目黒区の碑文谷《ひもんや》署の生活安全課から本庁に異動になったのは、およそ半年前だ。その前は荻窪《おぎくぼ》署にいた。それ以前は新宿署刑事課勤務だった。

安奈は朝から気持ちが塞《ふさ》いでいた。

碑文谷署時代に更生させた札つきの非行少女が昨夜、マンションの非常階段の踊り場から飛び降り自殺したからだ。中根千帆《なかねちほ》という名で、享年《きょうねん》十九だった。

千帆は家庭環境には恵まれていた。父親は有名大学の准教授《じゅんきょうじゅ》で、母は弁護士である。リベラルな両親に育てられた千帆は伸びやかに生きてきた。IQが高く、美少女でもあった。

中学二年生のとき、ロックコンサートの会場で隣のクラスの女子生徒と偶然に顔を合わせた。その少女は開業医のひとり娘で、どこか大人びていた。成績は悪くなかった。彩実《あやみ》という名だった。

千帆は、どこか謎めいた彩実に好奇心をそそられた。次の日の放課後から、彩実と一緒に遊ぶようになった。

数日後、千帆は彩実の自宅に招かれた。彼女の部屋には、万引きしたCD、アクセサリー、ゲームソフトがあふれていた。千帆は彩実の意外な一面を垣間《かいま》見て、とても驚いた。

彩実は自室で堂々と煙草《たばこ》を吹かし、危険ドラッグ遊びに耽《ふけ》った。しかし、そうした不道徳な行為を千帆に無理強《じ》いすることはなかった。

千帆は、自分よりも早く大人になった彩実に強く憧《あこが》れた。自ら煙草や酒の味を覚え、危険ドラッグ遊びに溺《おぼ》れた。

ラリった二人は夜の盛り場に繰《く》り出し、年上の少女たちを次々に脅した。ゲーム感覚で恐喝《きょうかつ》も働いた。そうこうしているうちに、自然に非行グループの少年少女と交わるようになった。どの遊びも刺激的だった。

二人は同世代の遊び仲間に飽《あ》きると、渋谷を根城《ねじろ》にしている暴力団の若い構成員たちともつき合うようになった。

中学三年生になって、彩実はルックスのいい若いやくざに恋をした。卓《すぐる》という名で、二十三歳だった。卓は毎月、上納金として兄貴分に四十万円を渡さなければならなかった。彼は金儲《もう》けが下手だった。

彩実は見かねて、一役買う気になった。あろうことか、彼女は家出少女たちを集めて、出会い系サイトで援助交際の金主《スポンサー》を探しはじめたのである。つまり、少女売春組織の元締めになったわけだ。

さすがに千帆は傍観《ぼうかん》していられなくなった。彩実を強く窘《たしな》めた。

すると、彩実は険《けわ》しい顔で脅し文句を並べた。千帆は竦《すく》み上がった。彩実の本性《ほんしょう》を見た気がして、彼女から遠ざかった。

そんなある晩、千帆の自宅に卓が訪れた。彩実が夢中になっている男はこれ見よがしにライセンス生産された中国製トカレフのノーリンコ54を弄《もてあそ》びながら、売春組織の手伝いをしろと命じた。当然、千帆は断った。

と、卓は千帆の非行の数々を警察に密告すると威《おど》しをかけてきた。犯罪行為を暴《あば》かれたら、退学処分にされるにちがいない。通っているミッション系大学の附属中学校の教育方針は厳格だった。

千帆は卓の脅迫に屈《くっ》し、彩実と一緒に体を売った少女たちから一万円前後のピンをはねるようになった。彩実は月々、七、八十万円の金を卓に渡していた。卓は上機嫌だった。

高校生になると、彩実は管理売春組織を拡大させた。彼女は卓には八十万円だけ渡し、残りの金を自分の遊興費《ゆうきょうひ》に充《あ》てた。口止め料のつもりか、千帆にブランド物の服やバッグを買ってくれた。

彩実が春をひさいでいる少女たちにリンチされて死んだのは、高校二年生の春だった。

全裸にされた彼女は顔や体を剃刀《かみそり》で五十数カ所も傷つけられた。死因は失血死だった。犯人グループの七人のうち四人は逮捕された。しかし、残りの三人の少女は逃亡したままだ。

千帆は自分も彩実と同じように仕返しをされるような気がして、落ち着かなかった。その強迫観念《きょうはくかんねん》は日ごとに膨《ふく》らみ、頭がおかしくなりそうだった。

千帆は自分の身を護《まも》るため、卓の兄貴分の城所順《きどころじゅん》という男に進んで身を任せた。初体験だった。三十四歳の城所は拾いものをしたと喜び、千帆をかわいがってくれた。

しかし、優しかったのは最初の数カ月だけだった。

次第に城所は千帆に金をせびるようになった。千帆は家の金を盗み、級友から金を借りまくった。それでも、城所は満足《し》しなかった。

千帆に性風俗店で働くことを強いた。デリヘル嬢にさせられそうにもなった。そこまで堕《お》ちたくはない。千帆は果物ナイフで城所の腹部を刺し、自宅近くの碑文谷署の生活安全課少年第一係に駆け込んだ。

たまたま応対に現われたのが深見安奈だった。

安奈は所轄の渋谷署に連絡を取り、捜査員に城所の自宅マンションに急行してもらった。城所の傷は浅かった。犯行を認めた千帆は家庭裁判所に送致された。審判の結果、練馬の東京少年鑑別所を経《へ》て、狛江《こまえ》市内にある女子少年院に収容された。

安奈は千帆が充分に更生できると判断し、ちょくちょく面会に訪れた。千帆は一年数カ月後に仮退院した。

すでに高校は退学処分になっていた。幸運にも城所は府中《ふちゅう》刑務所で服役中だった。殺人未遂事件で、現行犯逮捕されたのだ。余罪もあった。仮出所できるのは三、四年後だろう。

千帆の両親は数カ月前に離婚していた。仮退院した千帆は、母親の許《もと》に引き取られた。しかし、以前の母子関係は崩れていた。

弁護士の体面を保《たも》てなくなった母親は、わが娘によそよそしく接するようになっていた。千帆には居場所がなかった。安らぎの場がない。家にいることが苦痛になった。

安奈は、それを察した。担当保護司と相談して、千帆を寮のある製パン工場に就職させた。その後は明るく真面目に働いていたようだが、きのうの夜、彼女は自ら人生に終止符を打ってしまった。

安奈は登庁前に所轄署の生活安全課に電話をかけ、千帆の自殺の原因を探《さぐ》ってみた。しかし、それはわからなかった。

寮の部屋には、遺書はなかったらしい。職場の同僚とも特に問題は起こさなかったという。千帆は入寮してから、父母には一度も会っていなかったそうだ。

安奈は大学で心理学を専攻したのだが、千帆の苦悩をまったく感じ取れなかった。おそらく彼女は救いようのない孤独感にさいなまれ、厭世的《えんせいてき》な気持ちになってしまったのだろう。

少年係の刑事は、犯罪に走った若者を家庭裁判所や地方検察庁に送致してからが真の職務だ。彼らを更生させなければ、存在価値がない。法律を破った少年少女を捕まえることは誰にでもできる。大事なのは、その後のケアだ。

自分は、まだ半人前だ。安奈は自己嫌悪に陥《おちい》りそうだった。

「深見、なんか元気がないな。どうした？」

聞き覚えのある男の声が耳に届いた。

安奈は頭を上げた。テーブルの向こうに、捜査一課第五強行犯捜査殺人犯捜査第五係の加門係長が立っていた。ランチセットの洋盆《トレイ》を捧《ささ》げ持っている。

「どうもしばらくです。本部庁舎内で会うのは一カ月半ぶりですすよね？」

「そのぐらいになるか。警察官、通訳などの特別捜査官、一般職員を併《あわ》せりゃ、大勢の人間が本部庁舎で働いてるから、意外に顔を合わせる機会がないんだよな。ここ、坐ってもいいか？」

「ええ、どうぞ！」

安奈は笑顔で言った。

加門は新宿署刑事課時代の先輩だった。安奈は刑事のイロハを加門から教わっていた。ペアを組んで凶悪犯を追い込んだことは数え切れない。

加門が向かい合う位置に腰かけ、昼食を摂《と》りはじめた。

「赤坂の女性画商殺しの事件《ヤマ》、加門さんが真相を暴《あば》いたんですってね？　さすがはエース刑事だわ。それにしても、検挙率は群を抜いてますね」

「毎回、まぐれだったんだ。それに、チームワークがよかったんだよ」

「先輩は、ちっとも偉ぶらないんですね。そういう人柄だから、仲間や女性警察官に慕《した》われてるのね。わたしも、ファンのひとりです」

「ミス桜田門にそう言ってもらえるのは光栄だよ」

「冗談ばっかり！」

安奈は、加門をぶつ真似《まね》をした。

「昼飯も喰《く》えないほど大きなポカをやっちゃったか。それとも、恋愛の悩みかな？」

「それ、セクハラになるんじゃありません？」

「おっと、ちょっとまずかったか。こっちでよかったら、胸に溜《た》まってるものを吐き出せよ。悩みってやつは他人《ひと》に話すことで、半分は消えるものだ」

加門が言った。その言葉に背中を押され、安奈は死んだ千帆のことを喋《しゃべ》った。

「そんなことがあったのか。残念なことだが、別に深見が自分を責《せ》めることはないよ。その娘《こ》を寮のある製パン工場に就職させて、しばらく様子を見てたんだろう？」

「ええ、そうです」

「だったら、きみの役目は一応、終えてるわけだ」

「そうなんですけど、わたしは千帆の心の闇《やみ》に気づいてあげられませんでしたから」

「思い上がっちゃいけないな。深見は精神科医でも宗教家でもないんだ。ただの刑事が他人《ひと》の命を救《すく》えるわけない。少年係の刑事は、ちょっとつまずいた若い連中に立ち直るきっかけしか与えられないんだよ。生き方のプロじゃないんだから、そこまでが限界なんだ」

「そうなんでしょうね。だけど、もう少し千帆のことを気にかけてあげてれば、自殺を思い留《とど》まらせることができたんじゃないのかな。そう考えると、なんか自責の念が……」

「優しいんだな、きみは。そのことは、もちろん悪いことじゃない。しかしな、並の人間が他者の命を救うことはできないんだ。ある哲学者が自殺も一つの生き方だという持論を貫《つらぬ》いて、満六十五歳で自ら命を絶《た》った」

「でも、千帆はまだ二十歳《はたち》前だったんですよ。あまりにも若い死でしょ？」

「そうだな。しかし、死んだ娘《こ》はもう充分に生きたと感じて、幕を下《お》ろしたのかもしれないぞ。前途《ぜんと》を悲観して死を選んだと極《き》めつけるのは常識に囚《とら》われてるし、どこか傲慢《ごうまん》だよ」

「えっ、傲慢ですか⁉」

「そう。自分の価値観や尺度《しゃくど》で他人《ひと》の行動を推《お》し測《はか》るのは、一種の思い上がりだよ。他人の人生は、その当事者がシナリオを書くべきものなんじゃないか？」

「加門さんの話は哲学的すぎて、わたしにはよく理解できません。だけど、少し気持ちが楽になりました」

「それはよかった」

加門が頬を緩《ゆる》めた。他人の心を和《なご》ませるような笑顔だった。

「わたし、千帆の葬儀に出て、気持ちに区切りをつけます」

「通夜《つや》にも告別式にも顔を出さないほうがいいな」

「えっ、どうしてですか？」

「故人の死顔を見たら、深見はまた自分の力のなさを嘆《なげ》いて苦しむことになるだろう。

死んだ人間の記憶を心に刻《きざ》みつける。それが一番の供養《くよう》だよ。おれは、そう考えてるんだ。偉そうなことを言っちまったか」

「いいえ、なんか説得力がありましたよ。わたし、心の中で千帆の野辺《のべ》送りをする気になってきました」

「そうか」

「いろいろありがとうございました。お先に失礼しますね」

安奈はトレイを両手で持ち、椅子から腰を浮かせた。洋盆を所定のカウンターに戻し、食堂を出る。

かつて防犯部と呼ばれていた生活安全部は、生活安全総務課、生活経済課、生活環境課、保安課、少年育成課、少年事件課、サイバー犯罪対策課、生活安全特別捜査隊で構成されている。十二階には部長室、生活安全総務課、保安課などがある。

地味な職務が多いが、最近は公安や警備畑に次《つ》ぐ出世コースとして、保安警察が脚光を浴びはじめている。だが、安奈が所属している少年育成課は出世コースに入っていない。

当然、彼女はそのことを知っていた。しかし、いまの職務は気に入っている。自分の性《しょう》に合っていた。やり甲斐《がい》もあった。

安奈はエレベーターで九階に上がった。

函《ケージ》を出ると、エレベーターホールに顔見知りの新聞記者がいた。三十代後半の男で、巨漢だった。ふだんは十一階にあるプレスクラブに詰めていた。

「確か深見さんは、二年前に荻窪署管内で発生したホームレス襲撃事件を担当したんですよね？」

「ええ。それがどうかしました？」

「その事件で多摩少年院に送られた手塚翼《てづかつばさ》が、また問題を起こしたよ。昨夜《ゆうべ》、仲間たちと家電量販店の倉庫に押し入って、ガードマンに怪我を負わせたらしいんだ」

「嘘でしょ？　だって、彼は少年院を出てからは昔の遊び仲間とは縁を切って、真面目《まじめ》にレンタルビデオ店で働いてたのよ」

「偽情報《ガセネタ》じゃないよ。なんなら、所轄署に問い合わせてみたら？」

「そうするわ」

安奈は新聞記者に軽く手を振って、少年育成課の刑事部屋に入った。

二年前、杉並区内の公園で野宿をしていた六十八歳の男性が少年グループ四人に寝込みを襲われ、角材や竹刀《しない》で叩《たた》かれて全治二カ月の重傷を負った。被害者や近所の住民たちの目撃証言で、隣町に住む高校生たちの犯行とわかった。

当時、高校一年生だった手塚翼たち四人が検挙され、彼らはそれぞれ都内の少年院に送られた。主犯格の少年だけが第五種（旧高等）少年院に収容された。翼たち三人の共犯者は第一種（旧初等）少年院送りになった。

一年数カ月後に仮退院した翼は別の高校に編入学することもなく、社会人になった。勤めているレンタルビデオ店を紹介したのは、担当保護司だった。

安奈は時々、その保護司に翼の近況を教えてもらっていた。生活に乱れはなかったと聞き、ひと安心していた矢先の事件情報だった。

安奈は自席につくと、翼の担当保護司の自宅に電話をかけた。保護司は元教員で、六十六歳だった。一柳寿文《いちやなぎとしふみ》という名だ。

「少し前に荻窪署から戻ってきたんですよ。何かの間違いであってくれればと願ってたんですが、手塚君は倉庫の中でガードマンを殴ったり蹴ったりしたことを白状したようです」

「そうですか。とても信じられません」

「わたしもですよ。手塚君は根っからの非行少年じゃありません。優しい面もありますし、頭も悪くないんです」

一柳が言って、長嘆息した。

「ええ、そうですね」

「わたしは性善説を信じて、教師を卒業してからボランティア活動に励んできました。いろんな子に何度も裏切られてきましたが、手塚君は立派に立ち直ってくれると信じてたんですがね」

「わたしも同じです」

安奈は言葉に力を込めた。

「しかし、こういう結果になってしまった。わたしは人間が甘いんですかね？　性悪説が正しいんだろうか」

「一柳さん、わたしも性善説を信じてます。どんな人間も狡《ずる》さや悪意を秘めてるでしょうが、根っからの悪人はいないと思います」

「そう考えてたんですが……」

「きっと彼、手塚君には何か切羽《せっぱ》詰まった事情があったんですよ。ええ、そうにちがいありません。わたし、これから所轄署に行ってみます。荻窪署の少年第一係の人たちとは顔見知りですので、手塚君と接見させてもらえるでしょう」

「何かわかったら、教えてくださいね。お願いします」

一柳が電話を切った。

安奈は立ち上がり、丸山巌夫《まるやまいわお》課長の席に急いだ。直属の上司は福々《ふくぶく》しい顔で、おおらかな性格である。五十四歳だが、すでに孫がいる。職階は警部だった。

安奈は課長に経緯《いきさつ》を手短に話し、荻窪署に行かせてほしいと頼んだ。

「おまえさんは、その手塚って子を真っ当に生きさせたいと願ってるんだな？」

「はい」

「だったら、すぐに行ってやりなさい。罪を二度犯したからといって、それで終わりじゃない。人の道を外したら、深く悔い改めて、また歩きだせばいいんだよ。叱《しか》るんじゃなく、そのことを諄々《じゅんじゅん》と説《と》いてやるんだ。いいね？」

「わかりました。それでは、行ってきます」

安奈は小走りに廊下に走り出た。

2

古巣は昔と少しも変わっていない。

机や備品の配置も以前のままだ。荻窪署生活安全課少年第一係である。

安奈は係長の姿を目で探した。見当たらない。

在任中に世話になった福富靖子《ふくとみやすこ》巡査部長は、自席でボールペンを走らせていた。四十三歳で、高校生と中学生の息子がいる。小太りで、職場では〝ビッグママ〟というニックネームで呼ばれていた。

安奈は靖子の席に足を向けた。気配で、靖子が振り向いた。

「あら、深見さん！　久しぶりね」

「ご無沙汰しています。在任中はお世話になりました」

「手塚翼君のことが気になって、ここに来たのね？」

「ええ、そうです。彼がまた事件を起こしたなんて信じられません。てっきりレンタルビデオ店で真面目に働いてると思ってたのに」

「わたしたちも、そう思ってたわ」

「福富さん、事件のことを詳しく教えてください」

「いいわよ。ソファセットに移ろうか」

「はい」

安奈は、部屋の一隅《いちぐう》に置かれた布張りのソファに歩み寄った。

「坐って待ってて。いま、お茶を淹《い》れるから」

「どうかお構いなく」

「いいから、坐ってて」

靖子がそう言い、ワゴンに足を向けた。ワゴンにはポットや茶筒が載《の》っている。安奈はモケット張りのソファに浅く腰かけた。

数分待つと、靖子が二人分の茶を運んできた。

「保護司の一柳さんに電話をしたんですよ。かなり失望してるようでした」

安奈は、正面に坐った靖子に言った。

「そうだろうね。一柳さんは、手塚君が必ず更生すると信じてたから。事件が発生したのは昨夜十時二十分ごろなの。手塚君を含めた三人組が西荻《にしおぎ》にある『オリエンタル電器』の杉並配送センターに侵入して、三十台のノートパソコンと十五台の周辺機器を盗み出した直後、警備中のガードマンに見つかっちゃったのよ。それで犯人たちはガードマンを袋叩きにして、盗品を積んだトラックで逃げたの。だけど、非常線に引っかかって、三人とも逮捕されたわけ」

「翼君が主犯だったわけじゃないんでしょ？」

「ええ、彼は従犯者だったの。正犯は二十二歳と二十一歳の男なのよ。リーダーの野中《のなか》稔《みのる》は元自動車整備工で、現在は無職ね。野中の弟分の服部一成《はっとりかずなり》はニートみたいよ」

靖子が言った。安奈はバッグから手帳を取り出し、正犯の二人の氏名と年齢をメモした。

「野中と服部は杉並区内に住んでて、手塚君が働いてるレンタルビデオ店の会員なのよ。手塚君は野中たちに誘われて、犯行に加わったんでしょうね」

「福富さん、野中と服部の取り調べは刑事課がやってるんですか？」

「そうなの。二人は、もう成人だからね。でも、手塚君は未成年だから、少年第一係《だいいちがかり》で取り調べてる。いま、香取《かとり》係長が手塚君を調べてるとこよ」

「そうですか。翼君は、犯行に加わった理由をどう言ってるんでしょう？」

「時給千百六十三円のアルバイト店員を長くやってたら、ワーキングプアで終わってしまう。そんな冴《さ》えない人生は真っ平《まっぴら》だ。まとまった金を手に入れて、太く短く生きたかったからだとうそぶいてたそうよ」

靖子が言って、緑茶で喉を湿らせた。

「翼君が本気でそんなことを言ったとは信じられないわ。彼は捨てられた仔犬《こいぬ》を拾って、自分の部屋でこっそり飼ってたんです。そのことがお母さんにバレて、結局、その仔犬はどこか他所《よそ》に棄《す》てられちゃったんですけどね」

「彼が優しい子であることは知ってる。けど、心の奥底に残忍性も秘めてたんじゃないかしら？　彼が小四のとき、お父さんは会社をリストラされて無責任にも蒸発してしまった。それで手塚君のお母さんは昼間は事務員として働いて、夜は熟女パブでホステスをやってた。手塚君と年子《としご》の妹は当然、親の愛情に飢《う》えてたはずよ」

「それはそうでしょうね」

「手塚君の妹の麻衣《まい》ちゃんは中一のときから地元の暴走族《マルソウ》のメンバーたちと遊び回ってて、何回も補導されてるのよね」

「麻衣ちゃんが非行少女だったことは確かだけど、兄の翼君はごく普通の男の子だったんです」

「深見さんは手塚君を好意的に見てるようだけど、少し甘いんじゃないかな。彼は二年前、ホームレスの男性を遊び仲間と襲って重傷を負わせてるのよ」

「ええ、そうでしたね。翼君は自分も被害者の老人を痛めつけたことを認めて第一種少年院に送られたんだけど、わたし、彼は犯行現場にいただけで、ホームレスの男性にはまったく手を出さなかったんじゃないかといまでも思ってるんです」

「深見さん、ちょっと待ってちょうだい。近所の住民たちは少年たちがみな被害者を殴ったり、蹴ったと証言してるのよ」

「そうでしたよね。しかし、リーダー格の番場篤人《ばんばあつんど》は近所で知られた札つきだったんです。彼の仕返しを恐れて、全員が暴行を働いたと証言したのかもしれません。ひょっとしたら、リンチシーンを目撃した人たちにそう証言しろと脅迫したんじゃないかしら？　そういうことにしておけば、主犯格の自分の罪が少しは軽くなるだろうと考えてね」

「そうなのかな。でも、被害者のおじさんは全員に殴打されたと明言してるのよ」

「そのことなんですけど、リンチされてるとき、いちいち暴行を加えた相手の顔を確かめられます？　おそらく被害者は両腕で顔面をガードしてたでしょうから。それに、加害者はひとりや二人じゃなかったんです。誰にパンチを浴びせられたとか、誰に蹴りを入れられたかなんて憶《おぼ》えてないはずですよ」

「確かに深見さんの言う通りね。手塚君が暴行に加わったと言ったんで、供述調書がそのまま家裁の審判《しんぱん》に採用されて、彼は鑑別所から第一種少年院に送られたんだけど、もし見てるだけだったとしたら……」

「無罪ですよね。犯行を傍観してた事実は正義感が足りないってことになりますけど、法律は破っていませんから」

「ええ、そうね。そうだったとしたら、警察も家裁も、とんでもない過失をしたことになるわ」

「そうですね。その責任問題は、ひとまず横に措《お》いておきましょう。二年前の事件の主犯の番場篤人は、どこでどうしてるんです？」

安奈は訊《き》いた。

「仮退院してからは母方の伯父《おじ》の家に住み込んで、鉄筋工をしてるはずよ。伯父さんは土建業をやってるの」

「そうなんですか。番場は昔の共犯者には接近してないんですね？」

「ええ、そのはずよ。それぞれの担当保護司が事件の共犯者とは交わるなと強く言い聞かせたはずだから。一柳さんの報告によると、手塚君は誰ともつき合ってないという話だったわ」

「そうですか。地道に働いてた翼君が急に自暴自棄になるのは不自然ですよ。何かで彼が追い込まれて、窃盗事件に関与したとしか考えられません」

「そうなのかな」

靖子は反論しかけたが、すぐに言葉を呑《の》み込んだ。

「福富さん、遠慮なくおっしゃってください」

「それじゃ、言うわ。不況が長引いてるんで、若い人たちが暮らしにくくなったわよね？」

「ええ」

「特にロスト・ジェネレーションと呼ばれてる世代は就職氷河期にぶつかったんで、安定した企業の正社員になれる人たちは多くなかった。採用試験に落ちた人たちは雇用不安を抱えながら、派遣《はけん》社員や契約社員をやってる。賃金格差もあるから、年収二百万円に満たない貧困層が多くなってしまった。そういう人たちより年下の若者も似たようなもんよね？」

「ええ。経済格差がさらに進んだら、親の世代と同等の生活をできる四、五十代は三割前後になってしまうとエコノミストたちは分析してます」

「現に経済的な理由から、結婚に踏み切れない男女が増えてるわ。将来に明るい材料がないと、どうしても考え方が刹那的《せつなてき》になっちゃうじゃない？」

「それは仕方ないでしょうね」

「だからね、堪《こら》え性《しょう》のない若い人が手っ取り早い方法でお金を得たいと考えるようになったんじゃない？　出会い系アプリを使って売春相手を探してる十代の女の子がいっこうに減らないのは、消費社会にどっぷりと浸《つ》かって拝金《はいきん》主義者になってしまったからよ」

「そうなんでしょうね」

「こう言ってはなんだけど、手塚君の家庭はそう豊かではない。彼自身もアルバイト店員だし、妹は高校を出たら、服飾関係の専門学校に進みたいようだしね。麻衣ちゃんは進級できなくて、まだ高三なのよ。だいぶ真面目にはなったんだけど、学業はイマイチみたいね。それはともかく、そんな状況だから、手塚君、ちょっと焦《あせ》っちゃったんじゃないのかな。彼、妹の専門学校の入学金を都合《つごう》してやる気になったんじゃない？」

「妹思いだから、翼君はそう考えたかもしれませんね。だけど、妹の学費を工面《くめん》したくて、今回の犯行《ヤマ》を踏んだとは思えないな」

安奈は言った。

「深見さん、思えないじゃなくて、思いたくないんじゃない？　あなたは、手塚君のピュアさをどこまでも信じたいんでしょうから」

「ええ、翼君は絶対に心根《こころね》までは腐ってないと信じています。彼は何か心理的に追い込まれて、不本意ながら、犯行に加わったんでしょう。二年前のホームレス襲撃事件も、同じだったのかもしれません。その確証は、まだ摑《つか》んでませんけどね」

「なんだか独身のころを思い出すな。わたしも二十代のときは、問題を起こした少年たちを無条件に信じてたわ。けどね、現実は裏切られ通しだった。そんなことで、いつしか検挙した子たちを色眼鏡《いろめがね》で見るようになってしまった。よくないわね。少し深見さんを見習わないといけないな」

福富靖子が呟《つぶや》いた。

「若いからって、誰もが純粋な心を持っているとは思ってません。でも、翼君の瞳はとても澄んでいます。狡《ずる》さや卑《いや》しさが少しも感じられないんですよ」

「確かに彼の目には、一点の濁《にご》りもないわね。淋《さび》しげだけど、他人に媚《こ》びたりしない。若武者のように凜《りん》としてる」

「そうですね。福富さん、翼君と会わせてもらえませんか？」

「個人的には問題ないと思うけど、係長がどう判断するかな」

「わたし、直《じか》に香取係長に頼んでみます」

安奈は手帳を閉じ、バッグに仕舞《しま》った。

そのとき、係長の香取警部補が部屋に戻ってきた。

「これは珍客だな」

「しばらくです」

安奈は立ち上がって、香取に挨拶《あいさつ》した。福富靖子が上司に安奈の来意を告げた。

「二年前の事件は、きみが担当したんだったけな？」

香取がソファセットに歩み寄ってきて、靖子のかたわらに腰かけた。

「手塚翼との接見を認めてほしいんです。わたし、彼は何か理由があって、汚れ役を引き受けたような気がしてならないんですよ」

「そうなのかな。刑事課で取り調べ中の野中稔と服部一成は、手塚翼が主犯格だと口を揃《そろ》えてるんだ」

「ま、まさか⁉」

「野中たち二人の供述によると、手塚が犯罪計画を練って彼らに協力を求めてきたらしいんだ。で、野中は犯行に使ったトラックを路上で盗み、服部に倉庫のダイヤル錠を壊させたと言ってる。服部は、野中の自供通りだと供述したんだ」

「翼君はどう言ってるんでしょう？　主犯格であることを認めてるんですか」

安奈は問いかけた。

「はっきりとは認めなかったが、否定もしなかったよ」

「彼はどういうつもりなんでしょう？」

「それがわからないんだよ。彼は換金できる商品をかっぱらいたくて、『オリエンタル電器』の杉並配送センターの倉庫に押し入ったわけじゃないようなんだ」

「香取さん、翼君本人がそう言ったんですか？」

「明確にそう言ったわけじゃないんだがね、手塚翼は別に金に困ってる様子じゃなかったんだ。現にアルバイト先の店長は、彼が給料の前借りを頼みにきたことは一度もないと証言してる。それから、同僚の店員に金を借りたこともないそうだ」

「翼君は、『オリエンタル電器』に何か恨《うら》みがあるのかしら？　たとえば、チェーン店のどこかで商品を万引きしたと疑われて、保安係に犯人扱いされたとか」

「そうだったとしたら、保安係本人か店の責任者に仕返しするんじゃないのか？」

香取係長が言った。

「そうか、そうでしょうね。翼君が個人的に『オリエンタル電器』に悪感情を持ってなかったとしたら、被害者のガードマンに何か怨恨《えんこん》があったんじゃありません？」

「被害者《マルガイ》の牛島達郎《うしじまたつろう》、二十六歳と手塚翼には、なんの接点もなかったんだよ。一面識もない相手に仕返しするなんてことは考えられないから、その筋読みは外れてるね」

「牛島という被害者のことも教えてもらえます？」

「わかった。牛島は高校を卒業するまで出身地の三重県で過ごし、アニメーターの見習いを二年近くやってたんだ。しかし、給与面で不満があったようで、新聞の求人広告を見て、新宿に本社のある東和警備会社に転職したんだよ。それで、四年前から事件現場で夜間の警備に携《たずさ》わってたんだ」

「勤務ぶりは、どうだったんでしょう？」

安奈は畳みかけた。

「東和警備会社には警察OBが何人も再就職してるから、複数の先輩に牛島のことも訊いてみたんだ。勤務ぶりは悪くないという話だったね」

「そうですか。まだ独身なんでしょう？」

「ああ。桜上水《さくらじょうすい》の古いアパートで暮らしてるんだ。酒や煙草、それからギャンブルも一切《いっさい》やらない堅物さ。ただ、ちょっとロリコン趣味があるようだね。その種のサイトにちょくちょくアクセスして、情報を集めてたことはわかってるんだ」

「児童ポルノの裏DVDでも買い集めてたんでしょうか？」

「そうなんだろうな。しかし、被害者の自宅アパートを家宅捜索もできないから、どの程度のロリコン趣味があったのかは不明なんだよ」

「怪我をした牛島達郎は、どこに入院してるんです？」

「『高円寺《こうえんじ》救急医療センター』だよ。駅の近くにある二次救急指定病院だ。テレビ報道では重傷と報じられてたが、頭部、顔面、胸部に打撲傷を負っただけだから、二週間ぐらいで退院できるだろう」

「犯人グループは刃物を持ってたんですか？」

「野中はコマンドナイフを持ってた。一年以上も前に、アメ横のミリタリーグッズの店で購入したらしい。服部はアイスピックを所持してたんだ。手塚翼は丸腰だった」

「彼だけ丸腰だったってことは、主犯格じゃないからでしょ？　翼君は従犯だったにちがいありません」

「深見さん、そこまで言うのはちょっと問題なんじゃない？　荻窪《うち》署の立場がないわ」

福富靖子が口を挟んだ。

「もう少し言わせてください。もし翼君がリーダー格なら、護身用に何か武器を隠し持ってると思うんですよ」

「彼は人と争うことが苦手みたいだから、刃物を携帯する気にならなかったんじゃない？」

「そうなんでしょうか」

会話が途切《とぎ》れた。

「いま手塚翼は、生活安全課《うち》の取調室４にいる。矢尾板《やおいた》と坂東《ばんどう》が取り調べに当たってるが、十分ぐらいなら、接見させてやろう。福富さん、矢尾板たち二人を呼び戻して、深見さんを取調室に入れてあげてくれないか」

香取係長が靖子に言って、自席に足を向けた。

「それじゃ、行きましょう」

「はい」

安奈は靖子に促《うなが》され、ソファから立ち上がった。二人は生活安全課を出て、同じフロアにある取調室に向かった。

「ちょっと待ってね」

靖子が先に取調室4の中に入った。

二分ほど経《た》つと、まず靖子が現われた。引きつづき、矢尾板と坂東が姿を見せた。どちらも三十代の後半で、旧知の間柄だった。

「無理を言って、ごめんなさいね」

安奈は二人の男性刑事に言ってから、取調室4に入った。

翼は灰色のスチールデスクに頬杖《ほおづえ》をついていた。手錠は掛けられていない。腰縄も打たれていなかった。

「ちょっと見ないうちに、すっかり大人っぽくなったわね。見違えたわ」

安奈は手塚翼と向かい合った。

翼が背筋を伸ばし、複雑な表情になった。予想もしなかった面会者に戸惑っている様子だ。

「保護司の一柳さん、がっかりしてたわよ」

「そうでしょうね」

「せっかく真面目にやってきたのに、どうして野中や服部と『オリエンタル電器』の配送センターの倉庫に押し入ったの？」

「なんだかんだ言っても、この世の中で最も力があるのは金でしょ？　ぼく、何か自分で商売をしたかったんだ。高校中退のアルバイト店員じゃ、一生、うだつが上がらないからね。安い給料で何十年も他人《ひと》に使われるなんて、男として、なんか情《なさ》けないでしょ？」

「勤め人だって、人生をエンジョイしてる男女はたくさんいるわ。わたしは地方公務員だから、民間会社のOLと俸給はそれほど変わらない。贅沢《ぜいたく》はできないけど、日々の暮らしに困ることはないわ」

「公務員はそうだよね。危《ヤバ》いことをして懲戒免職にならなければ、一生、喰《く》っていける。退職しても、共済年金が貰えるんでしょ？」

「若いのに、よく知ってるわね」

「ぼくは母子家庭の長男だから、家族の面倒を見ないとね」

「お母さん、何か重い病気にでもなったんじゃない？　それで、多額の入院費が必要になったんでしょ？」

「おふくろは元気そのものですよ。ぼくがバイトをやってるんだから、夜の仕事をやめろと言ったんだけど……」

「いまも熟女パブで働いてるのね？」

　安奈は確かめた。

「そうなんだ。毎晩、厚化粧して、いそいそと店に出かけていく。この世には淋しいおっさんたちが大勢いるようで、けっこう人気があるらしいんですよ」

「そうなの。お母さん、ひとりで翼君と妹さんを育ててきたから、どこかで息抜きしたいんだと思うわ」

「おふくろは酒と男が好きなんですよ。女手ひとつでここまで育ててくれたことには感謝してるけど、経済的な安定を求めるよりも子供にもっと愛情を注いでほしかったな。おふくろは夜のバイトをするようになって間もなく、毎週土曜日は客とのアフターがあるからとか言って、朝帰りするようになったんです」

「そうなの」

「おふくろは、そのつどもっともらしい作り話をしたけど、ぼくと妹はわかってたんだ」

「何を？」

「おふくろがお気に入りの客とホテルに行ってることをね。ぼくら兄妹《きょうだい》は、おふくろのバッグにラブホテルのマッチが入ってるのを見ちゃったんですよ。おふくろがそんなふうだったから、妹は中一からグレちゃったんだ。ぼくだって、不良になりたかったですよ。でも、長男だから、ぼくがしっかりしてないとね」

「妹さんが何かトラブルに巻き込まれたんで、どうしても少しまとまったお金が必要になったの？　それで、野中たちの誘いに乗ってしまったんでしょ？」

「別にあいつらに唆《そそのか》されたわけじゃありませんよ。それから、妹も関係ない。ぼくが何か商売をする元手が欲しいと思っただけです」

「翼君、正直に事件に関わった理由を聞かせて。香取係長の話では、あなたは盗品の換金にはあまり興味がなさそうだったと……」

「そんなことはないですよ。逮捕されなかったら、かっぱらったパソコンや周辺機器をできるだけ高く売りたいと考えてたんです。ぼくは、安い賃金で誰かにこき使われる生活から抜け出したかったんだ。それだけですよ」

「翼君は真実を隠そうとしてる。そう見えるわ。違う？」

「そう思うのは勝手だけど、ちょっとピント外れだな」

翼が目を閉じた。話しかけても、黙したままだ。

安奈は打つ手がなかった。

3

狭い路地に足を踏み入れる。

道順は忘れていなかった。安奈は足を速《はや》めた。

数十メートル進むと、手塚翼の自宅が見えてきた。

みすぼらしい借家だった。築四十年は経《た》っているだろう。外壁のモルタルは、ところどころ剝《は》がれ落ちている。確か間取りは３Ｋだった。

二年前の事件で、安奈は幾度か翼の住まいを訪ねている。母親の敬子《けいこ》や妹の麻衣とは面識があった。

翼の自宅は荻窪署から数キロ離れた場所にある。安奈は接見を終えると、すぐに荻窪署を出た。そして中央線に乗り、最寄《もよ》り駅で下車したのだ。

小さな庭には、春の花が咲いていた。

呼び鈴《りん》を鳴らしかけたとき、家の中から怒声が響いてきた。翼の妹の声だ。

「あんた、それでも母親なの！」

「親に向かって、あんたとは何よっ」

「偉そうなこと言わないでよ。母親なら、とにかく兄貴の差し入れに行くんじゃないの？　昼間っから、酒なんか飲んで最低だよ」

「麻衣はお兄ちゃんが大好きだから、そうやって翼の味方ばかりするけど、母さんは息子に裏切られたのよ。二年前の事件で親を泣かせたばかりなのに、今度は『オリエンタル電器』の配送センターの倉庫に忍び込むなんて、信じられる？」

「兄貴には何か事情があったのよ」

「事情って何よ？」

敬子が娘に問いかけた。

「それはよくわかんないけど、何かの事情で犯行に加わるほかなかったのよ」

「翼はおまえの専門学校の学費をせっせと溜《た》めてたぐらいだから、悪い遊びで文《もん》なしになったとは考えられないわ。まさかあの子、こっそりドラッグをやってたんじゃないわよね？」

「兄貴は麻薬《クスリ》にハマるようなばかじゃないって」

「でも、翼はどうしてもお金が欲しかったんじゃない？　だから、野中とかいう奴らと一緒に忍び込んで、パソコンや周辺機器を盗み出したんでしょうが。その上、牛島とかってガードマンに怪我を負わせちゃった。ばかな子だわ。今度は第五種少年院に入れられちゃうのに。下手したら、少年刑務所行きだわね」

「ぶつぶつ言ってないで、早く荻窪署に行ってやれって」

「いやよ、行かないわ。もう翼は、まともな人間じゃない。社会のクズになっちゃったんだから……」

「あんた、兄貴の母親なんだよ。自分が産《う》んだ子が罪を犯しても、わが子でしょうが！　兄貴を棄《す》てるのかよっ」

「女の子が男言葉で凄《すご》むんじゃないの！」

「うるせえんだよ。あんた、母親面《づら》してるけどさ、あたしたち兄妹《きょうだい》に何をしてくれた？」

「父さんが蒸発してからは昼も夜も働いて、おまえたち二人を食べさせてきたじゃないのっ」

「子供を飢え死にさせなきゃ、それでいいのかよ。あたしたちにどれだけの愛情を示してくれたわけ？」

「できるだけの愛情は注《そそ》いできたわよ」

「よく言うわ。あんたは、いつも土曜日は外泊してた。店の客とホテルに行ってたんでしょ？」

「そんなことしてるわけないでしょ！　上客にアフターに誘われたら、たまにはつき合わないとまずいのよ。でも、どの客ともお鮨《すし》を摘《つま》んで、朝までスナックで飲んでただけだわ」

「嘘つけ！　兄貴もあたしも、あんたのバッグにラブホのマッチが入ってたことを知ってたのっ」

「えっ⁉」

「あんたは客たちに股を開いて、小遣い貰ってたんじゃないの？　そういう金で服や靴を買ってもらってたと思うと、たまらないよ。なんか惨《みじ》めでさ。兄貴だって、そう思ってたはずだわ」

「麻衣、聞いてよ。母さんは一度だって、体なんか売ったことない。ホテルに行った男性とは、真剣な気持ちで交際してたの。そのお客さんの奥さんは十年以上も前に病気で亡《な》くなったのよ。でもね、彼の子供たちが父親が再婚することに強く反対したんで、結局、二年前に別れたの。それからね、経済的な援助なんか受けてなかったわ。ほんとよ」

「最近だって、外泊してるじゃないの」

「母さんだって、生身《なまみ》の女よ。時には、男の人に安らぎを与えてほしいと思うことがあるわ」

「要するに、セックスしたくなったってことね。だからって、子供をほったらかしにしてもいいの？　あんたは母親失格なんだよ。そんな女はガキなんか産むべきじゃなかったんだっ」

「麻衣、そこまで言うの⁉　男女同権の世の中だけど、女手ひとつで二人の子供を育てるのは並大抵のことじゃないのよ。翼とおまえを道連れにして、何度も無理心中をしようと思ったわ。でも、思い直して懸命に生きてきたのよ。心が挫《くじ》けそうになったときは、男性に突っかい棒になってほしいこともあったの」

「きれいごとを言わないでよ。あんたは、ただの男好きなんだわ。子供のことよりも、男に関心があるのよ。だから、あたしの身に何が起こっても、まったく気づかなかった」

「麻衣、何があったのよ。女暴走族《レディース》の娘《こ》たちにリンチでもされたことがあるの？」

「違うよ」

「それじゃ、何があったの？」

「もう昔のことだよ。思い出したくないことだから、教える気もない」

「わたしは、おまえの母親なのよ。話してちょうだい、何があったのか」

「いまさら親面《おやづら》しないでよ。それより、兄貴に会いに行ってやって」

「差し入れに行ったら、翼を甘やかすことになるわ。母さん、心を鬼にして翼を冷たく突き放すつもりよ。そうじゃなければ、あの子は立ち直れないだろうから」

「わかったよ。もう頼まない。あんたのことは、きょうから赤の他人と思うようにする」

「麻衣、悲しいことを言わないでよ」

「うぜえんだよ。手を放せったら！」

二人が揉《も》み合う気配が伝わってきた。

少し経《た》つと、玄関から麻衣が飛び出してきた。

二年前は髪をブロンドに染め、ピアスを光らせていた。目つきも怕《こわ》かった。

しかし、いまは別人のように地味な風体《ふうてい》をしている。荒《すさ》んだ感じは、まったくなかった。髪も黒い。

麻衣が安奈に気づいた。驚いた表情で立ち止まり、軽く会釈《えしゃく》した。

「わたしのこと、憶《おぼ》えててくれたのね？」

「ええ。二年前の騒ぎでは、兄貴がお世話になりました」

「今度の事件を知って、古巣に顔を出してみたの」

安奈は門の前で、翼の妹と向かい合った。

「兄貴、警察でどう言ってるんですか？　レンタルビデオ店の客だった共犯者たちに引きずり込まれたんでしょ？」

「荻窪署は野中と服部という男が主犯格で、翼君は従犯と見てるみたい。でも、その二人は翼君が犯罪計画を練ったと口を揃えてるのよ。あなたの兄さんも、それを強く否定しようとはしなかったわ」

「兄貴が主犯だなんて、考えられない」

「そうでしょうね。ところで、野中や服部とは面識がある？」

「ううん、知らない。そいつらのことは保護司の一柳先生に教えてもらったの。あたし、兄貴が捕まったって話を聞いて、先生に電話したんです」

「そうなの。翼君は別段、お金に困ってる様子はなかったんでしょ？」

「ええ、それはね」

「翼君は、あなたが来年に入る予定の専門学校の入学金を貯えてたようだけど……」

「そうみたいだけど、入学金は心配ないんですよ。母が学資保険に入ってくれてたし、あたしも放課後、ドーナッツショップでバイトをしてますんで」

「そうなの。そういうことなら、翼君が無理をしてまで麻衣ちゃんの学費を工面《くめん》する必要はなかったわけね？」

「ええ」

「接見したとき、翼君は何か商売をするときの元手が欲しかったと犯行動機を述べたんだけど、あなたにそういうことを話したことはある？」

「ううん、一度もないわ。兄貴は損得勘定が苦手なほうだから、自分で何か商売をやりたいなんて思わないはずです。いまのバイト、割に気に入ってるようだったから、長く勤める気だったんじゃないかな」

麻衣がくだけた口調になった。

「だとしたら、翼君は何かで脅されて、野中たちに引きずり込まれたとしか考えられないわね」

「おそらく、そうなんだと思います。兄貴自身の弱みと言ったら、二年前の事件で第一種少年院送りになったことぐらいだけど、そのことはアルバイト先の店長も知ってるしな」

「ええ、そのことを秘密にしておきたくて犯行に加わったとは思えないわね。さっき、お母さんと派手な口喧嘩をしてたでしょ？」

「あたしたちの怒鳴《どな》り声、外まで聞こえちゃった？」

「もろに聞こえたわね。聞くつもりはなかったんだけど、あなたが過去に何か辛《つら》い体験をしたということも鮮明に耳に届いたわ。何があったのか、教えてもらえないかしら？」

安奈は頼んだ。

「たいしたことじゃないんです。成り行きでオーバーに言っちゃったの、母さんにはね」

「でも、そのことが翼君の立場をよくするかもしれないから、聞かせてほしいな」

「早く忘れたいことなんで、勘弁して。バイトに遅れそうだから、あたし、行きます」

麻衣が早口で言って、駆け足で走り去った。

翼の妹は、どんな秘密を抱えているのか。非行少女時代に誰かをリンチして、うっかり殺してしまったのか。それとも、強盗めいたことをしたのだろうか。あるいはバイクを無免許運転中に人を撥《は》ねて、そのまま逃走してしまったのかもしれない。

翼は妹の不始末を脅迫材料にされて、野中たちを手助けしろと誰かに命じられたのではないか。妹思いの彼は脅しに屈《くっ》するほかなかった。そう推測すれば、翼が犯行に加わった説明がつく。

しかし、野中と服部には麻衣との接点がない。その二人が麻衣の秘密を知っているとは考えにくい。また、翼は被害者の牛島達郎とは一面識もないという話だった。謎の脅迫者は、野中か服部の知り合いと思われる。それは誰なのか。

安奈はそう考えながら、呼び鈴を押した。

ややあって、翼の母親が玄関から出てきた。敬子の顔はアルコールで赤らんでいた。化粧気はない。そのせいか、二年前よりも老《ふ》けて見える。

「あなたは以前、荻窪署にいらした深見さんですよね？」

「ええ、そうです。翼君の事件のことを知って、昔の職場を訪ねたんですよ。それで、息子さんと会ってきました」

安奈は、翼の供述をかいつまんで話した。

「翼がそんなことを言ったんですか。なんか信じられません。あの子が商売をする元手が欲しかっただなんて」

「ちょっと前に出かけた麻衣さんからも、少し事情聴取をさせてもらいました」

「そうですか。娘が家の前で誰かと立ち話をしてることはわかってたんですが、あなたとは思わなかったのよ。挨拶にも出ませんで、失礼しました。二年前の事件のときは息子を庇《かば》ってくれて、ありがとうございました」

「お母さん、別に翼君を庇ったわけじゃないんですよ。息子さんがホームレスの老人を殴打してないのではないかという確信があったんで、彼を家裁に送致することにためらいがあったんです」

「でも、翼が番場たちと一緒に被害者を痛めつけたと自白したんで、結局、鑑別所から第一種少年院に移されたのよね」

「番場たち共犯者や目撃証言で、家裁は翼君を少年院送りにしたんですが、わたしは息子さんがホームレス狩りを見てただけではないかと思ってるんですよ」

「ということは、翼は無罪だったと……」

「多分、そうだったんでしょう」

「なんで息子は、わざわざやってもいない罪を被《かぶ》ったんでしょうか。わたしには理解できないわ。番場たちに後《あと》でぶっ飛ばされたくなくて、自分も共犯者と認めたのね」

「そうではないと思います。翼君はホームレス襲撃事件の主犯の番場篤人に何か弱みを握られ、犯行に加わることを強要されたんでしょう。それだけではなく、リーダー格である振りをしろと命じられたのかもしれません」

「息子に大きな弱みなんかないと思いますけどね」

敬子が考える顔つきになった。

「翼君は大事な家族を守りたくて、あえて泥を被《かぶ》る気になったんじゃないかしら？」

「わたし、夜の仕事をしていますけど、他人《ひと》に後ろ指をさされるようなことはしてませんよ」

「ええ、そうでしょうね。妹の麻衣ちゃんに何か異変がありませんでした？　たとえば、おどおどしながら帰宅して、外の様子をしきりに気にしてたなんてことはなかったですか？」

「そういうことは一遍《いっぺん》もなかったわ」

「怪我をして帰ったことも？」

「ええ、ありません。ただ、中三の秋に深夜に帰宅して、二時間近くもお風呂に入ってたことがありましたね。麻衣は泣きながら、何度もボディソープで体を洗ってたようです。あっ、もしかしたら、あの晩、娘は遊び仲間の男の子たちに輪姦《りんかん》されたのかもしれないな」

「考えられないことじゃないと思います。麻衣さんは、番場篤人のグループともつき合いがあったんですか？」

「それはなかったはずです。娘は、もう少し年上の連中と遊び回ってましたから。麻衣は、暴走族の子たちにレイプされたんじゃないのかな」

「その可能性は否定はできないでしょうね。ただ、二年前の事件にも今回の犯罪の検挙者の中にも暴走族《ゾク》はひとりも入ってないんですよ」

「そうなんですか」

「その後、娘さんの様子はどうでした？」

「何日か塞《ふさ》ぎ込んでましたけど、そのうちに普段通りになりました」

「妊娠した気配はうかがえなかったんですね？」

「はい。ただ、しばらくしてから、娘のスマホに真夜中に電話がかかってきて、何度か暗い顔をして出かけていきました。麻衣を犯した連中に呼び出されて、おかしなことをされてたんでしょうかね。レイプシーンを動画撮影されてたら、強く拒《こば》めなくなるでしょ？」

「でしょうね。今回の事件でも、息子さんは犯行動機がないのに罪を認めています。正体不明の脅迫者に彼自身が怯《おび》えたわけじゃなく、誰かの名誉や秘密を守ろうとしたとしか思えないんですよ」

「翼は、とっても妹をかわいがってたんです。麻衣が集団レイプされてたとしたら、息子は妹の恥が晒《さら》されることを避《さ》けたくて、脅迫者の言いなりになったでしょうね」

「そう考えてもいいかもしれません。わたし、個人的に調べてみます」

「お願いします」

「お母さん、娘さんにはまだ余計なことは言わないでくださいね。身を穢《けが》されてなかったら、麻衣ちゃんは傷つくでしょうから」

安奈は言い置き、手塚宅を離れた。

路地を出ると、彼女は上司の丸山課長のポリスモードを鳴らした。スリーコールで、課長が電話に出た。

「手塚翼という坊やは、犯行を認めてるのかい？」

「ええ。ですけど、翼君は誰かに脅されて犯行に加担したみたいなんですよ。まだ確証は得てないんですけど、どうも妹の恥ずかしい秘密を表沙汰にされることを恐れてるようなんです。わたしの筋読みが間違ってなければ、二年前のホームレス襲撃事件も同じ理由で犯行グループに加わったんだと思います。しかし、翼君は被害者に乱暴なことはしなかったと考えられます」

「そうだとしたら、捜査ミスってことになるな。深見、片のついた事案《じあん》なんだから、あまりほじくり返すと、面倒なことになるぞ」

「ええ、そうでしょうね。だからといって、真相をうやむやにしたら、法の番人とは言えなくなってしまいます」

「ま、そうだな」

「身内のミスを暴《あば》く結果になるかもしれませんけど、わたしは目を逸《そ》らしたくないんです。きょうの職務は一両日中に必ず片づけますから、このまま早退《はやび》けさせてください」

「反対しても、本庁《こっち》に戻る気はないんだろうが？」

「ええ、まあ」

「わかったよ。気が済むまで、単独捜査をすればいいさ。ただし、捜査費は自腹だぞ」

「わかっています」

安奈は電話を切り、ガードマンの入院先をめざした。

4

ナースステーションの奥に進む。

被害者の牛島は、個室に入院していた。『高円寺救急医療センター』である。

安奈は五階の廊下を進んだ。

目的の病室は造作なく見つかった。牛島は右側の手前のベッドに横たわっていた。仰《あお》向《む》けになって、週刊誌を読んでいる。怪我はたいしたことないように見受けられた。

安奈はベッドの際《きわ》に立ち、刑事であることを明かした。

牛島が緊張した顔つきになった。何かを警戒するように、しきりに目をしばたたかせた。

「痛みはどう？」

「まだ、あちこちが疼《うず》いてます。なにしろ、三人に代わる代わるに殴られたり、蹴られたりしたんでね」

「あなた、ガードマンよね。無線で応援を要請できたんじゃない？」

「野中って奴がナイフを首筋に密着させてたんです。だらしないと思われるかもしれませんけど、何も抵抗できませんでした。下手したら、刺し殺されるかもしれないんでね」

牛島が読みかけの週刊誌をサイドテーブルに置いた。どこかふてぶてしい動作だった。

「警備員としては、あんまり優秀じゃないわね」

「きついこと言うなあ。わたしたちはお巡りさんと違って、拳銃は持ってないんですよ。三人の若い男に取り囲まれて刃物で脅されたら、逆《さか》らいようがないでしょ？」

「ま、いいわ。手を出したのは、二人だけだったんじゃないの？」

「えっ⁉」

「あなたに暴行を加えたのは、野中と服部の二人だったんでしょ？」

「いや、手塚って奴も殴りかかってきましたよ。それから、蹴りも入れてきたな」

「ほんとに？」

「ええ。手塚って奴は口数は少なかったけど、野中や服部に目顔《めがお》で指示してましたよ。おそらく奴が主犯なんでしょう」

「手塚翼は、三人の中で一番年下なのよ。彼がリーダー格とは考えにくいわ、常識的に言ってね」

「若くても、凄《すご》みのある野郎はいますよ。手塚って奴はレンタルビデオ店の客の野中と服部を唆《そそのか》して、パソコンや周辺機器をかっぱらう気になったんでしょう。犯人の三人が緊急逮捕されなかったら、『オリエンタル電器』の被害額は五百万円前後になってたと思います。あいつらがうまく逃げてたら、わたしは会社を解雇されてたでしょうね」

「いつも夜間警備は、あなたひとりだけで……」

「いいえ、ふだんは二人でガードしてるんですよ。事件のあった日は、たまたま相棒が近くのコンビニに夜食を買いに行ってたんです。ちょうどそのとき、犯人グループに倉庫に侵入されちゃったんです」

「そうだったの」

「荻窪署の刑事さんに聞いたんですが、手塚という奴は二年前に仲間三人と一緒にホームレス狩りをやって、少年院に入ってたそうですね。それだから、年上の野中も服部も手塚に一目置いてたんじゃないのかな？　手塚が主犯にちがいありませんよ」

「野中と服部もそう口を揃《そろ》えてるみたいだけど、わたしは手塚翼は従犯だと見てるの。ホームレス襲撃事件が起こったとき、わたしは荻窪署の生活安全課にいたのよ。それでね、手塚翼を取り調べたの。二年前の事件でも、彼は路上生活者に乱暴なことはしなかったんではないかと思いはじめてるのよ。主犯格の番場という奴に犯行に加われと脅されたのかもしれないわ」

安奈は言った。すると、急に牛島が落ち着きを失った。狼狽《ろうばい》している様子だった。

「あなた、番場篤人のことを知ってるんじゃない？」

「知りませんよ。会ったこともありません。だいたい年下の男とつき合う気になれませんからね、ガキっぽくて」

「番場があなたより年下だって、どうしてわかったわけ？」

「ホームレスのおっさんに二十歳《はたち》過ぎの大人が悪さなんかしないでしょ？　それに、手塚たちが少年院送りになったって話を荻窪署の人たちから聞いてたんですよ」

「そう」

安奈は、それ以上は詰問《きつもん》しなかった。だが、牛島のうろたえ振りが気になった。何か後ろ暗さを感じているのだろう。

仮に番場と牛島が知り合いだったと仮定すると、今回の事件には何かからくりがあるようだ。ガードマンの牛島が窃盗犯グループを手引きしたとは考えられないだろうか。

番場と牛島は遊興費《ゆうきょうひ》が欲しくて、『オリエンタル電器』の商品を盗んで故買屋《こばいや》に持ち込むことを共謀した。しかし、自分たちが実行犯に加わったら、たちまち足がついてしまう。

そこで番場は実行犯に野中、服部、手塚翼を選び、牛島は被害者を装った。そうだったとしたら、翼は妹の秘密を番場に知られていたと考えられる。

しかし、翼がアルバイト先の客である野中や服部を仲間に引きずり込んだとは思えない。野中と服部は、番場か牛島のどちらかと知り合いだったのではないか。

そのことを牛島が認めてしまったら、策略を看破《かんぱ》されることになる。だから、野中とも服部とも面識がないと偽証したのではないだろうか。

「また、打撲箇所《だぼくかしょ》が疼《うず》きはじめたな」

牛島が唸《うな》って、ことさら顔をしかめた。

「くどいようだけど、あなた、番場篤人とは会ったこともないのね？」

「ええ」

「野中や服部とも一面識もなかった？」

「ありませんよ。こっちは被害者なんです。なんか疑われてるようで、不愉快だな」

「他意はなかったの」

「間もなく夕食の時間なんですよ。この病院は午後五時に夕飯なんです。おれ、冷めたご飯は嫌いなんだ」

「そろそろ退散してくれってことね。いいわ。お大事にね」

安奈は病室を出た。少し前から尿意を覚えていた。

奥まった場所にトイレがあった。安奈は用を足し、ルージュを引き直した。

化粧室を出ると、見覚えのある若い男が牛島の病室に入っていった。番場篤人だった。

二年前のホームレス襲撃事件の首謀者《しゅぼうしゃ》だ。

安奈は牛島の病室に抜き足で近づき、出入口近くの壁にへばりついた。耳をそばだてる。

「深見って女刑事は何かに勘づいてる気がするな」

牛島が囁《ささや》いた。

「びくつくことはないって。それにしても、野中も服部も失敗《ドジ》を踏みやがって。非常線を突破して、フルスピードで逃げ《フケ》りゃよかったんだよ。パトカーも最近は深追いしなくなってるんだからさ。あいつらが使った二トン車は盗《ギ》ったトラックだったんだから、ナンバーから犯人の割り出しなんかできなかったんだ」

「番場君の人選がまずかったんだよ」

「そうだね。あの二人は根性ねえからな。おれは年上の野中と服部を高一のときから舎《しゃ》弟《てい》にしてきたんだけど、てんで役に立たない」

「手塚って奴は、野中たちの背後に番場君がいることを薄々、感じ取ってるんじゃないのか？」

「その心配はないと思うよ。もし手塚が気づいたとしても、あいつは警察で何も言えっこない」

「例の切札を握ってるからな」

「そう。手塚は妹思いなんだ。だから、恥ずかしい映像が表に出ることをすごく恐れてる」

「番場君に譲《ゆず》ってもらった映像は迫力があったよ、生撮《なまど》りだからね。押さえ込まれてる女の子が小学生だと、もっと興奮するんだがな」

「牛島さんは危ない男性《ひと》だな。いい大人がロリコン趣味にハマっちゃってるんだから」

「大人になりきった女なんか、つまらないよ」

「そうですかね。おれは色っぽい大人の女のほうがいいな。牛島さんは、ちょっとアブノーマルですよ。でも、例の映像を二十万円で買ってくれたんだから、ありがたかったな。おれ、半分冗談でネットで秘蔵生撮り映像を売りたしと入力したんだ。そしたら、すぐ牛島さんから連絡があった。しかも二十万出してくれるっていう話だったから、思わずにんまりとしちゃいましたよ」

「あの映像には、それだけの値打ちがある。ヤラセの強姦AVと違って、迫力があるからな。麻衣って娘《こ》はパンティーを脱がされても、きみの腕や指に嚙みついてた。怯《おび》えきった顔もよかったし、泣き喚《わめ》いてる姿もそそられたな」

「牛島さんはドS《エス》なんだね。おれはちょっとかわいそうだと思ったけど、麻衣は生意気なとこがあったからね。あいつは暴走族《ゾク》の総長に妹のようにかわいがられてたから、おれたちがナンパしたとき、せせら笑ったんだよ。ガキ扱いされたんで、おれは頭にきてたんだ。一緒に輪姦《マワ》しをやった二人も同じ気持ちだったと思うよ」

「番場君は大胆だな。麻衣って娘《こ》が姦《や》られたことを暴走族チームの総長に話してたら、三人とも半殺しにされてたんじゃないか？」

「麻衣は誰にも輪姦《マワ》されたことを話さないという確信があったんだ。おれたち三人は代わりばんこにデジカメで撮ってたからね」

「悪党《ワル》だな」

「でもさ、なんとなく不安もあったんで、二年前にホームレス狩りをするときに麻衣の兄貴の翼を仲間に引きずり込んだんだ」

「例の生撮り映像のことをちらつかせて、手塚翼を仲間に引きずり込んだんだ？」

「うん、そう。あいつは、おれの話を信じようとしなかった。だからさ、映像を翼に観《み》せてやったんだよ」

「どんな反応を見せた？」

「泣きながら、おれに殴りかかってきたよ。それから、データを渡せって喚《わめ》いたね。それで、おれは翼に一緒にホームレス狩りをやれば、生撮りのデータを只《ただ》でくれてやると言ったんだ。あいつは、まんまと罠《わな》に引っかかった」

　番場が得意げに語った。

　安奈は義憤《ぎふん》に駆られ、病室に躍《おど》り込みそうになった。すぐに冷静さを取り戻し、耳に神経を集める。

「生撮りのデータなんか渡す気はなかったんだろう？」

「そう！　おれは翼をホームレス狩りの共犯者に仕立てて、麻衣が総長や警察に絶対に救《すく》いを求められないよう手を打ったんだ」

「悪知恵が発達してるな」

「生きる知恵と言ってよ。そこまで頭《ペテン》を使ったんだけど、翼の奴はホームレスのおっさんにまったく手を出さなかったんだ。おれたち三人が痛めつけてるとこを黙って見てるだけだった。いや、二度ほど『もうやめろよ』って小声で言ったな」

「なのに、麻衣の兄貴はきみらと一緒にホームレス狩りをしたことにして、鑑別所経由で第一種少年院に入ったわけだ」

「そうなんだ。あいつは、妹のスキャンダラスな秘密をなんとしてでも守り抜きたかったんだろうね」

「麗《うる》わしき兄妹《きょうだい》愛じゃないか。いまどき珍しい話だな」

「あいつら二人は母子家庭で育ったんで、普通の兄妹よりもずっと絆《きずな》が強いんだろうね。あの二人はたったの一歳違いなんだけどさ、翼の奴は保護者みたいな気持ちで麻衣に接してたから」

「番場君、きみは輪姦《マワ》した後《あと》も麻衣に何度か乗っかったんじゃないのか？」

「鋭いな、牛島さんは。そのつもりで麻衣を呼び出したんだ。でも、ラブホテルの前で逃げられちゃったんですよ」

「追いかけなかったのは、総長に告げ口されたら、半殺しにされると思ったからなんだろうな」

「うん、まあ」

「二年も経《た》ってから、手塚翼を窃盗グループの一員に仕立てる気になったのはどうしてなんだい？」

「別に深い意味はなかったんだ。おれ自身が野中や服部と一緒に『オリエンタル電器』の杉並配送センターに忍び込むのは危《ヤバ》いでしょ？　だから、例の生撮り映像をまだ保管してあるともっともらしく言って、手塚翼を実行犯のメンバーにしたわけなんすよ」

「そのデータは二年前におれが買い取ってるのにね。それにしても、番場君は根っからの悪党だな。ガードマンのおれを抱き込んで、野中たち三人が倉庫に侵入しやすいような状況にしておいてくれなんて言った。おれは相棒に近くのコンビニに夜食を買いに行かせて、なんとか野中たちを侵入させた。それで本気でおれを殴打させた。体に痣《あざ》が残ってないと、おれが犯人グループを手引きしたと疑われちゃうからな」

「野中や服部に仕事前に、少し手加減しろと言っといたんだけどね」

「どっちも思い切りパンチを繰《く》り出して、強烈な蹴りを入れてきたよ。手塚は、ただ突っ立ってるだけだったけどな」

「今回はうまくいかなかったけど、牛島さん、ほとぼりが冷めたら、また手引きしてくださいよ。次はおれ自身が倉庫に忍び込むからさ。伯父貴《おじき》はうるさいことばかり言って、小遣い程度の給料しかくれないんですよ。それに、鉄筋工じゃ、あんまり女にモテないからね。人生はたったの一度しかないんだから、愉《たの》しくやりたいでしょ?」

「そうだな」

「盗み出した商品を売り飛ばしたら、金はきれいに山分けしましょう。そうすりゃ、牛島さんも趣味に金をたっぷり遣《つか》える。児童ポルノを好きなだけ集められるし、十二、三歳の女の子と3Pもやれると思うな」

「想像しただけで、ちょっと興奮するね。よし、今度はうまくやろう」

二人は密談を終わらせ、世間話をしはじめた。

安奈は牛島の病室から十メートルほど後退し、荻窪署生活安全課に電話で支援要請をした。電話口に出たのは、少年第一係の香取係長だった。

「刑事課とうちの課の者を七、八人、そっちに急行させよう。それまで牛島と番場に逃げられないようにしておいてくれ」

「了解! すぐに翼君の釈放手続きをとってくださいね」

「いますぐというわけにはいかないよ。しかし、番場が手塚翼の妹の秘密のことを脅迫材料にしたことを自供したら、当然、釈放《パイ》にするさ」

「よろしくお願いしますね」

安奈はポリスモードをバッグに収めると、牛島の病室に近づいた。室内から二人の笑い声が響いてくる。

安奈は腕時計を見ながら、五分ほど時間を遣《や》り過ごした。十分前後で所轄署の刑事たちが駆けつけるだろう。しかし、それまで待てなかった。手塚兄妹を苦しめつづけた番場篤人に一秒でも早く泡を喰《く》わせてやりたい。

安奈はノックもしないで、勢いよく牛島の病室に踏み込んだ。牛島と番場が相前後して、驚きの声を洩《も》らした。

「あんたたちの話は、廊下で何もかも聞かせてもらったわよ」

安奈は二人を等分《とうぶん》に睨《ね》めつけた。

椅子から立ち上がった番場が、ストレートパンチを放ってきた。

合気道を心得ている安奈はわずかに横に動き、番場の利き腕を摑んだ。そのまま、捻《ひね》り倒す。床に転がった番場が長く呻《うめ》いて、腰に手をやった。上体を起こした牛島は茫然《ぼうぜん》としていた。

「公務執行妨害罪で現行犯逮捕するわよ」

安奈は屈《かが》み込み、手早く番場に前手錠を打った。番場は悪態《あくたい》をついたが、抗《あらが》う素振りは見せなかった。

「おれ、ほんとは窃盗グループを手引きしたくなかったんだ。でも、番場君から危《ヤバ》い生撮り映像のデータを買ってたんで、渋々、協力したんですよ」

牛島が言い訳した。すると、番場が口を開いた。

「弁解したって、無駄だよ。さっきの話をそっくり聞かれてたんなら、もう諦《あきら》めるほかないって」

「きみが不用意だったんだ。のこのこと見舞いに来たりするから、尻尾《しっぽ》を掴まれることになったんじゃないかっ」

牛島が声を荒《あら》らげた。

「往生際が悪いな」

「きみは少年院帰りだが、こっちには前科がないんだ。犯歴が警察のデータベースに残ったら、人生は終わりだ」

「もうおしまいだよ」

番場が嘲笑した。

牛島がうなだれた。それから間もなく、遠くからパトカーのサイレンが響いてきた。

安奈は安堵《あんど》し、翼が明るい表情で荻窪署を出る姿を想像した。自然に口許が綻《ほころ》んだ。

そのとき、脈絡《みゃくらく》もなく自殺した千帆のことを思い出した。

加門警部の助言も一理あるが、やはり故人の亡骸《なきがら》と対面したくなった。そうしなければ、心の整理がつかない。

安奈は番場を所轄署員に引き渡したら、すぐ千帆の通夜に列席するつもりだった。

第三話　隠された犯意

1

ついに被疑者が口を割った。

全面自供しそうな気配だ。粘《ねば》った甲斐《かい》があった。

柴亮輔《しばりょうすけ》は、顔から強張《こわば》りが消えるのを自覚した。肩の力も抜けた。二〇二四年五月上旬のある日だ。

警視庁刑事部捜査第二課の取調室である。本部庁舎の六階にあった。

三十四歳の柴は、捜査第二課第一知能犯捜査知能犯捜査第一係の係長だ。有資格者《キャリア》の警視正である。柴と同期の警察官僚はたいてい警察庁課長補佐、県警本部長、所轄署長になっている。

別に柴は捜査ミスをして、出世コースから外れたわけではない。現場捜査に携《たずさ》わっていたくて、現在のポストに留《とど》まっているのだ。前例のないことだった。

柴警視正は、記録係の部下に目配せした。

三好陽平《みよしようへい》がノートパソコンのキーボードに両手を翳《かざ》した。二十九歳の巡査長だ。前髪を斜めに額に垂らし、見るからに神経質そうな印象を与える。昔の文学青年っぽい。

被疑者は特許庁の幹部職員だ。

四十九歳だった。被疑者は特許や意匠権《いしょうけん》申請者たち十八人に便宜《べんぎ》を図ると嘘をつき、総額で三千二百万円を詐取《さしゅ》したことをおおむね自供した。

取り調べを開始して、きょうで三日目だった。それまで被疑者は犯行を否認していた。

「罪を認めて、気持ちが楽になったでしょ？」

柴は被疑者に穏《おだ》やかに言った。

「はい」

「急に自白する気になったのは、どうしてなんです？」

「あなたの目が怕《こわ》くなったんですよ」

「そんなに目つきは鋭くないと思うがな」

「そうですけど、瞳に強い光が宿《やど》ってます。獲物《えもの》を追いつめた狩人のような目に見えたんですよ。ですんで、もう言い逃《のが》れはできないと覚悟したわけです」

「そうだったんですか。なんだって、申請者たちから金を騙《だま》し取る気になったんですか？」

「家庭に自分の居場所がなかったんですよ。妻と結婚して二十年になりますが、彼女は息子と娘の受験のことで頭が一杯で、わたしとろくに話もしてくれなくなりました。大学と高校のダブル受験だったんですよ」

「それは大変でしたね。それで、二人のお子さんはそれぞれ志望校に合格されたんですか？」

「はい、おかげさまで。息子も娘も明るい表情で通学しています」

被疑者が答えた。

「よかったですね」

「ええ。淋《さび》しさから、わたしは銀座や赤坂のクラブに通うようになったんです。それほど酒は好きじゃないんですが、美しいホステスにちやほやされると、なんか自分が大物になったようで、すごく心地よかったんですよ」

「それで、クラブを飲み歩くようになったわけか」

「はい、そうです。週に四日は、馴染《なじ》みの店に顔を出すようになりました。ひと晩で二、三十万は遣《つか》ってましたから、へそくりは瞬《また》く間に消えてしまいました。消費者金融にも手を出したんですが、返済が地獄でした。そんなことで、つい悪い気持ちが働いて……」

「魔が差したんでしょうね」

「実に愚かなことをしてしまいました」

「罪を償《つぐな》って、やり直すんですね」

柴は言った。次の瞬間、被疑者が机に突っ伏した。ほとんど同時に、笑い声に似た泣き声をあげはじめた。

柴は何か遣《や》り切れない気持ちになった。犯罪を憎む気持ちは強かったが、人間の弱さも理解できる。家庭が安らぎの場でなくなれば、外で息抜きしたくもなるだろう。夜遊びは束《つか》の間《ま》、浮世の憂《う》さを忘れさせてくれる。気に入ったホステスがいれば、店に通いたくなるのは人情だ。

しかし、節度《せつど》が必要である。自分の金で飲み代を払えなくなったら、酒場通いは慎《つつし》むべきだろう。被疑者が役職を悪用して、金を騙《だま》し取ったことは赦《ゆる》されることではない。

「少し休ませてから、細かい供述調書を取ろう。後《あと》の取り調べは浦辺《うらべ》に担当させるよ」

柴は三好に言って、取調室を出た。刑事部屋に戻り、浦辺誠《まこと》警部補を取調室に向かわせる。浦辺は三十二歳で、詐欺《さぎ》事件を多く手がけてきた。

捜査二課は汚職、詐欺、選挙違反の摘発をしている。柴は十一人の部下たちとともに、主に贈収賄《ぞうしゅうわい》事件、横領、各種の詐欺事件の捜査に当たっていた。血腥《ちなまぐさ》い犯罪は、めったにない。

しかし、捜査対象者はいずれも悪知恵が発達している。法の網《あみ》を巧《たく》みに潜《くぐ》ろうとする輩《やから》ばかりだ。従《したが》って、容疑者たちとはいつも知恵較《くら》べをさせられる。神経をすり減らすことになるが、立件《りっけん》できたときの勝利感は大きい。

柴は名門私大の法学部在学中に国家公務員総合職試験（旧Ⅰ種）に合格し、警察庁に入った。国家公務員である。

同期入庁の二十三人のうち、柴だけが私大出身者だった。残りの大半は東大出で、ほかは京大などを卒業している。

警察官僚《キャリア》は入庁した時点で、警部補の職階を与えられる。警察大学校の初任幹部科で六カ月間学び、さらに九カ月の現場研修を受ける。その後は所轄署に見習いとして配属される。

柴は渋谷署刑事課で現場捜査を勉強し、警部になってからは警察庁に二年ほど勤めた。警視になると、茨城県の小さな所轄署の署長になった。署員の八割は自分よりも年上だった。

交通巡査の不祥事が明るみに出たことで、柴は警視庁捜査二課に異動になった。その数カ月後に警視正になった。課長は一つ格下の警視である。

柴は自分の机に向かい、刑事告訴書類に目を通しはじめた。午後三時を回っていた。大手商社『日新物産』が告訴したのは、トレーディング部で働いていた波多野直人《はたのなおと》だった。

三十三歳の波多野は優秀なトレーダーだったが、権限を大幅に超《こ》える巨額を独断で米国債や株式先物取引に投資し、約七百億円の損失を出していた。会社は波多野を背任罪で告訴したのである。

その波多野は、三日前の夕方から消息不明だった。逃亡した疑いもある。

机上の警察電話が鳴った。内線ランプが灯《とも》っている。柴は受話器を取った。

「わたしです」

雨宮佑太郎《あめみやゆうたろう》課長の声だった。五十一歳だが、キャリアの部下には遜《へりくだ》った口をきく。

「何でしょう？」

「ご足労《そくろう》ですが、わたしの席まで来ていただけないでしょうか？」

「課長、敬語はやめてくださいよ。わたしは、あなたの部下なんですから」

「そうですが、そちらは警視正でいらっしゃる。わたしはノンキャリアの警視です」

「職階に拘《こだわ》るのはやめましょうよ」

「そうするつもりでいたんですが、警察は階級社会ですのでね。そちらが部下でも、ぞんざいな口はききにくいんですよ。そのへんをお察しください」

「もっとフランクになっていただきたいな」

「努力はします」

「弱ったな。とにかく、すぐにそちらに参ります」

柴は受話器をフックに掛け、勢いよく立ち上がった。大股で課長の席まで歩く。

「実は『日新物産』の波多野直人のことなんですが、わたしは彼が故意に約七百億円の損失を出したんじゃないかと思ってるんですよ。遣《や》り手のトレーダーといっても、波多野は役員でもなければ、管理職でもありませんでした」

雨宮が先に口を開いた。

「ええ、そうですね」

「一トレーダーにしては、やることが大胆すぎますでしょ？　というよりも、あまりにも分別がありません。どう繕《つくろ》っても、そのうち巨額の損失を出したことは発覚するはずですからね」

「波多野は何か企《たくら》んでて、わざとおよそ七百億円の損失を出したとお考えなんですね？」

「そうです。おそらく波多野は何かで会社を逆恨《さかうら》みして、『日新物産』に故意にダメージを与えたんでしょう。ライバル商社の『松吉商事《まつよし》』か『角紅商事《かくべに》』あたりに抱き込まれて、『日新物産』のイメージダウンに一役買ったのかもしれない」

「課長の筋《すじ》読み通りだとしたら、いずれ波多野直人はどちらかの巨大商社に移る気でいるんだろうか。いや、そうじゃないな。そんなことをしたら、波多野を操《あやつ》ってたかもしれないライバル企業がバレてしまう」

「ええ、そうですね。多分、波多野はどちらかの巨大商社から数億円の成功報酬を貰う約束で、自分の勤め先に矢を向けたんでしょう。それで、貰った謝礼を個人的な株投資にでも注《つ》ぎ込む気なんではありませんか。凄腕《すごうで》のトレーダーなら、元手を何十倍にもできるでしょうからね」

「そうなったら、一生、遊んで暮らせる」

「ええ、そうでしょうね。しかし、波多野は会社が自分を刑事告訴したことを知ってるはずです。ですから、半年か一年ぐらい潜伏生活をする気でいるんでしょう」

「すでに海外に逃亡したんですかね？」

「さっき出国してるかどうかチェックしたんですが、波多野が日本を出た記録はありませんでした。もっともその気になれば、密出国することも可能ですが……」

「そうですね。金さえ出せば、危ない橋を渡る連中がいますから」

「わたしは、波多野が国内のどこかに身を潜めてるような気がしてるんですよ。柴警視正、特許庁の被疑者はまだ落ちないんですか？」

「少し前に自白《ウタ》いはじめました。いま、浦辺が全面自供させてます。供述調書を取り終えたら、課長に報告します」

「やっと犯行を認めてくれましたか。それで、動機は何だったんです？」

「中年男の悲哀《ひあい》でしょうか」

柴は詳しい話をした。

「なんだか身につまされる話ですね。結婚生活が長くなると、妻たちの関心は子供に移りがちです。わたしにしても、家庭が安息の場所じゃなくなってる。警視正のお宅は結婚二年目ですから、そんなことはないでしょうけどね」

「うちも似たようなもんですよ。妻は半年ほど前に生まれた坊主の育児に追われて、わたしとの会話がめっきり少なくなりました」

「それでも息子さんはかわいい盛りでしょうから、家庭に笑い声は絶えないでしょ？」

「ええ、まあ。でも、子供の夜泣きには悩まされてますね。妻は数時間ごとに母乳を与えてるんですよ。慢性的な寝不足で、さすがに疲れてるようです」

「警視正がサポートしてあげないとね」

「できるだけ協力してるつもりです」

「そうでしょうね。あなたは、奥方を大切にするタイプですから。それはそうと、波多野の鑑取《かんど》りを強化してもらえますか？」

雨宮課長が遠慮がちに指示した。

鑑取りとは、被害者や容疑者の交友関係を洗うことだ。正確には敷鑑《しきかん》捜査と呼ぶ。ちなみに地取りというのは、目撃証言などを事件現場周辺で集める聞き込みのことだ。

「わかりました」

「一係の手で足りなくなったら、二係の連中を応援に回らせますよ」

「その節はよろしくお願いします」

柴は一礼し、自分の席に戻った。刑事告訴関係の書類をふたたび読み、波多野直人の失踪《しっそう》理由を推測《すいそく》しはじめる。

雨宮課長の筋読みは正しいのか。『日新物産』と競合する巨大商社が波多野を抱き込んで、意図的《いとてき》に約七百億円の損失を出させたのか。グローバル化がはじまって以来、商社間の戦いは一段と熾烈《しれつ》になっている。

しかし、一流企業がそのような卑劣《ひれつ》な手段でライバル商社のイメージダウンを図ろうとするだろうか。企業モラルがそこまで品格を失ったとは思えない。汚い画策が露見したら、その商社は信用を失うことになる。

波多野は精神のバランスを崩してしまったのではないか。投資の損金をなんとか取り戻したくて、冷静な判断ができなくなったのではないだろうか。

あるいは、自分が不治の病に冒《おか》されていることを知って、自暴自棄《じぼうじき》になったのか。それで、会社に対する積年《せきねん》の恨《うら》みを爆発させてしまったのか。

柴は、その考えをすぐに捨てた。波多野は三年前に結婚して、ほぼ一年前に第一子に恵まれている。娘である。妻の絵梨《えり》は、まだ二十七歳だ。そんな妻子の存在を無視して、身勝手な行動に走ったりはしないだろう。

波多野の分析が甘く、売りと買いのチャンスを逃してしまったのか。優れたトレーダーが基本的なミスをするとは考えにくい。

雨宮課長が言ったように、波多野は何らかの理由でわざと『日新物産』に巨額の損失を与えたのか。

　そうだとしたら、裏社会の有力者が何か『日新物産』に悪感情を懐《いだ》いているのかもしれない。だいぶ前に日本が東南アジア諸国に援助した政府開発援助《ODA》の大半を大手商社が政府高官や軍幹部に鼻薬をきかせてインフラの受注を取りつけ、吸い上げていた事実がある。そのことを広域暴力団に知られ、百数十億円の口止め料を脅し取られた事件もあった。

　そんなことで、巨大商社は暴力団、総会屋、ブラックジャーナリストに対して毅然《きぜん》とした態度をとるようになった。そのことに腹を立てた暗黒社会の顔役が波多野の弱みを押さえて、『日新物産』に損失を与えさせたのだろうか。

　柴はコーヒーを啜《すす》りながら、あれこれ考えてみた。だが、確信の持てそうな筋は読めなかった。

　三好と浦辺が刑事部屋に戻ってきたのは午後四時半過ぎだった。

「完落《かんお》ちだね？」

　柴は浦辺に訊《き》いた。

「はい。被疑者《マルヒ》を留置場に戻しました」

「ご苦労さま！」

「これが供述調書です」

三好がプリントアウトを差し出した。それを受け取り、柴はざっと目を通した。不備な箇所は見当たらなかった。

「後《あと》で送致手続きを取ってくれ。その前に、全員を会議室に集めてくれないか」

柴は浦辺に言って、先に横にある会議室に移った。楕円形《だえんけい》のテーブルが中央に据《す》えられ、十五脚の椅子が並んでいる。

待つほどもなく、第一係の全員が顔を揃《そろ》えた。

柴はホワイトボードの前に立ち、雨宮課長の指示を伝えた。部下たちをペアに分け、波多野の学生時代の友人、親族、同僚、取引先から少しでも多くの情報を集めろと命じた。

部下たちは、すぐに散った。

柴は自席に戻り、特許庁幹部職員の供述調書をじっくりと読みはじめた。被疑者に最も多く袖の下を使ったのは、中堅の精密機器メーカーだった。その会社の技術開発部長は被疑者を老舗《しにせ》料亭でもてなし、帰りに六百万円の現金を手渡していた。

最も賄賂《わいろ》の少なかった玩具メーカーも、被疑者に百万円の車代を差し出している。贈《ぞう》賄《わい》額は平均すると、一社二百万円弱だ。

供述調書を読み終えたのは五時半過ぎだった。

その直後、警察庁の高遠義弘《たかとおよしひろ》参事官から電話がかかってきた。五十二歳の警視監はキャリアの出世頭で、東大出身者だ。雲上人に近い。

柴は受話器を握りしめた。

「ご無沙汰しています」

「元気かね？」

「はい」

「警視庁本部庁舎は隣組なんだから、たまには顔を見せてくれよ」

「わかりました」

「仕事の手を休めて、こっちに来てくれないか。待ってる」

高遠参事官が一方的に言って、電話を切った。

柴は慌《あわ》ただしく刑事部屋を出て、エレベーターに乗り込んだ。本部庁舎を出ると、隣接している中央合同庁舎に走り入《い》った。

柴はネクタイの結び目を確認し、参事官室をノックした。高遠警視監がにこやかに迎え入れてくれた。

二人はコーヒーテーブルを挟んで向かい合った。

「お目にかかるのは一年ぶりでしょうか？」

「そのくらいになるかな。元気そうなんで、何よりだ」

高遠が言って、前髪を掻《か》き上げた。白いものが増えている。上層部にいると、何かと苦労が多いのだろう。

参事官は私大出身の柴を何かと気にかけてくれている。東大出身の警察官僚は、たいがい京大出のキャリアにも冷ややかだ。私大出身キャリアなど眼中にない。

「次の人事異動のときは、きみを小松川《こまつがわ》署の副署長に推《お》すつもりでいるんだ。副署長のポストじゃ不満かな？」

「いいえ、そんなことはありません」

「わたしは東大出だが、学閥《がくばつ》を作ることは嫌いなんだよ。柴君は私大出身だが、れっきとした有資格者《キャリア》だ。警察官僚に私大出は少ないが、われわれの同志だよ。およそ六百人のキャリアが力を合わせて、警察機構をコントロールしないとね。私大出だからって、東大や京大出身者に遠慮なんかすることない」

「は、はい」

「三多摩の所轄署の署長席に空きが出そうだったら、署長に推してやってもいい」

「参事官のご配慮は嬉しいんですが、わたしはできる限り現場捜査に携わっていたいんですよ」

　柴は言った。

「きみは、確か犯罪被害者の身内だったね？」

「そうです。母方の叔父が電車内でスマホで長話をしてた若者グループを注意したら、逆ギレされて、ホームに引きずり下ろされ、線路に突き倒されてしまったんです。叔父はレールに頭をまともに打ちつけて脳挫傷《のうざしょう》で翌日、亡《な》くなりました。わたしが大学二年のときのことでした」

「叔父さんが理不尽な亡くなり方をしたんで、柴君は警察官になる気になったんだったね？」

「ええ、そうです。ですので、現場捜査に関わっていたいんですよ」

「きみの個人的な気持ちはわかるが、キャリアとしての自覚も必要なんじゃないかな。上司の雨宮警視は職階がワンランク下なんだから、やりにくいと思うよ」

「そうでしょうね、それは」

「言うまでもないことだが、われわれ警察官僚《キャリア》は行政官なんだよ。捜査の基本を学んだら、現場のことはそれぞれのエキスパートに任せるほうがいいんだ。捜査にキャリアが顔を出してたら、一般警察官《ノンキャリア》の邪魔になることもあるだろう」

「同僚や部下たちには極力《きょくりょく》、迷惑をかけないようにしてきたつもりです。せっかくのお話ですが、もう少し現場捜査をやらせてください」

「出世には関心がないってことか」

「そういうわけではありませんが、現場捜査が性《しょう》に合ってるんですよ」

「そういうことなら、雨宮課長をどこか別のセクションに移して、きみを課長席に就《つ》かせるか。それなら、一応、キャリアの足並を乱したことにならないだろうからな」

「高遠参事官、うちの課長を他所《よそ》に飛ばすのはやめてください。わたし、雨宮課長から学びたいことがたくさんあるんです。お願いします」

「どこまで世渡りが下手なんだ。呆《あき》れてしまうな。しかし、柴君と話してると、なんか心が洗われるね。わたしの周《まわ》りには、出世欲の塊《かたまり》しかいないからな。わかった、次の人事の件ではきみのことには触《ふ》れないようにしよう」

「ありがとうございます」

「きみのような一本気な警察官僚ばかりになれば、大物政治家や各省の事務次官クラスが圧力をかけてきても、まともに取り合わなくなるんだろうがね。残念ながら、キャリアの大半は権力者に弱い。有力者たちの神経を逆撫《さかな》でしたら、出世の望みは絶たれることになるからな。わたし自身も、実力者たちを黙殺するだけの勇気はない」

「サムライの参事官がエリートの真の意味や役割を若手キャリアに教えてほしいですね」

「仮にわたしがドン・キホーテ役を演じても、本気で耳を傾ける警察官僚なんかいないさ。誰も真剣に国家を少しでもよくしたいなんて考えてない。同期の奴らに後《おく》れをとりたくなくて、何よりも先に自分の出世のことを考える連中ばかりだ」

高遠が苦々しげに言った。

「参事官が内部変革の旗振りをおやりになったら、わたしは真っ先にシンパになります」

「きみのほかには、おそらく同調者はいないだろう」

「それでも、わたしは参事官と一緒に闘いますよ」

「頼もしいな。すぐには反乱は起こせないだろうが、少しでもキャリアの姿勢を正さないとね。もちろん、自戒《じかい》を込めて言ってるんだ。時間を割かせて、すまなかったね。きみの気持ちは尊重する」

「お礼を申し上げます」

柴はソファから立ち上がって、参事官室を出た。

焦《じ》れてきた。

部下たちは何をしているのか。午後八時を過ぎても、誰からも電話連絡がない。早く聞き込みの結果を知りたかった。

柴は意味もなくボールペンを掌《てのひら》の上で弾《はず》ませはじめた。もどかしくなったときに無意識にやる癖だった。

2

机の上に置いた私物のスマートフォンが着信音を発した。

柴は反射的にスマートフォンを摑《つか》み上げた。ディスプレイを見る。発信者は妻の亜由《あゆ》だった。

「亮輔さん、すぐに帰ってきて。拓海《たくみ》が熱を出したの」

「何度あるんだ?」

「三十八度二分よ。母乳も吐いたの。いつもお世話になってる小児科医院はもう閉まってるし、わたし、どうしていいのかわからなくて。どうしよう?」

「大事な職務があるから、いま帰宅するわけにはいかないんだよ。ネットで夜間診療をやってる病院を検索して、そこに連れてってくれないか。そういう小児科病院がなかったら、救急車を呼んだほうがいいな」

「子供のことが心配じゃないの？　とにかく、急いで自宅に戻って！」

「無理を言うなって。おれはサラリーマンじゃないんだ」

「職務が大事なのはよくわかるけど、自分の息子が病気なのよ。もし拓海が死ぬようなことになったら、すごく後悔すると思うわ」

「気持ちを鎮《しず》めて、おれの言った通りにしてくれないか。拓海の病状が急変したら、すぐに連絡してほしいな」

「わかったわ」

「心細いだろうが、しっかりするんだ。いいね？」

柴は通話を切り上げた。むろん、息子のことは気がかりだった。できることなら、大急ぎで目黒区内にある自宅マンションに帰りたかった。しかし、部下たちは聞き込みに出ている。帰宅するわけにはいかなかった。

十分ほど過ぎると、部下たちから次々に電話がかかってきた。最初に電話をかけてきたのは三好巡査長だった。

三好は同世代の相棒と波多野の妻の絵梨に会った。夫人の話によると、夫は失踪当夜、煙草《たばこ》を買いに行くと自宅を出たらしい。普段着で、手ぶらだったという。

波多野が何かに怯《おび》えている様子はうかがえなかったそうだ。『日新物産』を解雇されても、それほどショックを受けているようには見えなかったらしい。

それどころか、波多野は自分が大きく飛躍できそうだと妻に語っていたという。『日新物産』に約七百億円の損失を与えたことには、特に済まながってもいなかったようだ。

三好の次に電話連絡をしてきたのは浦辺警部補だった。浦辺のペアは、波多野の元同僚や上司から情報を集めた。

誰もが波多野の常識外の投資に驚いていたそうだ。その理由についても思い当たらないと口を揃えていたらしい。また、波多野の私生活も乱れていなかったという。

ただ、『日新物産』の役員たちは数年前から派閥《はばつ》争いをしているそうだ。もっとも波多野は中立派の立場を貫《つらぬ》き、会長派にも社長派にも与《くみ》してはいなかったらしい。

三番目に聞き込みの結果を報告してきたのは、時任淳《ときとうきよし》巡査部長だった。三十三歳で、チームの中では一番の酒豪だ。酔いが深まると、なぜだか同僚たちと腕相撲をしたがる。九州男児で、磊落《らいらく》な性格である。

時任は、年下の相棒と波多野の学生時代の友人たちを訪ねた。波多野が何かで思い悩んでいた気配は誰も感じ取れなかったという。『日新物産』に恨みを懐《いだ》いている様子もなかったようだ。

時任が電話を切って間もなく、ほかの部下たちからも聞き込みの情報がもたらされた。血縁者の誰もが波多野の〝暴走〟に気づかなかったという。波多野夫婦は仲睦《むつ》まじく、ひとり娘のちはるを溺愛《できあい》していたそうだ。

行方不明者は三日前の夜、小田急線の代々木上原《よよぎうえはら》駅近くで複数の者に目撃されている。だが、その後の足取りはわかっていない。三人の部下が駅周辺で再度聞き込みを試《こころ》みたが、徒労に終わったという話だった。

有力な手がかりは得られなかったが、柴はあまり落胆していなかった。

どんな事件も、スピード解決することは少ない。汚職、横領、背任、詐欺といった知能犯罪は立件するまでに時間を要する。殺人事件のように迷宮入りするケースはないが、それでも数日で物証を揃えることは難しい。

柴は部下たちに直帰《ちょっき》の許可を与え、自分も上着を羽織《はお》った。

そのとき、雨宮課長が駆け寄ってきた。

「いま通信指令本部から入電があったんですが、波多野直人が江東《こうとう》区の越中島《えっちゅうじま》公園内で焼身自殺をしたらしいんです」

「えっ⁉」

「灯油を頭から被《かぶ》って、自分で火を点けたようです。焼死体の近くに灯油のポリタンクが転がってたそうですから。それから、パソコンで打たれた遺書もあったみたいですね」

「機捜と所轄の深川《ふかがわ》署の者たちがすでに臨場してるんですね？」

「ええ。検視官も現場に向かってるそうです。『日新物産』に七百億円もの損失を与えたことで、波多野直人は申し訳ないことをしたと思ってたんでしょう。それで、自分の命で償《つぐな》う気になったんだろうな」

「まだ自殺と断定されたわけじゃありませんよね？」

「ええ、それはまだ……」

「部下たちの聞き込みによると、波多野は会社を解雇されても、それほど落ち込んでなかったというんですよ。それに一歳の愛娘をとてもかわいがってたらしいんです。夫婦仲も悪くなかったようです」

「しかし、会社は波多野を刑事告訴してたんです。背任か横領で起訴され、民事で不正投資した分の返済を求められたら、どうすることもできないでしょう？　おそらく独断で巨額を株や先物取引に突っ込んだんでしょうからね。刑事罰を受けるだけではなく、途方もない額の金も返さなければならない。前途《ぜんと》に一条の光さえ見えなくなったわけですから、波多野が自殺する気になっても不思議じゃないでしょう?」

「課長、お子さんが赤ん坊だったころのことを思い出してください。わたしの息子はハイハイをはじめたばかりですが、その存在は大きいものです。たとえ自分が窮地《きゅうち》に立たされても、幼子《おさなご》を遺《のこ》して自殺するなんてことは考えられませんよ。波多野の娘は、まだ一歳なんです。奥さんだって、二十七です。そんな妻子を置き去りにする形で、自分だけ先立ったりするでしょうか?」

「警視正は、焼身自殺に見せかけた他殺の疑いがあるとお考えなんですね?」

「ええ、そうです。殺人《コロシ》は捜一のテリトリーですが、ちょっと現場に行ってみます」

柴は刑事部屋を走り出て、エレベーターで地下二階の車庫に降《お》りた。

覆面パトカーのプリウスに乗り込み、ただちに現場に向かう。

越中島公園に着いたのは、およそ二十五分後だった。

細長い公園は隅田川《すみだがわ》の畔《ほとり》にある。住所は越中島《えっちゅうじま》一丁目で、すぐ近くに東京海洋大学があるはずだ。

柴は公園の際《きわ》に灰色の捜査車輛を停めた。公園の出入口には、立入禁止と記《しる》された黄色のテープが張られている。立ち番の制服警官は二人だった。どちらも二十代半《なか》ばだろう。

沿道には警察車輌や鑑識車が縦列《じゅうれつ》に並んでいた。報道関係の車もあちこちに見える。テレビクルーの姿もあった。鑑識作業中だった。

柴は立ち番の巡査にFBI型《タイプ》の警察手帳を呈示《ていじ》し、園内に足を踏み入れた。

本庁機動捜査隊の捜査員が七、八人、忙《せわ》しげに動き回っている。ジャンパー姿の者が多い。彼らは耳に受令機のイヤホンを突っ込んでいた。

その大半は顔見知りだった。柴は彼らに目顔で挨拶《あいさつ》し、奥に進んだ。

すぐに異臭が鼻を衝《つ》いた。人肉の焦《こ》げた臭《にお》いだ。相生橋《あいおいばし》に近い場所に人だかりが見える。

その中に、捜査一課殺人犯捜査第五係の加門係長がいた。ベテランの検視官と何か言葉を交わしている。捜査一課の刑事が臨場しているのは、他殺の疑いがあるからだ。柴は自分の勘が当たったと確信を深めた。

「ご苦労さまです」

柴は誰にともなく声をかけた。加門警部が振り返り、笑顔で会釈《えしゃく》した。

「加門さん、波多野直人は自殺に見せかけて殺されたんですね？」

「そう思われます。波多野の右手の焼け方がそれほどひどくないんですよ。自分で灯油を頭から被って火を点けたなら、すぐ腕に引火するはずです」

「そうですよね」

「遺体は司法解剖に回すことになりましたんで、殺害された場所もわかるでしょう。おそらく被害者は、この公園で殺されて焼かれたんではないと思います。別の場所で殺されたんなら、生体反応はまったく出ません。生きたまま焼殺された場合は、肺から煤《すす》が検出されます」

「そうですね」

「検視官から他殺の線が強いという連絡があったんで、われわれが出動することになったわけです。柴さんのチームが波多野直人のことを洗いはじめてることは知ってましたが、殺人事件と思われるんで、お株を奪《と》る恰好《かっこう》になってしまいましたが、悪く思わないでください」

「気にしないでくださいよ。殺人となったら、わたしたちだけでは手に負えないわけですから」

柴は笑顔を返した。彼は密《ひそ》かに加門警部を尊敬していた。敏腕でありながら、それを少しも鼻にかけることがない。部下たちにも慕《した》われている。

現場捜査員の鑑《かがみ》だ。自分も加門刑事のようになりたい。柴は、そう願っていた。

「死亡推定時刻は今夕だと思われます」

五十絡《がら》みの検視官が緊張気味に告げた。事件現場で顔を合わせる捜査員の職階は警部以下の者が多い。警視正が臨場するケースは稀《まれ》も稀だ。

検視官は医師ではない。十年以上の捜査経験を持ち、二カ月ほど法医学の専門教育を受けた警察官が任命されている。遺体の解剖はもとより、採血もできない。死体の硬直具合を調べ、直腸内温度の測定はできる。

それだけでも、おおよその死亡推定時刻は割り出せる。殺人捜査には、頼りになる存在だろう。

だが、残念なことに検視官は全国でわずか三百八十人程度しかいない。警察が扱う死体は毎年、二十万体にのぼる。検視官が現場に出向けるのは、そのうちの十パーセントに過ぎない。

やむなく一般捜査員が現場で犯罪性の有無《うむ》を判断させられているのが現状だ。そのため、自殺や事故を装った偽装殺人を見逃してしまうこともある。目下、警察庁は検視官の増員を図っている。

柴は人垣の隙間《すきま》から、横たわっている黒焦《こ》げ死体を見た。上半身の焼け方が目立つ。頭部は炭化して、肩の形も判然としない。

焼けた衣服の一部が遺体にへばりつき、風に小さく揺れている。依然として、異臭は濃く漂っていた。

鑑識係員は死体のすぐそばで、灯油のポリタンクから指紋を採取中だった。足跡採取シートを剝《は》がしている者もいた。

事件絡みの死体を見たのは二度目だった。

一年数カ月前に群馬県の温泉旅館で命を絶った公金拐帯犯《かいたいはん》の男は多量の睡眠導入剤を服《の》んで、寝具の中で息絶えていた。まるで眠っているような死顔だった。

だが、いま目の前にある亡骸《なきがら》はおぞましい感じだ。肉の焦げた臭《にお》いも不快だった。

柴は、思わず吐き気を覚えた。口許に手を当てたとき、加門がさりげなくハンカチを差し出した。

「よかったら、使ってください」

「いいえ、大丈夫です」

「捜二《そうに》の方たちは、あまり死体《ロク》に接することはありませんからね。無理はないと思います。われわれは毎月のように殺人現場に臨《のぞ》んでますので、もう馴《な》れっこになってしまいました。しかし、新米のころは被害者《マルガイ》の死臭が衣類や髪の毛に染《し》みついたような気がして、丸一日、食事が摂《と》れませんでしたよ」

「そうでしょうね」

柴は奥歯を強く噛みしめた。またもや嘔吐《おうと》しそうになったのだ。

「おっと、失礼！　つい無神経なことを言ってしまったな。勘弁してください」

「いいえ、いいんです。こちらの修業が足りないんですから」

「柴さんのことは骨のある男だと感じてたんですよ。警察官僚《キャリア》でありながら、現場捜査をいまも続行されてる。警視正ならば、通常は所轄署の署長か副署長になって、もっと上のポストを狙《ねら》うのが普通ですよね。何か思い入れがあるんですか？」

加門警部が問いかけてきた。

柴は一瞬、母方の叔父の死を明かしそうになった。しかし、そのことを打ち明けたら、正義漢ぶっているように受け取られそうだ。

それなりの正義感はいつも胸に抱いている。だが、そういうことを他人に覚《さと》られるのは気恥ずかしい。偽善者と思われるのは耐えがたかった。

「特に思い入れがあるわけじゃないんですよ。現場捜査が好きなんです。なにしろテレビの刑事ドラマの主人公に憧《あこが》れて、警察官になったぐらいですから」

「そういうことにしておきましょう」

「事実、そうなんですよ」

「ま、いいじゃないですか」

加門が小さく笑った。柴は心中《しんちゅう》を読まれ、少し慌《あわ》てた。人生の機微《きび》に触《ふ》れてきたエース刑事は、他者の気持ちにも敏感なのだろう。

「焼け焦げてるんで断定的なことは言えませんが、被害者は別の場所で絞殺か扼殺《やくさつ》されたんでしょうね。あるいは、毒殺されたのかもしれません」

検視官が柴に言った。

「外傷は見当たらなかったんですね？」

「ええ。血痕も付着してませんでしたから、刺殺や射殺ではないですね。司法解剖で、死因は判明するでしょう」

「ご苦労さまでした」

柴は検視官を犒《ねぎら》った。検視官が最敬礼し、足早に立ち去った。

その後ろ姿を見ながら、加門がにやついた。

「わたし、何かおかしなことを言いました？」

柴は加門に顔を向けた。

「また、失礼なことをしたな。柴さんを嘲《あざけ》ったわけじゃないんです。検視官がいつになく緊張してたんで、ちょっとおかしかったんですよ」

「そうだったんですか」

「キャリアの警視正が臨場することはきわめて稀ですからね。暴力団係の刑事の中には警察官僚を屁《へ》とも思ってない奴がいますが、ノンキャリアの大半は有資格者を特別視してますから」

「キャリアもノンキャリアもないと思います。どちらも体を張って、社会の治安を守ってる法の番人であるわけですからね」

「憎まれ口をたたきますが、警察官僚《キャリア》の方たちは別に体は張ってないでしょ？　頭は使ってるでしょうが」

「耳が痛いな。確かに加門さんがおっしゃる通りです。わたしはたまたま総合職試験にパスしましたが、一警察官だと思ってます。現場捜査に長く携《たずさ》わるつもりですんで、いろいろ教えてくださいね」

「わたしには、それだけの資格はありませんよ。凶悪な事件を起こした犯人は被害者だけではなく、その家族を不幸にさせ、自分の親兄弟も悲しませてるわけです。だから、取っ捕まえて、そのことを言ってやりたいんですよ。それが刑事の職務ですからね。もちろん加害者が本気で更生する気なら、手を差し延べるべきでしょう。検挙率を競《きそ》い合ってる奴らは、軽蔑《けいべつ》してるんですよ」

「わたし、加門さんを師と仰《あお》ぎたくなりました」

「年上の人間を茶化《ちゃか》すのはよくないな」

「からかったわけではありません。真面目にそう思ったんです」

柴は、むきになって言った。

「話題を変えましょう」

「はい。捜一は、深川署に捜査本部《チョウバ》を立てることになるんでしょうね。そうなったら、わたしたちは波多野直人に関する捜査資料を捜一に渡して退場ってことになりそうですね」

「刑事部長は捜一が捜査を引き継《つ》ぐべきだと言うでしょうが、うちの課長はちゃんと仁義を弁《わきま》えてます。捜二が手がけてた事案を横奪《ど》りするような真似《まね》はしませんよ。課長が刑事部長の指示に従いそうになったら、わたしが直談判《じかだんぱん》します」

「そこまで無理をなさらないでください。凶悪事件は、捜一の専売特許なんですから」

「それはそれとして、ハイエナみたいなことはしちゃいけません。今回の事案は知能犯一係、捜一、所轄の合同捜査で当たるべきですよ。課長と刑事部長にそう進言するつもりです」

「合同捜査本部が設置されたら、あなたと一緒に仕事ができるんですね。楽しみだな」

「ぜひ、一緒に捜査に当たりましょう」

加門が握手を求めてきた。

柴は加門の手を強く握り返し、ひと足先に事件現場を離れた。プリウスの運転席に乗り込んでから、妻のスマートフォンを鳴らす。

少し待つと、電話が繫《つな》がった。

「拓海はどうした？」

「いつもの小児科医院の先生のご自宅に電話をして、特別に診《み》ていただいたの。ただの風邪による熱だろうってことで、解熱剤《げねつざい》をいただいてきたわ」

「そうか。で、熱は下がりはじめてるのか？」

「少し前に計《はか》ったら、三十七度三分まで下がってた。多分、明日の朝までには平熱になるだろうって、先生がおっしゃってたわ」

「よかった。ひと安心したよ」

「わたしもよ。電話で亮輔さんに当たり散らして、ごめんなさい。わたし、拓海が死んじゃうんじゃないかと思ったら、パニック状態になっちゃったのよ」

「わかるよ、その気持ち。拓海は、おれたちのかけがえのない宝物だからな。こっちこそ、すぐ帰宅できなくて悪かった。いま事件現場に来てるんだが、いったん警視庁《カイシャ》に戻って、すぐ家に帰るよ」

柴は電話を切って、捜査車輌のエンジンを始動させた。

3

合同捜査本部には、人いきれが充満していた。本部庁舎の六階にある会議室だ。少し息苦しい。

柴は前から二列目の席に坐っていた。背後には部下たちが腰かけている。

窓側には、深川署の刑事たちが固まっていた。捜査一課殺人犯捜査第五係の面々は、双方の間に並んでいる。加門係長の部下たちだ。心強い。

加門警部が捜査一課長とともに各刑事課を束《たば》ねている刑事部長を説き伏せ、本庁に合同捜査本部を設けさせたのである。

捜査本部長は刑事部長だった。副本部長には勝又捜査一課長と雨宮捜査二課長が就《つ》くことになった。その三人はきのうの合同捜査会議に顔を出したきりで、きょうは出席していない。

捜査主任を務《つと》める加門が実質的な指揮官だった。柴と深川署の刑事課長は、捜査副主任である。

加門がホワイトボードの横に立ち、これまでの捜査経過を伝えている。簡潔で、わかりやすい。

機動捜査隊と深川署の地取り捜査によって、やくざ風の二人組が越中島公園に波多野直人の死体を運び込み、灯油を撒《ま》いてからターボライターで火を点けたことが明らかになった。三人の目撃者の話では、二人の男は三十歳前後だったらしい。どちらも黒いキャップを目深《まぶか》に被《かぶ》っていたという。

男たちはまるでマネキン人形を運んでいるような感じで、少しも悪びれる様子は見せなかったようだ。死体に火を点けたときも、周《まわ》りをうかがうことはなかったらしい。そのため、目撃者たちは古くなったマネキンを焼いていると思ったと証言している。

二人組は遺体が炎に包まれると、黒塗りのレクサスに乗って走り去ったらしい。車のナンバーを憶《おぼ》えている者はいなかった。公園内には、犯人の遺留品はなかった。

犯人たちの足跡は採取できたが、どちらも大量生産されている革靴を履《は》いていた。履物《はきもの》から二人組を割り出すことは困難だ。

東京都監察医務院で行なわれた司法解剖で、波多野の死因は判明した。毒殺だった。被害者の胃から、致死量の倍近い青酸カリが検出された。死亡推定時刻は、焼かれる二時間から三時間前とされた。

被害者の衣服には、小さな鉄屑《てつくず》が七片付着していた。また、両手首には長いこと針金で縛《しば》られていた痕跡があった。

そのことから、波多野は機械工場か金属製品の解体工場に監禁された末、毒物入りの飲みものを与えられたと思われる。被害者の胃の内容物はハンバーガー、フライドポテト、コーラだけだった。固形物は未消化状態のままだ。青酸カリは、おそらくコーラに混入されていたのだろう。

遺体は妻に引き取られ、きのう、通夜が執《と》り行なわれた。密葬に近かった。弔問客《ちょうもんきゃく》は数えるほどだった。

柴は部下たちに波多野宅を張らせた。

だが、通夜の客に怪しい人物はいなかったらしい。きょうは告別式だ。

柴は腕時計を見た。

午後二時過ぎだった。もう故人は火葬されて、遺骨だけになってしまったのだろう。

加門警部が捜査経過を語り終え、今後の捜査手順を捜査班のメンバーに伝えた。彼自身は合同捜査本部に残り、情報の交通整理に当たると述べた。

深川署の捜査員たちは、都内を中心に鉄屑の出る工場を虱潰《しらみつぶ》しに調べることになった。加門の部下たちは再度、地取り捜査をするようだ。

柴は部下たちに鑑取り捜査のやり直しを命じ、時任巡査部長と一緒に会議室を出た。

地下二階に降り、プリウスに乗り込む。運転席に坐ったのは時任だった。柴は助手席に腰を沈めた。

「被害者の遺族に会うおつもりなんでしょ？」

時任が問いかけてきた。

「ああ、そうだ。波多野の自宅には、未亡人のほかに親族が集まってるようだからな。悲しみに打ち沈んでる遺族から情報を探《さぐ》り出すのは残酷だが、一日も早く犯人《ホシ》を検挙《アゲ》たいんだ」

「ええ、わかります。それにしても、因果《いんが》な仕事だな。遺族の気持ちを考えると、二の足を踏みたくなりますもんね」

「そうだな。車を出してくれないか」

柴は部下を促《うなが》した。

時任が無言でうなずき、覆面パトカーを走らせはじめた。波多野宅は、渋谷区西原《にしはら》二丁目にある。戸建て住宅だった。故人の父親の持ち家だ。被害者一家は安い家賃で借りていたらしい。間取りは３ＬＤＫのはずだ。

波多野宅に着いたのは、午後三時数分前だった。

家屋は、それほど新しくなかった。敷地は五十坪弱だろうか。両隣が豪邸のせいか、みすぼらしく見える。

柴たち二人は被害者宅を訪れた。応対に現われたのは、故人の母親だった。六十歳前後だろうか。目許《めもと》が被害者とよく似ている。

柴は身分を告げ、捜査に協力してほしいと願い出た。波多野の母親は快諾《かいだく》し、柴たちを階下の和室に通してくれた。

そこには、故人の妻の絵梨がいた。小さな祭壇の上に置かれた遺骨箱を撫《な》でながら、涙ぐんでいた。母親のそばでは、ひとり娘がよちよち歩きをしている。

波多野の母が孫をひょいと抱き上げ、八畳間から出ていった。

柴たちは名乗り、若い未亡人に悔やみの言葉を述べた。それから、二人は故人に線香を手向《たむ》けた。遺影は笑顔だった。まったく屈託《くったく》は感じられない。

波多野の妻は坐卓《ざたく》の横に正坐していた。目が赤い。上瞼《うわまぶた》も腫《は》れている。この数日、泣き通しだったのだろう。

未亡人の顔に一瞬、妻の亜由の顔が重なった。柴は黙って絵梨を抱きしめてやりたかった。むろん、そう思っただけだ。

「なんだか現実感がないんですよ。夫が毒殺されて、越中島公園で焼かれてしまったと言われても……」

絵梨の声は湿《しめ》っていた。

「そうでしょうね。当分、お辛《つら》いでしょうが、お嬢さんのためにも強く生きてくださ
い」

「ええ、そのつもりです」

「亡くなられたご主人を越中島公園に運んだ二人組は、やくざ風だったらしいんですよ。

生前、波多野さんがその筋《すじ》の人間と何かで揉《も》めたことはありました？」

柴は訊《き》いた。

「そういうことは一度もなかったと思います。ただ……」

「何か思い当たることがあるんですね？」

「は、はい。夫は半年ほど前に暴力団の息のかかった投資会社にスカウトされたことが
あるんです。年俸七千万円を保証するから、先物取引をやってくれないかと誘われたよ
うです」

「その会社は？」

「六本木にオフィスを構えてる『桜仁《おうじん》トレーディング』という投資会社です」

「奥さん、その会社は関東桜仁会の企業舎弟《しゃてい》ですよ。同会は首都圏で五番目に勢力を誇

る広域暴力団で、裏ビジネスのほかに表の事業もいろいろ手がけてるんです。フロントと呼ばれてる企業舎弟の多くは、金融や各種の投資ビジネスをやっています」

「そうなんですか」

「やくざマネーと称される裏金《ブラックマネー》はベンチャー企業や株投資会社に流れ、巨額の利益を上げてるんです。起業ブームで野望に燃える若手が競《きそ》い合うようにさまざまなベンチャービジネスを立ち上げましたが、担保物件がありませんから銀行は事業資金を融資したがらない。そのことに目をつけた経済やくざが新興企業に事業資金を回して、ハイリターンを得てるわけですよ。証券会社やメガバンクの優秀なトレーダーが企業舎弟に破格の好条件で引き抜かれたりもしてます」

「そうらしいですね。夫も、そう言ってました。でも、経済やくざの片棒を担《かつ》ぐ気はないからと、『桜仁トレーディング』の仁科透《にしなとおる》社長にははっきりと断ったはずです」

「その後、脅迫電話がかかってきたことは？」

「自宅には怕《こわ》い電話がかかってきませんでした。でも、いつも夫が持ち歩いてた携帯電話が消えてしまったんです。おそらく犯人たちが……」

「ご主人のスマホはＮＴＴの機種ですか？」

時任が話に割り込んだ。

「ナンバーを教えてください。通話記録から、何か手がかりを得られるかもしれませんので」

「ええ、そうです」

未亡人が質問に答えた。時任が被害者の使っていたスマートフォンの番号を手帳に書き留《と》めた。

「そうですね」

「話を元に戻しますが、『桜仁トレーディング』の仁科社長が直接、ご主人に引き抜き話を持ちかけたんですね？」

柴は絵梨に確かめた。

「ええ、そうです。赤坂の高級フランス料理店でご馳走《ちそう》になったと聞いてます。夫は即答を避けて、数日後に電話で仁科社長に断ったと言ってました」

「相手の反応はどうだったんでしょう？」

「とても残念がって、主人に年俸一億円でもかまわないと言ったそうです。でも、夫は経済やくざと関《かか》わりたくないので、きっぱりとお断りしたと申してました」

「そうですか」

「『桜仁トレーディング』の社長が引き抜きに応じなかったことに腹を立てて、手下の者たちに夫を拉致《らち》させて、またスカウトの話を持ちかけたんでしょうか？　だけど、主人は話に乗らなかった。それで仁科社長は配下の者に夫を毒殺させ、死体を焼くよう命じたのかしら？」

「まだなんとも言えません。ところで、『日新物産』は会長派と社長派が対立してたとか？」

「ええ。詳しいことはわかりませんけれど、久住利男《くすみとしお》会長と市岡信平《いちおかしんぺい》社長は前々から反目《はんもく》し合ってたようです。七十一歳の久住会長は会社の年商を伸ばしたらしいんですけど、唯我独尊《ゆいがどくそん》タイプらしいんですよ。重役たちが何か意見を口にすると、たちまち不機嫌になるとか」

「相当な自信家なんでしょう」

「そうなんだと思います。市岡社長はまだ六十五歳らしいから、考え方に柔軟性があるという話でした。経営能力もあるようですね。ですけど、夫は派閥《はばつ》争いに巻き込まれたくないからと中立の立場を保《たも》ってたんです」

「部下の聞き込みで、そのことは知ってます。波多野さんは有能なトレーダーだったわけですから、『日新物産』には頼りになる人材です。会長派からも社長派からも取り込まれそうになったんではありませんか？」

「市岡社長の主催したゴルフコンペに夫は一度招かれました。仙石原《せんごくはら》のゴルフ場に行くと、社長派の役員や部課長が打ち揃ってたそうです。三十代の社員は主人だけだったという話でした」

「そのとき、ご主人は市岡社長に自分の派閥に入らないかと誘われたのかもしれませんね？」

「そのようなことを言われたみたいですけど、自分はあくまでも中立でいたいからと両派とも距離を置いてたんです」

「そうですか。生前、ご主人が洩《も》らした言葉で気になるようなことは？」

「そういえば、夫は義母にそう遠くないうちにトレーダーとして独立するかもしれないと打ち明けたらしいんです。わたしには、そんなことはまったく言わなかったんですけど」

「波多野さんの父親は、レンズの研磨《けんま》工場を経営されてるんでしたね？」

「はい。でも、従業員十数人の町工場ですから、夫の投資資金を用立てることなんかできないはずです。トレーダーとして独立したくても、軍資金の手当てができないわけですよ。亡くなった夫は、自分の母親に夢を語ったんじゃないのかしら？」

絵梨が言った。

「そうなんでしょうか。もしかすると、波多野さんは『桜仁トレーディング』から独立資金を借りる気でいたのかもしれませんね。しかし、先方と利益の配分を巡《めぐ》って折り合いがつかなかった。さらに何かで対立したとは考えられませんか？」

「夫は経済やくざと関わることを避けたがってたわけですから、そういうことは考えられないと思います」

「そうか、そうだろうな。となると、ご主人はどうやって独立資金を工面《くめん》する気だったんですかね？」

「さきほど申しましたように、夫は自分の夢を母親に語っただけなんだと思います。トレーダーとして独立する当てなどなかったんだけど、ちょっと自分を大きく見せたかったんでしょう」

「そうなんでしょうか。奥さんは、ご主人が権限を超える巨額をアメリカの国債や株の先物取引に注《つ》ぎ込んで、会社に約七百億円もの損失を与えた事実をどう捉《とら》えてるんでしょう？」

「夫は負けず嫌いな性格でしたから、投資で損をすることは恥だと考えてたんでしょう。そのうちマイナスは必ず取り戻せると熱くなって、際《きわ》どい勝負をしつづけたんだと思います。それで、気がついたときには約七百億円もの損失を出してた。そういうことなんではないでしょうか?」

「そうなのかな? 波多野さんは会社を解雇されても、さほど落ち込んでる様子がなかったそうですね?」

「ええ、まあ。内心では落ち込んでたんでしょうが、わたしの前では強がってました」

「わたしは、その点に引っかかるんですよ。娘さんはまだ一歳でしょ? 妻子を路頭に迷わせるわけにはいかないと悩みそうなのに、呑気《のんき》に構えてた。ご主人は、トレーダーとして独立する目処《めど》がついてたんじゃないだろうか」

「まだ若い夫に独立資金を提供してくれる方なんていないでしょ?」

「常識的にはそうなんですが、波多野さんは遣《や》り手のトレーダーだった。投資しといて損はないと考える金持ちもいると思うんですよ。そういうスポンサーがいなかったとしたら、ご主人は何か裏技を使って、独立資金を上手に捻《ひね》り出したのかもしれないな」

柴は言った。

「裏技というと?」

「奥さん、怒らないで聞いてくださいね。これから話すことは別に根拠があるわけではないことなんですから」

「わかりました。それで?」

「波多野さんは実際、会社に約七百億円の損失を与えたんでしょうかね？　投資でマイナスになった額は、それよりも何億円か少なかったんじゃなかったのかな。証券会社の社員と結託《けったく》すれば、国債や株の買い注文の増減は可能だと思うんですよ。予《あらかじ》め先方と事前に示し合わせておけば、数字の改竄《かいざん》も不可能ではない気がするな」

「亡くなった主人が不正な手段で、こっそり差額分を横領してたかもしれないとおっしゃるのねっ。役員でもない夫がそんなことはできっこないわ」

「ま、聞いてください。もしも重役の誰かが共謀してたとしたら、不可能とは言い切れないでしょ？」

「死者を鞭《むち》打つようなことはやめてください。もうお帰りになって！」

未亡人が怒りを露《あらわ》にして、すっくと立ち上がった。相手の神経を逆撫《さかな》でしてしまったことを後悔しながら、柴は時任に目で合図した。

二人は絵梨に詫《わ》び、和室を出た。そのまま玄関ホールに進み、そそくさと波多野宅を辞する。

「係長、焦《あせ》りすぎですよ。捜一や所轄署に先を越されたくないって気持ちは理解できますが、ああいう推測はまずいでしょ？」

時任が苦言を呈《てい》した。

「そっちの言う通りだな。おれとしたことが……」

「猿も木から落ちる、キャリアもポカをやる。人間なんだから、エリート警察官僚も失敗《ドジ》ることもありますよね？　係長の勇み足、とっても人間臭くていいですよ。それはそうと、『桜仁トレーディング』のオフィスに行ってみませんか？　自分、仁科社長が今回の事件《ヤマ》に絡《から》んでるような気がしてるんです。被害者を越中島公園で焼いたのは、仁科の子分じゃないのかな？」

「時任、仁科の犯歴照会をしてみてくれ」

　柴は言った。

　時任が先に捜査車輌に乗り込み、端末を操作した。柴は本庁組織犯罪対策部暴対課に電話をかけ、関東桜仁会の傘下に鉄材を扱う工場があるかどうか調べてもらった。

　少し待つと、回答があった。江戸川区平井《ひらい》一丁目に関東桜仁会直営の鉄材加工会社があるという。

　柴は合同捜査本部にいる捜査一課の加門にそのことを電話で伝え、殺された波多野がその鉄材加工会社に監禁されていた疑いがあると踏んだ。

「わかりました。深川署の連中をその会社に向かわせましょう」

「われわれは、これから『桜仁トレーディング』に向かいます。仁科社長が若い衆に被害者を毒殺させたとも考えられますからね」

「柴さん、殺人捜査に焦りは禁物ですよ。予断に左右されると、ミスを招くことになりますんで」

「ええ、そうですね」

「連絡を密《みつ》に取り合いましょう」

加門が電話を切った。受け答えは実に冷静だった。殺人事件の捜査を数多く手がけてきた余裕だろう。

柴は覆面パトカーの助手席に入った。

「A号照会の結果、仁科社長が有印私文書偽造と脅迫罪で二度検挙されてることがわかりました。脅迫罪では起訴されてますが、実刑は喰《く》らってません」

「それは組対《そたい》暴対課で確認したんだな」

「そうです」

時任が、プリウスを発進させた。

関東桜仁会の企業舎弟のオフィスを訪ねたのは、三十数分後だった。『桜仁トレーディング』はテナントビルの七階をそっくり使っていた。割に広い。

広い事務フロアでは、三十人ほどの社員がそれぞれ仕事に励んでいた。男女ともに身《み》嗜《だしな》みはよかった。柄の悪い社員はひとりもいなかった。
柴たち二人は受付嬢に案内されて、奥の社長室に通された。仁科社長は紳士然として
いた。とても経済やくざには見えない。
来訪者が刑事だと知っても、仁科は穏やかな表情を変えなかった。三人は応接ソファ
に腰かけた。柴は部下と並んで坐った。
「それで、ご用件は？」
「一昨日《おととい》の夜に殺された波多野直人のことはご存じですね？」
柴は本題に入った。
「テレビのニュースで彼が殺害されたと知って、とても驚きました。『日新物産』のト
レーディングルームの主力選手だったんで、波多野君をうちの会社に引き抜こうと働き
かけたことがあるんですよ。年俸一億円まで出すと言ったんですが、相手にされません
でした」
「その話は未亡人から聞きました」
「そうですか。ここは間違いなく企業舎弟《フロント》ですが、汚いビジネスはしてません。しかし、
どうしても色眼鏡で見られてしまうんでしょうね。残念なことです。優秀なトレーダー
を引き抜けなかったことは、結果的にはよかったのかもしれませんね」

「年俸一億円で引き抜いても死なれたんでは、損をしてしまう？」

「まあ、そういうことです」

「関東桜仁会の代紋《だいもん》を背負ってる社長がずいぶんあっさりと波多野のスカウトを諦《あきら》めたものですね？　わたしが社長なら、強引に波多野を引き抜いたでしょう」

時任が会話に加わった。

「二十年前なら、波多野君の弱みを押さえて、そうしたでしょうね。しかし、もう時代が変わったんですよ。そんなことをしたら、暴対法に引っかかって、『桜仁トレーディング』は営業停止になってしまいます。いまの時代は正業《せいぎょう》で大きな利益を得ないと、バックの組織を支えられません」

「なるほど。波多野が独立してトレーダーになりたがってたという情報《ネタ》を摑んだんですが、事業資金のことで被害者が相談に来ませんでした？」

「いや、来なかったね。その気があったんなら、わたしに相談してくれればよかったのに。五億でも、十億でも運用させてやりましたよ。もちろん利益の八割は、こちらが貰うことになりますがね」

「社長は過去に『日新物産』と何かトラブルになったことがあるんじゃないですか？」

「妙なことをおっしゃるな。そうか、わかりましたよ。わたしが波多野君を脅して、わざと『日新物産』に七百億円もの損失を与えさせたと疑ってるんですね？　それは見当外れですよ。『日新物産』とは、なんの利害関係もありませんから」

仁科社長が肩で笑って、葉巻《はまき》をくわえた。

柴は部下を手で制し、先に声を発した。

「被害者が約七百億円の損失を会社に与えたことをどう考えます？　凄腕のトレーダーが大きく読みを間違えるとは思えないんですよ」

「ええ、そうですね。波多野君は会社の偉いさんに唆《そその》かされて、故意に巨額の損失を出したんでしょう。トレーダーが七百億円ものマイナスを出したら、当然、経営陣は責任を取らざるを得なくなります」

「『日新物産』は会長派と社長派が対立してるらしいから、被害者は派閥争いに利用されたのかもしれないな」

「おたく、ただの刑事じゃなさそうだな。いい勘してる。その線は充分に考えられると思います。ただ、わたしを疑っても警視総監賞は貰えませんよ」

仁科が人を喰《く》ったような顔で言い、喉《のど》の奥で笑った。

「そうみたいですね。そろそろ失礼します」

柴は時任の肩を軽く叩《たた》いて、ソファから腰を浮かせた。

4

足が重い。

徒労感のせいだろう。『桜仁トレーディング』の仁科社長はシロと思われる。

柴はそう考えながら、合同捜査本部に入った。ひとりだった。ペアを組んでいた時任は電話会社に立ち寄ってから、職場に戻ることになっていた。

「お疲れさま！　何か収穫がありました？」

加門が声をかけてきた。柴は首を横に振った。加門警部が慰めの言葉を口にした。

「空振りでした。ちょっと企業舎弟の社長が臭いと思ったんですがね」

「プロ野球の選手だって、三割打者は多くないんです。われわれの仕事も外して当たり前ですよ」

「そう言ってもらえると、少し気持ちが楽になります」

柴は加門と向かい合う位置に腰かけ、『桜仁トレーディング』の社長との遣《や》り取りを詳しく話した。

「そういうことなら、仁科はシロと考えてもいいでしょうね。ついさきほど深川署の係長から報告があったんですが、平井にある例の鉄材加工会社に被害者が監禁されてた疑いはないとのことでした。それから、会社に死体を焼いた二人組が出入りしてた気配もうかがえなかったらしいんです。犯行に使われたレクサスも近所の者たちは見かけたことがないそうですよ」

「それなら、関東桜仁会は事件に関与してないと判断してもいいでしょう。波多野直人は、トレーダーとして独立したがってたようなんです」

「情報源《ネタモト》は？」

加門が訊《き》いた。柴は故人の妻の証言をそのまま伝えた。

「警視正にこんなことを言っては失礼なんだが、被害者の母親の裏付《ウラ》けを取るべきでしたね。別に被害者の妻が柴さんに作り話をしたと疑ってるわけじゃないんです。殺された波多野は、実母には妻に言えないようなことを話してるかもしれませんからね。少なくとも、故人が本気でトレーダーとして独立したがってたのかどうかは探《さぐ》り出すべきですよ」

「詰めが甘かったな。わたし、また波多野宅に行ってみます。まだ故人の母親は息子の家にいるでしょうから」

「その必要はないでしょう。わたしの勘では、被害者は本気でトレーダーとして独立する気でいたんでしょう。しかし、独立資金をどういう方法で調達する気でいたのかが読めないんです」

「波多野が会社に与えた損失額は、七百億円よりも少なかったんじゃないですかね？」

「被害者は証券会社の担当者を抱き込んで、実際の損失額に何億円かを乗せて、その差額分を着服してたのではないかってことですね？」

「そうです。その差額分を波多野は独立資金に充《あ》てるつもりだったんでしょう」

「なるほど、そうなのかもしれません。しかし、それだけでは被害者が毒殺された説明はつきません。仮に波多野が数十億円を着服してたとしても、命は狙《ねら》われないでしょう？」

「そうか、そうですね。波多野は会社の上層部の誰かに焚《た》きつけられて、わざと約七百億のマイナスを出した？」

「そう筋《すじ》を読むべきでしょうね。『日新物産』は会長派と社長派が反目し合ってた。被害者は中立派を装い、実はどちらか一方のために汚れ役を引き受けてたのかもしれない」

「その見返りは、独立資金ってわけですね？」

「ええ。故意であっても、トレーディング部の社員がおよそ七百億円の損失を出したわけだから、会長か社長のどちらかが引責辞任するものでしょ？」

「そうですね。市岡社長が久住会長を排除するため、波多野にわざと不正を働かせたんだろうか」

「その逆も考えられるでしょ？　ワンマン会長は、ことごとく楯突《たてつ》いてたと思われる市岡社長の存在を苦々しく感じてたでしょうからね」

加門が言った。

「毎朝新聞の経済部に知り合いの記者がいるんです。その男に電話をして、『日新物産』の上層部の動きを探ってみます」

「お願いします」

「はい」

柴は懐から刑事用携帯電話《ポリスモード》を取り出し、一つ年下の経済部記者に連絡を取った。岩佐《いわさ》清晴《きよはる》という名だった。

電話が繋《つな》がった。『日新物産』が殺害された波多野を刑事告訴していたことはマスコミには伏せてあった。

「しばらく！　変わりない？」

柴は澄《す》ました顔で言った。

「ええ、おかげさまで。忙しいんでしょ？」

「いや、ここのところ汚職も大がかりな詐欺事件もないんだよ。それで何か捜査対象になるような事案《じあん》を探してるんだ」

「とか言って、ぼくから何か探《さぐ》り出す気なんでしょ？　何もありませんよ。世界的に景気が後退してるんで、一段と所得格差に拍車がかかりそうだってことぐらいしかお話しすることはありませんね」

「そう警戒しないでくれよ。『日新物産』のトレーディング部にいた社員が先日、殺されたよな？　捜一の事件なんだが、知能犯絡《がら》みかもしれないと思ったんだが、何か『日新物産』に動きはないの？」

「明日、久住会長が辞任しますよ。健康上の理由で退《しりぞ》くみたいですね。新会長には、現社長の市岡社長が就《つ》いて、新社長は市岡の片腕の岸上正之《きしがみまさゆき》副社長が就任するんです。ワンマンで鳴らした久住は力を失って、対立してた市岡一派に追放されたんでしょう」

「よくある派閥抗争に決着がついたってわけだ」

「そうなんでしょうが、気になる情報も小耳に挟んだんですよ。殺された波多野がアメリカの国債や株の先物取引で何百億円も穴をあけてしまったと噂があるんです。その彼が何者かに殺害されたわけですから、うちの社会部の連中は会長辞任騒ぎは仕組まれたものかもしれないと思ってるようですよ」

岩佐が言った。

「市岡一派が久住を会長職から引きずり下ろす目的で、意図《いと》的に波多野に巨額の損失を出させたってことだね？」

「そうです。そうなれば、最高責任者である久住は会長のポストに留《とど》まっていられなくなるでしょ？」

「だろうね。そうだとしたら、市岡一派が汚れ役を引き受けた波多野を誰かに始末させた疑いも出てくるな」

「ええ、そうですね。卑劣《ひれつ》な手段を使ってワンマン会長を追放したことがマスコミに伝わったら、殺された波多野だけではなく、市岡や岸上も手が後ろに回るかもしれないでしょ？」

「そうだな」

「柴さん、読めましたよ。『日新物産』には殺人事件を招く前に金の不正な流れがあったんですね？　だから、ぼくに探りを入れたんでしょ？」

「考えすぎだって。近々、二人でゆっくりと飲もう」

「あっ、待ってください。遣《や》らずぶったくりはないでしょ？　そちらのカードを見せてくださいよ。『日新物産』の会長交代劇の裏に何があったんです？」

「何も知らないんだ、おれは」

「汚いなあ。柴さん、バーターでいきましょうよ」

「悪い！　部下が送致書類を持ってきたんだ。また連絡するよ」

柴は一方的に通話を切り上げ、加門に経済部記者から聞いた話をかいつまんで伝えた。

「社長だった市岡が新会長になるのか。そして、懐刀《ふところがたな》の岸上副社長が新しい社長になるわけですね？」

「岩佐君の情報によると、そうでした。市岡が波多野直人にわざと巨額の損失を出させて、ワンマン会長だった久住に引責辞任を迫《せま》った。そうだとしたら、市岡は殺された被害者に謝礼として独立資金を提供すると約束してたんでしょう」

「しかし、波多野を生かしておいたら、いつか足を掬《すく》われることになるかもしれない。市岡はそう考え、犯罪のプロに波多野を殺《や》らせた。そう読んだわけですね？」

「ええ。加門さんは、どう思われます？」

「そういう筋の読み方はできますよね。しかし、ちょっと企《たくら》みが浅い気もします。新会長に就任する市岡は出世レースに勝ちつづけた人物でしょうから、相当な策略家《さくりゃくか》だと思うんですよ」

「そんな男がいずれバレてしまうような方法で、目の上のたんこぶを排除しようと考えますかね？　市岡が新会長、片腕の岸上が新しい社長になったら、社員や取引先の者たちは二人がつるんで久住を追い落としたとすぐに勘繰《かんぐ》るでしょう。そして、波多野の事件がお家騒動とリンクしてると考えると思うんですよ」

「でしょうね」

加門が煙草に火を点けた。

「ええ、確かにね。波多野に悪知恵を授《さず》けて巧《たく》みに操《あやつ》ったのが市岡じゃないとしたら、いったい誰が……」

「それはまだわかりません。ただ、被害者をうまく利用した奴は相当な狸《たぬき》なんだと思います」

「見当もつかないな」

柴は溜息《ためいき》をついた。

その直後、時任が合同捜査本部に駆け込んできた。

「波多野のスマホの通話記録をチェックしたら、市岡信平に十八回、電話をかけてましたよ」

「お手柄じゃないか。通話記録を見せてくれないか」

柴は言った。時任が電話会社の書類袋ごと差し出した。柴は受け取り、通話記録の写しを抓《つま》み出した。

時任の報告に間違いはなかった。死んだ波多野は社内で中立の立場を取りつづけながら、裏で市岡と通じていたようだ。

そのことを妻の絵梨にも隠していたのは、何か疚《やま》しい行為を働いていたからだろう。そして、故人はトレーダーとして独立するための資金をせしめる気でいたと思われる。

「見てください」

柴は通話記録の写しを加門に手渡した。加門が煙草の火を消し、すぐに目を通しはじめた。

「波多野直人は会長派にも社長派にも与《くみ》していないと見せかけて、実は市岡のシンパだったんでしょう。そうじゃなければ、一社員が社長のスマホにちょくちょく電話をかけるなんてことは考えられませんからね。加門さん、いかがでしょう？」

「柴警視正の筋読みが正しかったのかもしれません。確かに管理職でもない社員が頻繁《ひんぱん》に電話をするとは考えにくいですからね」

「市岡信平が故意に波多野に約七百億円の損失を出させ、ワンマン会長を追い出したんでしょう。しかし、実際の損失額は何億円か少なかったんでしょうね。波多野は、その差額分を独立資金として受け取ることになってた」

「だけど、それを受け取る前に波多野は市岡信平が雇った殺し屋に葬《ほうむ》られてしまったんですね？」

時任が後《あと》の言葉を引き取った。

「おそらく、そうなんだろう」

「市岡を張りましょうよ。粘《ねば》ってれば、きっと何かボロを出すでしょう」

「そうだな」

柴はいったん言葉を切って、加門に顔を向けた。

「市岡信平をマークしてみることに異論はありません。ただね、わたし個人としては市岡をクロと断定することにためらいがあるんです」

「まさかシロとお考えなんではないですよね？」

時任が加門に声をかけた。挑《いど》むような口調だった。

「シロとは考えてないさ。心証は灰色だね」

「波多野と市岡信平の接点の裏付《ウラ》けは取れたんです。市岡をとことんマークすべきだと思います」

「そうだな」

「そういう曖昧《あいまい》な返事は困りますよ。あなたは殺人犯捜査のエースですが、市岡の容疑はほぼ固まったんです」

「そうは言えないんじゃないのかな。波多野が差額分を着服してたという証拠を摑んだわけじゃないんだ。それから、市岡が波多野にわざと株の先物取引で大きな損失を出せと指示した物証も得てない」

「それはそうなんですが……」

「状況証拠だけで、市岡を被疑者扱いするのは問題だよ。相手は巨大商社の新会長になる大物経済人なんだ。見込み捜査で勇み足を踏んだら、大変なことになる」

「上層部のクビが飛ぶことを心配してるんですね？」

「そんなことじゃないっ」

加門が声を尖《とが》らせた。時任は気圧《けお》されたらしく、言葉を呑《の》んだ。

「おれは誤認逮捕を恐れてるんだ。警察官の不祥事は依然として減っていない。毎年、悪さをして懲戒免職《ちょうかいめんしょく》になった奴が十人以上もいる。過去には組織ぐるみの裏金づくりで、北海道警、京都府警、愛媛県警などがマスコミや市民団体に非難された。そんなことで、警察全体が市民から信用されなくなってしまってるんだ」

「悪徳警官は二十九万七千人のうちのごく一部ですよ。大半の者は、真面目に職務を果たしてます」

「時任の言う通りさ。しかし、世間の風当たりは強い。いま大事なのは、信頼を取り戻すことなんだよ。だから、おれは捜査には慎重になるべきだと言いたいんだ。国民の税金で喰《く》わせてもらってるのに、警察がみんなから信用されなくなったら、あまりにも悲しいだろうが？」

「それについては同感です。ですが、市岡は怪しいですよ」

「容疑者扱いするだけの物証を並べてみろ」

「そう言われても……」

時任がうつむいた。

「大声を出して、大人げなかったな。時任、勘弁してくれ。おれは、市岡信平を被疑者扱いするのはまだ早いと言いたかったんだよ」

「わかっています。自分こそ、生意気なことを口走ってしまいました。反省してます」

「そっちはいい刑事になるよ」

加門が穏《おだ》やかに時任に言い、柴に向き直った。

「見苦しいとこを見せちゃいましたね」

「いいえ。加門さんの慎重さは大事だと思います。市岡信平を容疑者扱いはしませんから、マークさせてもらえませんか。お願いします」

「動きを探《さぐ》ること自体には反対する気はないんですよ。明日から、捜査班の半分を市岡に張りつかせましょう」

「ええ、そうしましょう」

柴は言葉に力を込めた。

「このままでは気まずさが残るな。三人で軽く一杯飲みませんか。時任、つき合ってくれるよな？」

「はい」

「それじゃ、行こう」

加門警部が先に腰を上げた。

柴は時任を目顔で促し、立ち上がった。

5

捜査は少し進展した。

柴の表情は明るかった。市岡信平が『日新物産』の新会長に就任してから、三日が経《た》っていた。新社長の岸上だけではなく、取締役の大半が市岡会長の子飼《こが》いだった。

合同捜査本部は前日、波多野が『日新物産』に与えた損失が六百五十億円だった事実を知った。大手証券会社の担当社員が波多野に頼まれて数字を操作し、およそ五十億円を上乗せしたことを認めたのである。上客の頼みは断れなかったようだ。

担当社員の証言で、波多野が約五十億円を着服した疑いは濃くなった。しかし、その差額分の保管先がわからない。

担当社員は数字を改竄し、実際の損失額しか精算してもらっていないと主張して、柴の部下に計算書を提示した。つまり、『日新物産』からは六百五十億円しか証券会社に振り込まれなかったことになる。

『日新物産』の経理部長は、市岡新会長一派に属している。そのことから、経理部長が差額分の五十億円を小切手か現金で市岡に手渡ししたと思われる。

汚れ役を演じたと考えられる波多野直人の預金口座に不審な入金はなかった。架空口座を使った様子もない。着服した五十億円はまだ市岡信平が保管しているのだろうか。

合同捜査本部には、柴のほかには庶務班の警察官が三人いるだけだった。間もなく午後五時になる。

『日新物産』本社周辺で張り込んでいる捜査員たちからは何も連絡がない。市岡会長は警察の動きを察知して、警戒心を強めているのか。

粘り強く市岡をマークしていれば、そのうち尻尾《しっぽ》を出すにちがいない。

柴は自分に言い聞かせ、冷めたコーヒーを飲んだ。マグカップをテーブルに戻したとき、捜査一課の加門刑事が外出先から戻ってきた。

「ちょっと麻布署に行ってきたんですよ」

加門がそう言って、柴の前に腰かけた。

「麻布署ですか？」

「ええ。昨夜《ゆうべ》、管内のクラブで市岡会長の次女の佐和《さわ》、二十六歳が大麻所持で現行犯逮捕されたという情報が入ったんですよ」

「その店は、DJのいるダンスクラブなんですね？」

「ええ、そうです。前々からドラッグの密売場所として、麻布署がマークしてたクラブなんです。市岡佐和は親の反対を押し切って、ヒップホップ系ユニットのダンサーをやってるんです。そんなわけで、音楽関係者とちょくちょく店に出入りしてたようです」

「そうですか。それで、市岡の次女は大麻所持を認めてるんですか？」

「いいえ、否認してます。連れのスタジオ・ミュージシャンが彼女のバッグに乾燥大麻を入れたのではないかと言ってるんですよ。化粧室に行った隙《すき》にね」

「その連れは、どう言ってるんです？」

「そんなことはしてないと頑強に否定したそうです。しかし、佐和の尿検査ではなんの薬物反応もでなかったらしいんですよ」

「佐和とスタジオ・ミュージシャンは、どういう間柄なんです？」

「彼女は相手を単なるボーイフレンドのひとりと思ってるようですが、男のほうは佐和と結婚したがってたみたいですね。あまり売れてないらしく、いつも金には困ってたようなんです」

「巨大商社の新会長の娘を妻にすれば、経済的に豊かになれると算盤《そろばん》を弾《はじ》いたんでしょうか？」

「多分、そうなんでしょう」

「しかし、市岡の次女はスタジオ・ミュージシャンと結婚する気などなかった。だから、何か厭《いや》がらせをしたんですかね？」

「最初は、わたしもそう考えたんですよ。しかし、週刊誌の記者たちが次々に麻布署に押しかけ、市岡佐和が大麻所持で現行犯逮捕されたことが事実なのかどうか確認したがったというんです。その話を聞いて、わたしはスタジオ・ミュージシャンがマスコミ各社に市岡佐和のスキャンダル種《ネタ》をリークしたんではないかと直感したんです」

「父親が新会長に就任した直後に次女のスキャンダルが暴《あば》かれそうになったんですか。なんか裏がありそうですね」

柴は呟《つぶや》いた。

「わたしも、そう感じました。市岡の次女が大麻常習者ということになれば、大変なスキャンダルになります」

「ええ、そうですね」

「場合によっては、市岡は会長職を降りなければならなくなるでしょう。市岡佐和を罠《わな》に嵌《は》めようとしたのがスタジオ・ミュージシャンだとしたら、誰かが市岡新会長の失《しっ》脚《きゃく》を狙ってると考えられます」

「派閥争いに負けた久住前会長の参謀《さんぼう》だった平《ひら》の取締役の誰かが、スタジオ・ミュージシャンを抱き込んだのかな？」

「考えられなくはありませんが、そこまで捨て身になれるでしょうか。平取《ひらとり》のポストに満足していないといっても、一応、役員です。そこまで自棄《やけ》にはならないでしょう？　役員になっても、根はサラリーマンです。かつてのボスが権力を失ったら、不本意ながらも新しいボスに従うんではないだろうか。よくも悪くも、それが勤め人でしょ？」

「そうでしょうね。それぞれ養《やしな》わなければならない家族を背負ってるわけですから、若いときみたいに後先《あとさき》考えずに尻《けつ》を捲《まく》ることなんてできない」

「ええ、そうだと思います。市岡を強く嫌悪してるのは、もっと大物なんでしょう」

「まさか前会長の久住利男が……」

「前会長も捜査対象と目《もく》しておくべきでしょうね。ワンマンだった久住は波多野が巨額の損失を出したんで引責辞任したわけですが、ライバルの市岡に蹴落とされたことに強い屈辱感を持ってるはずです。どんな手を使ってでも、市岡を叩き潰《つぶ》したいと考えてるかもしれません」

「しかし、波多野を焚《た》きつけて大きな損失を出させたのは市岡臭いんです。波多野は中立を装いながら、市岡のスマホに十八回も電話をかけてるんですよ」

「そうですね。しかし、市岡が故意に巨額の損失を出せと波多野を唆《そそのか》した確証はないわけです。それから、浮かせた五十億円を横領したことも裏付けられてないんです」

「ええ、そうですね」

「わたしの部下がスタジオ・ミュージシャンの伊勢友幸《いせともゆき》、三十二歳をマークしてます。そのうち、伊勢は誰かと接触するかもしれません」

加門が言って、口を閉じた。

「張り込み現場の様子を見てきます」

柴は合同捜査本部を出て、エレベーターで地下二階に降りた。

プリウスに乗り込み、千代田区内にある『日新物産』本社に向かう。二十分弱で、目的地に着いた。

柴は覆面パトカーで本社周辺を低速で巡《めぐ》った。捜査車輌は七台だった。張り込み要員は、併《あわ》せて十四人だった。

市岡が捜査当局の動きに用心していても、尾行は撒《ま》けないだろう。いつか新会長は、正体不明の二人組とどこかで接触するのではないか。

柴はそう考えていたが、加門警部の話も気になりはじめていた。確かに波多野殺しの黒幕が市岡と断定するだけの証拠は揃っていない。

柴はプリウスを『日新物産』本社ビルの脇道の路肩《ろかた》に寄せた。

部下の三好と浦辺は、駐車場の出入口近くで張り込み中だ。柴は浦辺に電話をかけ、市岡会長が社内にいることを確認した。

それから一時間半が過ぎたころ、本社ビルの地下駐車場で凄《すさ》まじい爆発音が轟《とどろ》いた。

三好と浦辺が覆面パトカーから飛び出し、駐車場のスロープを駆け降りていった。加門の部下たちも地下駐車場に次々に潜《もぐ》った。

柴は捜査車輌を出て、駐車場の出入口まで駆けた。スロープを下《くだ》ると、黒煙が流れてきた。ガソリンと火薬の臭《にお》いも強い。

スロープの右側で、ひしゃげた黒塗りのレクサスが炎に包まれていた。駐車場係と思われる男たちが消火器を抱え、鎮火中《ちんかちゅう》だった。

車内には三つの人影が見える。横倒しになったまま、誰も動かない。

柴はスロープを駆け降り、レクサスに近づいた。シールドはことごとく砕《くだ》け、フレームも曲がっている。屋根《ルーフ》は裂《さ》け、紙のように捲《めく》れ上がっていた。

後部座席に折り重なっているのは、市岡会長と岸上社長だった。どちらも黒焦《こ》げで、手脚《てあし》が千切《ちぎ》れている。むろん、もう生きてはいなかった。

運転席の男は下半身がなかった。レクサスには、爆破装置が仕掛けられていたにちがいない。お抱え運転手がエンジンを始動させた瞬間、レクサスは爆《は》ぜたのだろう。犠牲者たちは逃《のが》れることもできないまま、爆死したと思われる。

「係長、市岡会長は波多野殺しの首謀者じゃないんだと思います」

浦辺が歩み寄ってきて、小声で言った。

「そう考えたほうがよさそうだな」

「もしかしたら、市岡に追放された前会長の久住利男が陰謀のシナリオを練ったのかもしれません」

「軽々しくそういうことは言わないほうがいいな」

柴は部下を窘《たしな》めた。

「気をつけます。しかし、市岡が波多野を唆《そそのか》して、巨額の損失を出させて、前のワンマン会長を失脚させたんだとしたら、腹心の岸上と一緒に爆殺されるわけないですよ」

「そうだな」

「また叱られそうですが、波多野を焚きつけたのは市岡一派を快く思っていない人物ですね。そう考えると、やっぱり久住前会長が怪しいな」

浦辺が言った。柴は何も言わなかった。

殺された波多野は市岡の隠れシンパを演じながら、実は久住に手を貸していたのだろうか。そして前会長の指示に従って、表向きは会社に約七百億円の損失を与えた。巧妙に着服した五十億円は久住前会長に渡っていたのか。波多野は、その一部を独立資金として貰う約束になっていた。だが、その約束は破られた。

久住が五十億円を独り占めしたくなったのか。そうだとしたら、何がなんでもそれだけの大金が欲しかったのだろう。七十一歳の元会長が独立して事業を興《おこ》したいと野望を膨《ふく》らませていたとは思えない。

身内の誰かが事業に失敗したのだろうか。それとも、自分の息子か娘が転身しようとしているのか。そのための支援金が必要だったのかもしれない。

「久住前会長の動きを探《さぐ》ってみる必要はあるんじゃないのかな？」

浦辺が呟くように言った。

「そうだな」

「黒幕と睨《にら》んでた市岡が爆殺されたんです。波多野を利用だけして亡《な》き者にした悪い奴は、市岡じゃありませんよ」

「そうみたいだな」

柴は短く応じた。

加門の筋読みのほうが正しかったようだ。柴は少し自信を失った。だが、加門に妬《ねた》みは覚えなかった。素直に感服した。

浦辺が三好のいる場所に戻った。

レクサスの火は完全に消されていた。張り込み要員がそれぞれの捜査車輛に戻りはじめたとき、本庁機動捜査隊と所轄署員たちが駆けつけた。

柴は素姓を明かし、現場検証に立ち会った。さらに駐車場に設置された防犯ビデオも観《み》せてもらった。事件発生時刻の四十分ほど前に爆発炎上させられた黒塗りのレクサスに近づいた不審者が鮮明に映っていた。

どちらも三十歳前後で、スポーツキャップを被《かぶ》っていた。片方が目隠しをするようにレクサスの横に立ち塞《ふさ》がっている間に、もうひとりの男が車体の下に潜《もぐ》り込んだ。何をしているのかは不明だった。おそらく爆破装置を仕掛けたのだろう。

初動の捜査員たちも二人組を怪しみ、拡大プリントすると言った。鑑識係員たちが遺留品を集め、指掌紋《しじょうもん》を採取しはじめた。

柴はスロープを登って、大股で表に出た。張り込み班の車は見当たらない。合同捜査本部に引き返したのだろう。柴はプリウスに足を向けた。

運転席に坐ったとき、加門刑事から電話がかかってきた。

「市岡が岸上社長やお抱え運転手と爆殺されたという報告は受けてます。やはり、市岡会長は黒幕じゃなかったな」

「ええ」

「うちの若い連中が有力な手がかりを摑んでくれました。スタジオ・ミュージシャンの伊勢友幸が市岡の次女の佐和のバッグにこっそり乾燥大麻を入れて、主な週刊誌の編集部に密告電話をしたことを白状したんですよ。フリーライターと自称した四十代の男に二百万円貰って、市岡の娘をスキャンダルの主に仕立てようとしたそうです」

「その男の正体は？」

「現在のところ、まだわかりません。そいつが伊勢に渡した名刺の氏名や連絡先はでためだったというんですよ」

「そうですか」

「柴さん、久住前会長は数カ月前から閣僚経験のある大物国会議員と築地《つきじ》の料亭でしばしば会ってることが判明しました。久住の長男の慎介《しんすけ》、四十二歳が近く財務省を辞め、次の参院選に出馬する予定らしいんですよ。例の五十億円は、倅《せがれ》の選挙資金に充《あ》てるつもりなんでしょう」

「やっぱり、波多野直人を唆《そそのか》して巧妙に五十億を着服したのは久住前会長だったんですね？」

「ほぼ間違いないでしょう。久住は波多野を始末しないと、枕を高くして寝られない。そこでネットの闇《やみ》サイトで殺しの実行犯を見つけて、凄腕のトレーダーの口を封じたんでしょう。もちろん、市岡の専用車に爆破装置を仕掛けさせたのも久住利男だと思います」

「あなたには太刀《たち》打ちできないな。いい勉強になりました」

「わたしの手柄じゃありませんよ。捜査員全員の執念があったから、久住が捜査線上に浮かんだんです。実行犯を割り出せたら、もうゴールは近いはずです」

「そうですね。ひとまず本庁《ホンブ》に戻ります」

柴は電話を切り、覆面パトカーをスタートさせた。
十七、八分で、警視庁本部庁舎に着いた。六階の合同捜査本部に入ると、加門警部が歩み寄ってきた。
「防犯カメラとレクサスの車体に付着してた唇紋《しんもん》から、爆破犯が割れました。前科歴のある裏便利屋でした。共犯者は刑務所仲間です。二人は闇《やみ》サイトで久住から波多野の殺人を依頼されて、それを実行したことを認めました。それから、レクサスにプラスチック爆弾を仕掛けたこともね。爆破装置を仕掛けた男はしっかり手袋は嵌めてたらしいんですが、唇がうっかり車体に触《ふ》れたことを忘れて、その部分をハンカチで拭《ぬぐ》わなかったんですよ。最初の報酬は二千万円、きょうのギャラは三千万だったそうです。報酬の受け渡しは、久住前会長の愛人がやったと供述してます」

「久住は用心して、表面には出なかったんですね？」

「ええ、その通りです。久住は愛人のハンドルネームを使って、実行犯の二人に指示を与えたようです。しかし、犯歴のある二人組は苦もなく真の依頼人が久住利男だということを調べ上げたと言ってるそうです。実行犯の二人は間もなく本庁に連行されてくるでしょう」

「そうですか。そいつらの供述調書を取ったら、久住利男を殺人教唆《きょうさ》及び横領罪容疑で逮捕しましょう」

「今夜中にも裁判所に令状を請求し、明日、われわれ二人と深川署のベテラン刑事の三人で久住を検挙《アゲ》ましょう。チームプレイの成果ですからね」

「加門さん……」

柴は目頭が熱くなった。

視界が涙で霞《かす》みそうだった。柴は急いで定席に腰かけた。

第四話　歪《ゆが》んだ野望

1

二日酔いだった。寝不足でもあった。

頭が重い。

矢吹渉《やぶきわたる》は自席で欠伸《あくび》を噛《か》み殺した。二〇二四年五月中旬のある午後だ。

警視庁本部庁舎の九階にある刑事部組織犯罪対策部の刑事部屋は、人影も疎《まば》らだった。

同課は二〇〇三年の組織改編まで、捜査四課と呼ばれていた。

いまは暴力団対策課だ。暴力団や犯罪集団が関与した殺人、傷害、暴行、脅迫、放火、恐喝、賭博《とばく》などの捜査をしている。無法者たちを相手にしているため、刑事たちは強面《こわもて》揃《ぞろ》いだ。

その中でも、矢吹は最も柄が悪く見える。暴力団関係者に間違えられたことは数え切れない。

丸刈りで、体型は格闘家並である。眼つきも鋭い。やくざっぽい身なりを好《この》み、指にはカマボコ形のごっつい指輪を光らせている。

職場では〝闘犬〟と呼ばれていた。四十三歳の矢吹はベテランの暴力団係刑事だが、職階はまだ巡査部長だ。

警察は軍隊に似た階級社会である。それにもかかわらず、矢吹は上司の警部補や警部に平気で逆《さか》らう。激昂《げっこう》すると、相手を罵倒《ばとう》さえする。

前任の課長は三十代の警察官僚《キャリア》だったが、何度も蹴飛ばされた。机も引っくり返された。それ以来、矢吹はアンタッチャブルな存在になっていた。一緒に飲み歩く同僚はいなかった。

昨夜、矢吹は銀座で裏社会の顔役と深酒《ふかざけ》をした。目的は情報収集だった。しかし、たいした収穫は得られなかった。

矢吹は、両脚を机の上に投げ出した。

斜め前に坐った金森和広《かなもりかずひろ》警部補が、書類から目を上げた。三十七歳の同僚だ。

「なんか文句あんのか？」

「いや、別に」

「だったら、おれを咎《とが》めるような目で見るんじゃねえ」

「そんな気なんかなかったですよ」

「呆《あき》れてやがるのか。おれよりも階級がワンランク上だからって、でけえ面《つら》するんじゃねえ。いいな？」

「まるでガキ大将ですね」

「殺すぞ、金森！」

矢吹は吼《ほ》えた。

深酒した翌日は、いつも八つ当たりしたくなる。悪い癖であることは百も承知していた。それでも、いっこうに直らない。妻と高校生の娘も矢吹の横暴ぶりに愛想を尽かし、いつからか、必要最小限の口しかきかなくなってしまった。

「矢吹君、ちょっと来てくれ」

遠くで、大沼誠吾《おおぬませいご》課長が声を張り上げた。課長は五十二歳で、警視である。ノンキャリアだが、出世頭だ。

矢吹は舌打ちした。椅子から立ち上がり、ごみ箱を蹴りつける。紙屑《かみくず》が床に散乱した。

金森が小さく肩を竦《すく》めた。

矢吹は蟹股《がにまた》で課長の席まで歩いた。両手はスラックスのポケットに入れたままだ。

「相変わらず態度がでかいね」

「文句なら、明日にしてほしいな。二日酔いで頭が割れそうなんだ」

「知らない人間がいまの遣《や》り取りを聞いてたら、きみが上司と思うだろうな」

「おれは育ちが悪いから、敬語を知らない。知性も教養もないんだよ。高校も大学もスポーツ推薦だったしな」

「矢吹君の傍若無人《ぼうじゃくぶじん》さは相手によって変わったりしない。きみはわたしだけじゃなく、キャリアたちや刑事部長にも同じように接してる。その点は凄《すご》いよ」

「別に出世したいと思っちゃいないから、階級の上の者にもへつらう気はないんですよ。上下関係なんか糞喰《くそく》らえだ」

「しかし、人間としてのマナーも少しは心得ないとね。位《くらい》はともかく、年長者にはそれなりの敬意を払わないとな」

「おれより先に生まれただけでしょう？　それだけのことで、年上の連中にです・ます言葉を使わなきゃならないの？」

「謙虚《けんきょ》さが人間の品格を支《ささ》えてるんだよ」

「品格なんかなくたっていい。気取ったところで、人間の本性《ほんしょう》なんか醜《みにく》いもんだからな。偉そうなことを言っても、どいつもエゴの塊《かたまり》だからね」

「矢吹君の考え方は偏《かたよ》ってる。立派な人間だっているよ」

「そんなことより、早く用件を言ってほしいな」

「いいだろう。五日前に傷害容疑で仁友会村山《じんゆうかいむらやま》組の組長を検挙《アゲ》たのは、矢吹君だったね？」

大沼が確かめた。

村山組は仁友会の三次団体で、上野や湯島《ゆしま》を縄張りにしている。構成員は百数十人で、組長の村山信隆《のぶたか》は四十七歳だった。凶暴そうな面構《つらがま》えをしている。

地上げ屋でもある村山は、テナントビルの新所有者にテナントの立ち退《の》き交渉を頼まれた。テナントのほとんどは交渉条件を受け入れた。しかし、三人の借り主は強引な立ち退き話を拒《こば》んだ。

焦《じ》れた村山は上半身の刺青《いれずみ》を見せ、その三人に暴力を振るった。矢吹は上野署の要請を受けて、村山組長を緊急逮捕したのである。

「村山の野郎が、上野署の留置場《トリカゴ》で首でも括《くく》ったのかな。いや、そんなやわな奴じゃねえか」

「村山は東京地検で検事取り調べを受けた直後、押送車《おうそうしゃ》に乗り込む振りをして逃亡したんだよ。逃げた時刻は午後二時十分ごろらしい」

大沼課長が告げた。

矢吹は左手首の腕時計に目をやった。午後三時二十分過ぎだった。

「太《ふて》え奴だ。野郎、前手錠を打たれたままだったんだね？」

「もちろん、そうだ。腰縄《こしなわ》も回されてた。村山は担当看守の畑中《はたなか》充《みつる》巡査、二十七歳に体当たりして、いきなり逃げ出したという話だったよ」

「ふざけやがって。村山を取っ捕まえて、上野署の留置場にぶっ込んでやる」

「そうしてくれないか」

「任せてくれや」

「ちょうどいい。彼とタッグを組んでくれないか」

課長が視線を延ばした。

矢吹は顔を振った。出先から戻ってきたのは、平岩《ひらいわ》恭治《きょうじ》巡査長だった。三十一歳で、まだ独身だ。大沼課長が平岩を手招きし、逃亡中の被疑者のことを手短に話す。平岩は困惑顔になった。

「平岩君、どうした？」

課長が問いかけた。

「抱えてる脅迫事件の物証を早く摑《つか》まないと……」

「その案件《あんけん》は後回《あとまわ》しにしてくれ」

「しかし、もたもたしてると、被疑者に高飛びされそうなんですよ」

「てめえ、おれと組みたくねえんだなっ」

矢吹は平岩の頭を小突いた。

「そうじゃありませんよ」

「嘘つけ！　おれは独歩行《どっぽこう》でもいいぜ」

「矢吹君、それは困るんだ」

大沼が早口で言った。

「なんで？」

「きみひとりだと、村山組の幹部たちを次々に痛めつけて組長の潜伏先を吐かせかねないからな」

「そうするつもりだったよ」

「いや、それはまずい。平岩君に監視役になってもらう。頼むぞ、平岩君！」

「は、はい」

「足手まといだが、たまには課長の指示に従わねえとな。平岩、ついて来な」

矢吹は言って、先に刑事部屋を出た。平岩が小走りに従《つ》いてくる。

エレベーターホールには、捜査一課殺人犯捜査第五係の加門係長がいた。矢吹は加門警部を嫌っている。刑事部内でスター刑事扱いされているからだ。

「『日新物産』のお家騒動に絡《から》む殺人事件の首謀者は、前会長だったらしいですね。捜二の柴警視正がびっくりしてましたよ、加門さんの筋読み通りだったと」

平岩が加門に話しかけた。

「まぐれだよ」

「控え目ですね」

「聞き込みに出かけるのかな？」

加門が平岩と矢吹を等分《とうぶん》に見た。先に口を開いたのは矢吹だった。

「まあな。そっちはどこに行くんだい？」

「食堂です。昼飯を喰《く》いっぱぐれてたんですよ」

「エース刑事《デカ》は、それだけ忙しいって自慢か」

「矢吹さん、突っかかるような言い方をしなくても……」

「平岩、てめえは黙ってろ！」

「大人げないですよ」

平岩が呆《あき》れ顔になった。そのとき、函《ケージ》の扉《とびら》が左右に割れた。

加門が乗り込んだ。平岩がケージに入ろうとした。矢吹は平岩の腕を摑んで、加門に顔を向けた。

「おれたちは隣のエレベーターに乗らあ。そっちが嫌いなんだよ、おれは。ちやほやされていい気になってると、そのうちポカをやるぜ」

「拝聴しておきます」

加門が余裕たっぷりに言い、函《ケージ》の扉を閉めた。

「気に喰《く》わねえ野郎だ。まるっきりヒーロー気取りじゃねえか」

「ヒーローでしょ、加門さんは」

「平岩、殺すぞ」

「矢吹さんは、加門さんをやっかんでるみたいですね？」

「そんなんじゃねえや」

矢吹は平岩を引っ張って、隣のエレベーターに乗り込んだ。地下二階に降り、二人はオフブラックのスカイラインに近づいた。

「平岩、まず上野署に行ってくれ」

「了解！」

平岩が運転席に入った。矢吹は助手席に腰を沈めた。

覆面パトカーが走りだした。日比谷交差点の手前で、矢吹は屋根《ルーフ》に赤色灯を載《の》せた。

「サイレンを派手に鳴らして、突っ走れ！」

「わかってますよ、いちいち言われなくても」

「おれに口答えするんじゃねえ。また生意気なことを言いやがったら、運転席から蹴落とすぞ」

「暴力団係が長いからって、荒っぽすぎますよ。ヤー公どもより凶暴じゃないですか」

平岩がステアリングを捌《さば》きながら、口を尖《とが》らせた。

矢吹は中堅の私大を出ると、総合格闘技の興行会社に就職した。格闘家としてデビューする日を夢見ていたのだ。しかし、横柄な先輩社員と意見が衝突し、勢いで辞表を書いてしまった。入社して七カ月後のことだった。

翌年の春、矢吹は警視庁採用の警察官になった。交番勤務を経《へ》て、刑事に昇任後に神田署の生活安全課に異動になった。その後、都内の所轄署を転々としてきた。どこも暴力団係だった。本庁勤務になったのは五年九カ月前である。

二十分そこそこで、上野署に着いた。

矢吹たちは、まず生活安全課を訪れた。課長補佐から村山が逃げた経緯《いきさつ》を教えてもらう。課長補佐の梨元洋一《なしもとよういち》は五十一歳の警部だ。馬面《うまづら》で、背が高い。

村山は逮捕されてから、しきりに愛人の柊百合香《ひいらぎゆりか》に会いたがっていたという。百合香は二十七歳の元AV女優だ。顔は十人並だが、肢体《したい》は肉感的だった。

村山は逮捕されるまで、湯島三丁目にある愛人の自宅マンションで寝泊まりしていた。根津《ねづ》の自宅には、めったに帰っていなかった。

「もう百合香の家《ヤサ》は調べたんだね？」

矢吹は梨元に訊《き》いた。

「ああ、誰もいなかったよ。逃走した村山が愛人に連絡して、ウィークリーマンションかマンスリーマンションを借りさせたんだろう」

「組長宅や村山組の事務所もチェックしたよな？」

「もちろんさ。しかし、どちらにもいなかった。村山の妻にも組の幹部たちにも連絡がなかったというんだ」

「担当看守のことを教えてほしいな。畑中充って奴の勤務ぶりはどうだったんだい？」

「職務はちゃんとこなしてたよ」

「独身なんだね？」

「そう。私生活の乱れを特に感じ取れなかったから、逃げた村山に抱き込まれたとは思えないんだ。そんなことをしたら、懲戒免職になることはわかりきってるからね」

「畑中は村山組の奴らに何か弱みを握られて、つけ込まれたのかもしれねえな。うっかり色仕掛けに引っかかったとも考えられる」

「畑中は、そんな奴じゃない」

「留置課に連絡して、畑中をここに呼んでほしいんだ」

「いま、呼ぶよ」

梨元がソファから立ち上がって、近くの警察電話の受話器を取り上げた。内線のボタンを押し、畑中を呼びつけた。

「すぐに来るだろう」

梨元がソファに坐った。

数分待つと、制服姿の畑中がやってきた。中肉中背で、これといった特徴はない。梨元が矢吹たち二人を紹介した。

「畑中です。自分の不注意で被疑者《マルヒ》の村山信隆を逃がしてしまって、申し訳ありませんでした」

「いいから、坐れや」

　矢吹は言った。畑中が一礼し、梨元のかたわらに腰を落とした。

「ストレートに訊くが、村山組に何か弱みを握られてねえよな？」

「はい。自分、やくざとは距離を置いてるんです。留置中の筋者《すじもの》が金品をやるから、差し入れや弁護士接見に便宜《べんぎ》を図ってくれと持ちかけてくるんですが、一遍《いっぺん》も誘いに乗ったことはありません」

「村山もそうしたことを言ったでしょ？」

　平岩が畑中に問いかけた。

「はい、一度だけ。しかし、自分は取り合いませんでした」

「そう。逃亡中の組長は、愛人《レコ》の百合香にぞっこんだったみたいだね」

「ええ、そうみたいですよ。独居房の中で、いつも愛人のことをのろけてました。きのうの晩は百合香のことを思い出して、村山は夢精《むせい》してしまったようです」

「中年男が夢精したって⁉」

「はい。よっぽど惚《ほ》れてるんだと思います、若い愛人にね」

「おそらく百合香は、名器の持ち主なんだろうよ。組長がそこまでのめり込んでるんだからな」

　矢吹は誰にともなく言った。

暴力団関係者の多くは若いころから女遊びをしてきている。相手の容姿や若さだけでは、さほど夢中になったりしないものだ。分別のある中高年やくざがはるか年下の愛人に執着するのは、相手の性的な魅力に取り憑《つ》かれてしまったからだろう。

「村山も、そういう意味のことを言ってました」

畑中が言った。

「抜かずにダブルが利くとも言ってたんじゃねえのか？」

「いいえ、そこまでは言いませんでした」

「与太《よた》だよ。そっちは真面目《まじめ》一方みてえだな」

矢吹は言いながら、畑中の左手首の腕時計を見た。フランク・ミュラーだった。

スイス製の高級品だ。正規価格は最低でも七十万円以上はする。ブランドショップで売られているロレックスよりも格《かく》は上だろう。留置課勤務の看守の俸給では、たやすくは購入できない代物《しろもの》だ。

「いい腕時計だな。それ、フランク・ミュラーだろ？」

「は、はい。思いがけない臨時収入があったんで、買ったんですよ。ずっと欲しいと思ってたものですから」

「そうかい。まさか村山組の若頭にプレゼントされたんじゃねえやな、組長の逃亡を手助けする見返りにさ」

「じ、自分を疑ってるんですか⁉」

　畑中が目を剝《む》き、気色《けしき》ばんだ。

「冗談だよ。あんまりむきになって怒ると、かえって怪しく思われるぜ」

「この腕時計は自分で買ったんです。自宅にレシートが残っていますから、見せましょうか？」

「そっちは堅物みてえだから、村山組に抱き込まれるわけはねえだろう。ところで、村山はそっちに体当たりしたんだって？」

「ええ。不意を衝《つ》かれて、自分、倒れてしまったんです。その隙《すき》に村山は東京地検の敷地から走り出て……」

「呼び子を鳴らして、すぐ追いかけたんだろうな？」

「ええ、もちろん。でも、自分が舗道に飛び出したときは、すでに村山の姿は掻《か》き消えてました。多分、組員の車が近くで待機してたんでしょう」

「かもしれねえな。もういいよ、持ち場に戻っても」

　矢吹は言った。畑中が立ち上がり、生活安全課から出ていった。

「村山は上納金が重すぎるって仁友会の首藤光輝《しゅとうみつてる》会長に先月の理事会で訴えたらしいん

だ」

梨元課長補佐が明かした。

「その情報は確かなんだね？」

「もちろんさ。首藤は六十二歳だが、いまも血の気が多い。下部団体《エダ》の村山組の組長が文句を垂れたのが面白くなくて、もっともらしく逃亡を唆《そそのか》したとも考えられるな」

「なんのために、そんなことをしなきゃならないんだい？」

「村山に何らかの仕置きをするためだよ。村山は仁友会の理事のひとりだが、三次組織の親分にすぎない。そんな奴にでかい口をたたかせたままじゃ、首藤会長の面子《メンツ》が保《たも》てないじゃないか」

「それはそうだろうな」

「首藤会長は百合香を囮《おとり》にして村山を誘《おび》き出し、制裁を加える気でいるのかもしれないぞ。そうだとしたら、村山は首藤会長宅に軟禁されてるんじゃないのかね？」

「ちょっと調べてみらあ」

矢吹はソファから腰を浮かせた。平岩がすぐに倣《なら》った。

二人はスカイラインに乗り込み、池之端《いけのはた》一丁目にある村山組の事務所に回った。組事務所には、若頭の柘植《つげ》辰徳《たつのり》がいた。ちょうど四十歳だ。

矢吹は組事務所に入るなり、スチールロッカーを勝手に開けた。ゴルフのクラブバッグの裏に二振《ふたふ》りの日本刀が隠されていた。

「令状もなしに家宅捜索《ガサイレ》なんかしないでくださいよ」

柘植が抗議した。

「ろくでなしが一丁前のことを言うんじゃねえ。なんなら、ついでに拳銃も押収するか」

「そんな物騒《ぶっそう》な物はありませんよ」

「とぼけんじゃねえ。よし、それなら、家捜《やさが》しするぜ。おい、手伝え！」

矢吹は平岩に声をかけた。

「勘弁してくださいよ、矢吹さん」

「気やすくおれの名前を呼ぶんじゃねえ。東京地検から逃《フ》げた組長の潜伏先を教えねえと、銃刀法違反でしょっ引くぞ」

「おれは何も知りませんよ」

柘植が言った。矢吹は若頭を睨《にら》みつけ、手錠を引き抜いた。

「叩《たた》きゃ埃《ほこり》がいくらでも出るだろうから、てめえも実刑喰《く》らうことになるだろうよ」

「組長《オヤジ》は上野六丁目のクリスタルホテルの一五〇五号室にいます。愛人《レコ》の百合香と一緒でさあ」

柘植が観念した顔で言った。

矢吹はにやりと笑って、組事務所を出た。平岩が慌《あわ》てて追ってくる。

二人は捜査車輛に乗り、教えられたホテルに向かった。ひとっ走りで、クリスタルホテルに到着した。

矢吹たちは地下駐車場に覆面パトカーを置き、エレベーターで十五階に上がった。

一五〇五号室のドアはロックされていなかった。矢吹は先に入室した。そのとたん、濃い血の臭《にお》いが寄せてきた。一瞬、むせそうになった。

矢吹はバスルームとクローゼットの横を抜けて、大股で奥に進んだ。ダブルベッドの上に、全裸の男女が倒れていた。

村山と愛人の百合香だった。

どちらも首筋が赤い。鮮血だった。どうやら情事の最中に何者かに押し入られ、二人とも鋭利な刃物で頸動脈《けいどうみゃく》を掻《か》き切られたようだ。

寝具には血溜《だま》りができていた。白い壁は血の飛沫《ひまつ》で汚れている。

「二人とも、もう死んでるようですね」

平岩が震えを帯びた声で言った。

矢吹は短い返事をして、ベッドに近寄った。村山の尻《しり》に軽い火傷《やけど》の痕《あと》があった。高圧電流銃《スタンガン》を押し当てられてから、侵入者に頸動脈を切断されたようだ。

村山の下になっている百合香の豊満な乳房にも、赤っぽい烙印《らくいん》のようなものが見える。スタンガンの電極を押しつけられた痕《あと》だろう。組長の若い情婦も同じ手口で命を奪われたにちがいない。

矢吹は、百合香の柔肌に触《ふ》れてみた。かすかだが、温《ぬく》もりは伝わってきた。村山の総身彫《ぼ》りの刺青《いれずみ》には、点々と血痕が散っていた。

「平岩、早く事件通報しな」

「はい」

平岩が上着の内ポケットから刑事用携帯電話を取り出した。ポリスモードと呼ばれ、五人との同時通話が可能だ。

矢吹は屈《かが》み込んで、床を検《しら》べはじめた。遺留品らしき物は目に留《と》まらなかった。

悪い予感を覚えた。

2

刑事部長室から戻ってきた大沼課長の表情は、ひどく曇っていた。村山が愛人とともに殺害された翌朝だ。あと数分で、十一時になる。

矢吹は煙草を吹かしながら、大沼から目を離さなかった。刑事部屋は禁煙になっていたが、ちょくちょくルールを破っていた。それでも、文句を言う者はいなかった。急に大沼課長が立ち止まって、矢吹を目顔《めがお》で呼んだ。

矢吹は喫《す》いさしのピースの火を揉《も》み消し、自席から立ち上がった。

課長は小会議室に入っていった。矢吹も、ほどなく小さな会議室に足を踏み入れた。

大沼はテーブルの向こうに坐っていた。暗い顔だった。

「石渡《いしわたり》刑事部長は何だって？」

矢吹は問いながら、課長と向かい合った。

「昨夜の事件《ヤマ》なんだが、うちの課だけの単独捜査では解決に時間がかかるんじゃないのかと言われた」

「それで？　石渡は、どうしろって？」

「捜一の殺人犯捜査第五係に支援してもらえと言うんだ」

「冗談じゃねえ。被害者《マルガイ》は暴力団の組長と情婦《いろ》なんだぜ。ヤー公絡《がら》みの殺人事件は、昔から組対部が捜査に当たってきた。課長、そうだよな？」

「そうなんだがね」

「捜一だけが殺人《コロシ》を扱ってるわけじゃない。合同捜査なんて、受け入れられねえな」

「いや、石渡刑事部長は合同捜査本部を設置しろとは言わなかったんだよ。第五係の加門班にサポートしてもらえと……」

「刑事部長まで、加門をスター刑事扱いしやがって。面白くねえな。事件捜査は探偵ごっこじゃねえんだ。スターなんて必要ねえ。捜査はチームプレイだからな」

「その通りだが、刑事部長は捜一の雨宮課長に暴対課の捜査をバックアップしてやれと指示したらしいんだ。多分、雨宮課長は加門君にもう伝達済みだろう」

「課長、石渡の言いなりになっちゃうの？」

「刑事部長の意向《いこう》を無視するわけにはいかんよ、刑事部を束《たば》ねてる方だからね」

「情《なさ》けねえな。課長は悔《くや》しくないの？　雨宮と同じ課長なんだよ。捜一は課員三百五十人の大所帯だが、課は同格のはずじゃねえか」

「組対部は総勢千人近いが、暴対担当は二百人もいない。それに、捜一は凶悪犯罪捜査のエキスパートばかりだから……」

「くどいようだが、やくざ絡みの殺人事件はうちの課の守備範囲なんだぜ。プライドが傷つくじゃねえか」

「課長、おれと一緒に刑事部長室に行こうや。おれが石渡賢太郎《けんたろう》に文句を言って、話を撤回《てっかい》させてやらぁ」

「矢吹君、頭は大丈夫か？　相手は雲上人なんだぞ」

「ああ、そうだな。しかし、おれたちの立場や誇りもあるじゃねえかっ。わかったよ。おれひとりで、石渡に抗議してくらあ」

「それだけはやめてくれ。話が余計にこじれるだろうし、わたしの立場が悪くなる。部下を管理できてないってことで、評価も下がるにちがいない」

　大沼が言った。

「課長は腰抜けだな。漢《おとこ》じゃねえ」

「なんとでも言ってくれ。しかし、今回はわたしの指示に従ってほしいんだ。捜査の主導権を捜一に渡すわけじゃないんだから、そうカッカしないでくれ。加門班は、あくまでも助っ人チームなんだ」

「それでも、なんか不愉快じゃねえか」

「わたしを救《たす》けると思って、加門班の協力を受け入れてくれないか。矢吹君、頼むよ」

「課長にそこまで言われたんじゃ、わがままは言えねえか」

「ありがとう。とりあえず、きみ、金森、平岩の三人で専従捜査に当たってくれないか」

「了解！　加門たちは支援要員なんだから、地取りと鑑取り中心に動いてもらうか」

「そのあたりのことは矢吹君に任せるよ」

「初動捜査資料は課長の許《もと》に届いてるよね？」

矢吹は訊いた。

「ああ、届いてる。村山と柊百合香は現在、司法解剖中なんだ。死亡推定時刻や死因は、じきにはっきりするだろう」

「そうだね」

「矢吹君、加門班よりも先に加害者を逮捕《パク》ってくれな」

「もちろん、捜一の奴らに点数なんか稼がせねえ」

「それじゃ、初動捜査資料を渡そう」

大沼が腰を上げ、先に小会議室を出た。

矢吹は初動捜査資料を受け取って、自分の席に戻った。すぐに捜査資料に目を通しはじめる。

初動捜査によると、村山組長が東京地検から逃亡したとき、組員の車はどこにも待機していなかったらしい。ただ、東京地検の近くに不審なワンボックスカーが路上駐車されていたという。

ナンバープレートの両端は大きく折り曲げられ、正確なナンバーを目撃した者はいなかったそうだ。運転席には、濃いサングラスをかけた男が坐っていたという。

逃げた村山が、そのワンボックスカーに乗り込む姿を目撃した者はひとりもいない。しかし、乗ったと考えてもいいだろう。

事件現場のクリスタルホテルにチェックインしたのは、組長の愛人だった。百合香は偽名を使っていた。村山はフロントには寄らずに一五〇五号室に入っている。

その直後、村山は若頭の柘植に電話をかけて潜伏先を教えている。そのことは、村山のスマートフォンの発信履歴《りれき》で判明した。村山組長は自分の家族には連絡を取っていない。

現場検証で、二人の被害者が情事中に襲われたことが明らかになった。部屋の錠はピッキング道具で解《と》かれていた。

室内には、犯人の足跡が残っていた。その部分には、血痕が付着していた。靴のサイズは二十六・五センチだった。

部屋から男女の頭髪、陰毛、繊維片《せんいへん》が採取されたが、加害者のものと断定できる遺留品は見つかっていない。室内から採取された指掌紋《ししょうもん》によって、加害者を割り出すことはできなかった。

矢吹は捜査資料に二回、目を通した。

日本茶を啜《すす》ったとき、捜査一課の加門刑事が近寄ってきた。矢吹は挑発する気持ちで、加門を睨《にら》みつけた。

「いま大沼課長に挨拶《あいさつ》をしてきました。今回、第五係のわたしの班がこちらの捜査のお手伝いをさせてもらうことになりました。よろしくお願いします」

加門が深く腰を折った。

「そうだってな。捜一のエース刑事にお出まし願うような犯罪《ヤマ》じゃねえんだが、刑事部長の意向じゃ、とことん逆《さか》らうわけにもいかねえからな。はっきり言って、おれは助っ人なんかいらねえと思ってる」

「そうでしょうね」

「最初に言っとくが、おれたちが主導権を握る。だから、あんまりでしゃ張るなよ」

「わかりました」

「課長から初動捜査資料の写しを貰って、加門班は地取りと鑑取りをやってくれや。何か手がかりを摑んだら、すぐおれに報告してくれ」

「そうしましょう。矢吹さんは、今回の事件《ヤマ》をどう見てるんです?」

「もう筋《すじ》は読んでらあ。けど、言わねえよ。うっかり喋《しゃべ》ったら、加門班に手柄を横奪《ど》りされそうだからな」

「そんなケチな料簡《りょうけん》は持ってませんよ。こっちは支援チームなんでね」

「カッコいいことを言う奴に限って、腹黒いことをやる」

「矢吹さんは不幸な方だな。そんな具合に身構えながら生きてたら、神経が休まらないでしょ? 警察は予備校じゃないんです。課の違う捜査員をライバル視してたら、愉《たの》しくないと思うがな」

「加門、おれに喧嘩売ってんのかっ。上等じゃねえか。廊下に出ようや」

矢吹は決然と立ち上がった。

「チンピラみたいな凄み方をしたら、矢吹さんの価値が下がりますよ。あなたは、暴力団係《マルボウ》刑事としては凄腕なんですから」

「てめえ、何様のつもりなんだっ」

「殴ってもかまいませんよ」

加門が不敵な笑みを拡《ひろ》げた。

矢吹は血が逆流した。右のストレートパンチを放つ。

加門が軽やかにバックステップを踏んだ。パンチは届かなかった。なんとも忌々《いまいま》しい。

「ま、仲よくやりましょう」

加門が身を翻《ひるがえ》した。矢吹は床を蹴りつけた。

「カッコいいな、加門さんは」

平岩巡査長が聞こえよがしに言い、加門の後ろ姿を目で追った。

矢吹は平岩に捜査資料のファイルを投げつけた。平岩がファイルを両手でキャッチし、にやついた。

「それを持って金森と小会議室に来い！」

矢吹は尖《とが》った声で命令し、小さな会議室に足を向けた。会議室に入り、テーブルの向こう側に腰かける。

待つほどもなく平岩と金森がやってきた。二人の部下は並んで坐った。矢吹は大沼課長の指示を伝え、部下たちに初動捜査資料を読ませた。

「専従捜査班が三人だけというのは、いくら何でも少なすぎませんか？　うちの課長は、捜一に手柄を譲《ゆず》る気なんじゃないのかな」

金森が呟いた。

「たとえ課長がそう考えてても、そうはさせねえ。きのうの事件《ヤマ》は組対《そたい》部暴対課の守備範囲だからな。しかも村山と百合香の死体《ロク》を発見したのは、おれと平岩だったんだ。加門の班に手柄を立てさせてたまるかっ」

「しかし、三人じゃ兵隊が足りませんよ。あと五、六人いないとね」

「員数は関係ねえ。おれたちがそれぞれ単独で動けば、なんとかなるだろう。金森、おまえは仁友会の首藤会長に会ってこい。前回の理事会で、殺《や》られた村山が上納金が高すぎるとブー垂《た》れたらしいからな」

「矢吹さんは、腹を立てた首藤会長が村山を言葉巧《たく》みに脱走させて、若い者《もん》に被害者の二人を始末させたと……」

「疑わしい奴は全員、調べてみろ。それが捜査の鉄則じゃねえか」

「ま、そうですけどね」

「首藤が面会を断りやがったら、明日にでも仁友会本部をガサ入れすると言ってやれや。そうすりゃ、渋々でも会ってくれるだろう」

「わかりました」

「おまえは、村山の女房《バシタ》から事情聴取しろ」

矢吹は平岩に指示した。

「わかりました」

「その後《あと》、上野署の畑中充の私生活を調べてくれねえか。若い看守がフランク・ミュラーの腕時計を持ってることがどうも引っかかるんだよ」

「臨時収入があったんで、スイス製の高級腕時計を買ったと言ってましたよね？」

「ああ」

「村山の逃亡に協力するという条件で、畑中はあの時計を貰ったのかな」

「そういう疑いは拭《ぬぐ》えねえよな。だから、畑中の交友関係を調べてもらいてえんだ」

「了解！」

「おれは組事務所に行って、もう一度、若頭の柘植に会う。早目に昼飯を喰《く》って、すぐに動いてくれねえか。それで、ちょくちょく報告を上げてくれや」

「はい」

金森が短く応じ、平岩の肩を叩いた。じきに二人は小会議室から出ていった。

矢吹は携帯用灰皿を掴み出し、煙草をくわえた。

殺人犯捜査第五係は殺人事件の捜査を数多く手がけている。聞き込み捜査で造作なく有力な手がかりを得てしまうかもしれない。先に犯人を絞り込まれたら、自分たちの面目は丸潰《つぶ》れだ。

矢吹はピースをふた口喫《す》っただけで、煙草の火を携帯用灰皿の中で揉み消した。小さな会議室を出て、刑事部屋を後《あと》にする。

矢吹は地下二階の駐車場でグレイのクラウンに乗り込み、村山組の組事務所に急いだ。

組事務所に着いたのは二十数分後だった。

組事務所の応接室には、柘植若頭たち幹部が五人ほど顔を揃えていた。組長が殺害されて、誰も沈痛な面持《おもも》ちだ。舎弟頭は涙ぐんでいる。

「クリスタルホテルの一五〇五号室で殺害された村山たち二人の死体《ロク》を最初に発見したのは、おれと部下なんだよ」

矢吹は柘植に声をかけた。

「そうだそうですね。上野署の刑事課の方から、そううかがいました」

「村山は誰に殺《や》られたと思う？」

「そのことをみんなで話してたんですが、組長《オヤジ》が面倒を見てた柊百合香に言い寄ってた関西の極道がいたようなんですよ。そいつは神戸《こうべ》の最大組織の下部団体《エダ》に足《ゲソ》をつけてる山内竜造《やまうちりゅうぞう》って奴で、神田駅前で消費者金融をやってるそうなんです。三十五だったかな」

「社名は？」

「『ラッキーファイナンス』です。北口の雑居ビルの三階に入居してます。複数の組員が組長《オヤジ》の愛人《レコ》にまつわりついてる山内を見てるんですよ。百合香のほうは相手にしなかったみたいなんですが、その関西の極道がフラれた腹いせに組長《オヤジ》たち二人を殺《や》ったんじゃないかと……」

「その線は考えられねえな。村山は東京地検で押送車に乗る直前に担当看守に体当たりして、逃亡してるんだぜ。山内って極道が村山の逃亡を手助けしなきゃならねえ理由はないだろうが。村山は身柄を拘束されてたわけだから、いつでも百合香を口説《くど》けるからな」

「なるほど、そうですね。わざわざ組長《オヤジ》を逃がしてから、始末することはないわけだ」

「村山組は、ほかの広域暴力団と揉め事《ゴタ》を起こしてたんじゃねえのか？」

「そういうことはありません。十数年前から関西勢力が堂々と東京に進出してきてるんで、関東の渡世人《とせいにん》は結束《けっそく》を固めてるんですよ」

「御三家を核にして、首都圏の全組織がまとまったことは知ってらあ。しかし、所詮《しょせん》は寄り合いなんだから、東西勢力の下部団体《エダ》同士が何かでぶつかることもあるはずだ」

「村山組に限っては、そういうことは一度もありませんでした。むしろ、仁友会内部の揉め事のほうが……」

柘植が言い澱《よど》み、悔《く》やむ顔つきになった。居合わせた幹部たちが慌《あわ》てた様子で顔を見合わせる。

「村山組は、仁友会の二次組織あたりと上納金の件で意見が対立してたんだな？　柘植、どうなんでえ？」

　矢吹は訊いた。

「それは勘弁してください。先方に迷惑かけることになりますんでね」

「捜査に協力しなかったら、村山を殺《や》った犯人《ホシ》はなかなか捕《つか》まらねえかもしれねえぞ。組長の命《タマ》を奪《と》られたままじゃ、収《おさ》まりがつかねえだろうが？」

「ええ、それはね」

「だったら、喋ってくれや」

「いいでしょう。二次団体《うち》の戸張《とばり》組の組長《オヤジ》はうちの組長の叔父貴分《おじきぶん》に当たるんですが、だいぶ以前から村山組とはしっくりいってないんですよ」

「戸張組の縄張り《シマ》は御徒町《おかちまち》駅の向こう側一帯だったな？」

「そうですよ。うちの組とは縄張り《シマ》が隣り合ってることもあって、下の者がよくぶつかってたんです。戸張組の組長《オヤジ》は村山の組長が仁友会の理事になってから、あることないことを首藤会長にご注進《ちゅうしん》に及んでたんですよ」

「そうかい」

「去年の秋、戸張組が家宅捜索《ガサイレ》で拳銃二十挺、自動小銃五挺を押収されたんですが、警察に武器庫の場所を密告したのはうちの組長《オヤジ》だって理事たちに触《ふ》れ回ったらしいんですよ。戸張武直《たけなお》は、うちの組長《オヤジ》がのし上がることを警戒してるんでしょう。それだから、根も葉もないデマを流したにちがいありません」

「単なるデマだったのかな？」

「旦那、何を言い出すんです⁉　村山は戸張組長を嫌ってましたが、仮にも叔父貴分です。戸張組を売るわけないでしょっ」

柘植が憤《いきどお》りを露《あらわ》にした。幹部連中も棘々《とげとげ》しい目を矢吹に向けてくる。

「殺された村山は、首藤会長にも自分の考えをはっきりと言うほうだったんだろう？」

「ええ、そうですね。ですが、別に会長を軽く見てたわけじゃありません。組長《オヤジ》は首藤会長のことを実の父親のように慕《した》ってたんです。しかし、下部団体《エダ》の上納金を少し下げないと、御法度《ごはっと》になってる麻薬《ヤク》の密売をやる弱小組織が出てくることを心配して、理事会で発言したんですよ。村山は仁友会の結束を崩したくなかったんで、あえて損な役を買って出ただけなんです」

「そうかい。事件現場は戸張組の縄張り内《シマウチ》だな。単なる偶然かもしれねえが、ちょっと気になる。戸張組の組長にも会ってみらあ」

矢吹は若頭の柘植に言って、組事務所を出た。

3

ごくありふれたビルだった。

戸張組の事務所である。六階建てで、プレートには戸張興産としか記《しる》されていない。

組事務所は春日《かすが》通りに面していた。

矢吹はクラウンをビルの前に停めた。そのまま路上駐車する。

ガードレールを跨《また》ぎ、矢吹は戸張興産の表玄関を潜《くぐ》った。すぐ目の前に受付がある。
二十二、三歳の受付嬢がにこやかに迎えてくれた。
「戸張武直はいるかい？」

矢吹は受付嬢に声をかけた。

「ど、どちらさまでしょう？」

「おれは、やくざじゃねえよ。殴り込み《カチコミ》じゃねえから、安心しな。桜田門から来た」

「とおっしゃいますと、警視庁の方ですね？」

「そう。組対部暴対課の矢吹って者《もん》だ。昨夜《ゆうべ》殺された村山の件で、戸張組長にいろいろ訊《き》きてえことがあるんだ。取り次《つ》いでくれねえか」

「は、はい」

受付嬢がクリーム色の受話器を耳に当て、内線ボタンを押した。通話は短かった。受話器がフックに戻される。

「六階の社長室でお待ちしているとのことでした」

「ありがとよ」

矢吹はエレベーターホールに向かい、最上階に上がった。エレベーターホールのそばに社長室があった。

矢吹は軽くノックをして、飴色《あめいろ》の重厚な木製扉を開けた。戸張はゴルフクラブを握って、パターの練習をしていた。五十年配で、商店主っぽく見える。

矢吹は警察手帳をちらりと見せ、勝手に総革張りの黒い応接ソファに腰かけた。

坐り心地は悪くなかった。イタリア製かもしれない。

戸張が矢吹の前に腰を下ろした。

上着は羽織《はお》っていない。ヴェスト姿だった。ネクタイは派手ではなかった。

「村山が死んだばかりなのに、のんびりパターの練習かい？」

矢吹は皮肉を浴びせた。

「死んだ人間は生き返らないでしょ、どんなに悲しんでもね。奴の叔父貴分だったわけだから、それはショックでしたよ」

「村山を悼《いた》んでるようには見えねえな。むしろ、喜んでるんじゃねえのか？」

「そんなことはありませんよ。惜《お》しい男を喪《うしな》ったと思ってます」

戸張がそう言い、茶色い葉煙草《シガリロ》に火を点けた。

「煙草を喫《す》って、気持ちを鎮《しず》めてえんだな？」

「妙な言いがかりをつけないでください」

「去年の秋、戸張組は家宅捜索《ガサイレ》で拳銃と自動小銃を押収されたよな？　ハンドガンが二十挺、ライフルが五挺だった。武器庫を警察に教えたのは、村山だったようだな？」

「確証を押さえたわけではありませんが、おそらく密告電話をかけたのは村山の野郎なんでしょう。奴は、戸張組《うち》が目障《めざわ》りだったんだろうな。だから、叔父貴分のわたしを潰《つぶ》したかったんだと思います」

「誰が罪をしょったんだい？」

「舎弟頭です」

「そいつが組長には無断で拳銃や自動小銃を隠し持ってたってことにしたわけだ？」

「どう答えればいいのかな」

「正直に吐けや。おれは昨夜《ゆうべ》の事件のことで動いてるんだ」

「ご想像通りですよ」

「摘発は上野署がやったんだな？」

「ええ、そうです。ですが、密告《タレコミ》の電話は本庁に入ったみたいですよ。所轄の刑事がそう言ってました」

「そうかい。殺された村山は理事会の席で、下部組織に課せられた上納金が重すぎると発言したんだってな？」

矢吹は確かめた。

「そんなことまで、ご存じでしたか⁉ 驚いたな。それだけ警察に裏社会の情報を流す密告屋が多くなったんでしょうね。少し気をつけないとな」

「そんなことより、どうなんだ？」

「村山がそういう意見を述べたことは間違いありません。常任理事たちは苦り切った顔をしてましたよ。村山を叱りつけた方もいましたね」

「首藤会長の反応は？」

「会長は腕組みをして、黙って村山の話を聞いてました。何も言いませんでしたが、内心は小癪《こしゃく》な奴と思ってたでしょうね。村山組は、まだ三次団体ですんで」

「村山組が毎月払ってた上納金は？」

「二百万だったと思います。たいした額じゃありません。それなのに、村山の奴は出し惜《お》しみしやがって」

「去年の摘発の一件で、あんたは村山のことを恨んでたんだろ？」

「ええ、まあ。奴はわたしんとこの若い衆を抱き込んで、戸張組の非合法ビジネスのことを探《さぐ》り出してたようなんです。うちが御法度《ごはっと》の麻薬ビジネスをやってたら、首藤会長に告げ口する気でいたんでしょう。そして……」

「戸張組を解散に追い込んで、あんたの縄張りをそっくりいただくつもりだった？」

「ええ、おそらくね。野郎はてめえがのし上がるためだったら、どんな汚い手でも使いかねません。そういう男だったんですよ」

「動機はあるな」

「え？」

「あんたは村山に煮え湯を飲まされたことがある。仁義を知らない奴を腹立たしく思ってたにちがいねえ」

「ええ、それはね。だからって、村山と愛人《レコ》を一緒に始末させようと考えたりしませんよ。村山は嫌いだったが、愛人にはなんの恨みもありません。わたしは女まで一緒に殺《や》っちまえなんて命令できませんよ、絶対にね」

「村山が地検から逃走できたことをどう思う？」

「警察か、検察の人間が手助けしたんでしょうね。わたしも若い時分、所轄署から押送車に乗せられて、東京地検に連れていかれたことがあります。ご存じのように押送車は被疑者専用の出入口に横づけされて、厳重に監視されてます」

「そうだな」

「関係者が逃亡の手引きをしなければ、とても被疑者は脱走なんかできません。村山は警察関係者に裏情報を流して恩を売ってたんで、誰かが逃亡に手を貸してくれたんでしょう」

戸張が言いながら、シガリロの火を消した。

「上野署の担当看守は畑中充って奴なんだが、その名前に聞き覚えは？」

「ありません。村山は、上野署生活安全課の梨元課長補佐とよく酒を酌《く》み交わしてましたよ」

「そうかい」

「生安課の刑事と仲よくしといて損はないとよく言ってましたね。多分、村山はクラブで接待するだけじゃなく、梨元に女も提供してたんでしょう」

「だとしたら、梨元は村山に弱みを握られたことになるな。あの課長補佐が担当看守の畑中に鼻薬をきかして、村山を逃がしてやれと言ったのかもしれねえな」

「その疑いはありそうですね。それはそれとして、わたしは村山の事件《ヤマ》にはノータッチです。だから、逃げも隠れもしません。何度でも事情聴取に応じますよ」

「わかった。ひとまず引き揚げることにすらあ」

矢吹は立ち上がって、社長室を出た。

覆面パトカーに乗り込み、上野署に回る。矢吹は生活安全課に直行し、梨元課長補佐を廊下に連れ出した。

「おたく、村山とよく酒を飲んでたらしいな」

「えっ⁉」

梨元が狼狽《ろうばい》した。

「やっぱり、そうだったか。村山にいろいろ接待してもらって、帰りに車代を貰ってたんじゃねえの？」

「失礼なことを言うな。死んだ村山と月に一、二度、酒を飲んでたことは認める。言うまでもないだろうが、裏社会の動きを探《さぐ》るためだよ。しかし、飲むときはいつも奢《おご》ったり奢られたりしてたし、車代なんか受け取ったことはない」

「女を宛《あて》がわれたことは？」

「わたしを悪徳警官扱いする気なのかっ」

「疚《やま》しいことはしてない？」

「当たり前じゃないか。誰が何を言ったのか知らないが、わたしは村山に便宜《べんぎ》を図ってやったことは一度もない」

「なら、留置課の畑中巡査に村山を逃がしてやれなんてことも言ってないな？」

「どんな根拠があって、わたしや畑中を疑ってるんだっ。あんたは身内も信じてないのか！」

「信じてえけど、悪さをして懲戒免職になる奴が毎年、十数人もいるからな」

「そうだとしても、礼を欠《か》いてるよ」

「おれ、職務に忠実すぎるんだね。一日も早く犯人《ホシ》を取っ捕まえたいという気持ちが逸《はや》って、たまにポカをやっちまうんだ。そういうことだから、水に流してほしいな」

矢吹は軽い口調で詫《わ》び、梨元に背を向けた。階段を使って階下に降り、署の表玄関を出た。

そのとき、捜査一課の加門が前方から歩いてきた。肩を並べているのは部下の向井巡査部長だ。

「何か収穫はありました？」

加門が問いかけてきた。

「いや、特にねえな」

「部下の報告によると、村山組長の担当看守の畑中巡査は非番の夜は六本木や赤坂のキャバクラや白人トップレスバーで豪遊してるようですね」

「本当かい⁉」

矢吹は殺人犯捜査第五係の動きの早さに舌を巻いた。もたもたしていたら、加門班に先を越されてしまう。焦《あせ》りが募《つの》った。

「金回りがよさそうなんで、畑中巡査の同僚や上司に当たってみようと思ってるんですよ」

「そうかい」

「警務部に問い合わせてみたら、畑中をマークしたことはないとのことでした。しかし、金回りがいいことが気になりましてね」

加門が言った。

本庁の警務部人事一課監察は、現職警察官・職員の不正や犯罪を摘発している。悪徳警官がいると、警察庁と連動して不心得者たちを懲戒免職に追い込む。

「仕事が早《はえ》えな。先に点数を稼ぎてえわけか」

「そんな気はありませんよ」

「けっ、いい子ぶりやがって」

「矢吹さん、そういう言い方はないでしょ！」

相棒の向井が険《けわ》しい顔つきになった。

「てめえは口を挟むんじゃねえ。おれは加門と話をしてるんだっ」

「しかし……」

「冷静になれよ」

加門が向井をやんわりと窘《たしな》め、軽く頭を下げた。二人は上野署の玄関ロビーに入った。

矢吹は署の駐車場に足を向けた。捜査車輛の運転席に入ったとき、平岩から電話がかかってきた。

「村山組長の妻は気丈《きじょう》ですね。司法解剖を終えた夫の亡骸《なきがら》が自宅に搬送《はんそう》されてきても、涙ひとつ見せませんでした。葬儀社や組員たちにてきぱきと指示を与えて……」

「そんなことよりも、肝心なことを言いな」

「は、はい。奥さんの話によると、殺された組長は一年ほど前からコロンビア大使館のホセ・サントスという二等書記官とつき合ってたそうなんですよ」

「その外交官は、いくつなんだ？」

「三十三、四歳で、独身だとか。一度、組長宅に遊びに来たことがあるそうです。日本語が上手で、箸《はし》も器用に使ってたという話でした」

「そうか」

「コロンビアといったら、コカインの供給国として有名ですよね？」

「それは昔の話だ。コロンビア政府が軍隊を動員して、二大麻薬組織をぶっ潰したからな」

「ええ、そうでしたね。でも、双方の残党がボリビアからコカインを仕入れて、いまも世界各国の闇社会に密売してるみたいですよ。村山はホセ・サントスを運び屋にして、コロンビアからコカインを買ってたんじゃないのかな。上納金が重いんで、御法度のドラッグビジネスにこっそり手を出してた。それで、何かでホセ・サントスとトラブルになって、村山は百合香と一緒に始末されたとは考えられませんかね？」

「外交官特権があるから、その二等書記官は自由に本国から麻薬でも銃器でも日本に持ち込める。出入国の際《さい》に手荷物を税関にチェックされることはねえし、大使館に届けられた国際宅急便も検《しら》べられねえ」

「ええ、そうですね。外事課経由でコロンビア大使館に問い合わせてもらったんですが、サントス二等書記官は今朝《けさ》、本国に戻ったらしいんです。公用による帰国のようですが、ちょっと怪しいでしょ？　村山が殺害された翌日にホセ・サントスが急にコロンビアに戻るなんて。それに南米の殺人者の多くは刃物で相手の喉《のど》を掻っ切って、舌を引っ張り出すようですからね」

「被害者の二人は喉を狙《ねら》われたわけじゃねえぞ。どっちも頸動脈を掻っ切られてたんだ。それにな、ベロなんか引っ張り出されてなかった」

「そうでしたね。でも、殺し方がなんとなく外国人っぽいでしょ？」

「外交官が二人の人間を殺《や》るとは思えねえ」

「それならホセは殺し屋《プロ》を雇って、自分の手は直《じか》には汚さなかったんでしょう」

「しかし、その外交官には百合香を始末しなけりゃならねえ動機はねえぜ。それから、村山を逃亡させる手段も知らなかったはずだ」

　矢吹は言った。

「こうは考えられませんかね。ホセ・サントスは何らかの方法で、村山の担当看守が畑中巡査と知った。それで二等書記官は畑中巡査を抱き込んで、第三者に村山を殺《や》らせた。ホテルの部屋に居合わせた百合香は運悪く、ついでに始末させられたんでしょう」

「おまえの筋読みにはうなずけねえな。けど、村山がホセ・サントスと親しくつき合ってたのは何か利用価値があったからなんだろうな。コカインを買い付けてたんじゃねえだろうが」

「銃器を買ってたんでしょうか？」

「まだ何とも言えねえな。それより、平岩、早く畑中の私生活のことを調べてみろや。捜一《そういち》の加門班は、もう畑中が派手な遊びをしてる事実を探《さぐ》り出してたぜ」

「ほんとですか⁉　さすがだな、加門さんは」

「てめえ、どっちの味方なんだっ。あいつらに先に手柄を立てさせてえのかよ」

「そんなわけないじゃないですか」

平岩が否定した。矢吹は、加門から聞いた話をそっくり伝えた。

「非番の日に六本木のキャバクラや白人トップレスバーで飲んでるんだったら、畑中は何か危《ヤバ》いことをやってるな。村山組長にたっぷりと謝礼を貰って、わざと東京地検で隙《すき》を作ってやったのかもしれませんよ」

「その疑いはあるよな」

「ええ、手錠と捕縄《ほじょう》はまだ発見されてませんが、もしかしたら、担当看守の畑中は片方の手錠《ワッパ》は甘く掛けたのかもしれないな。両手に前手錠を打たれてたら、とても早くは走れないですからね」

「そうだな。おまえの言う通りだったのかもしれねえ。とにかく、畑中のことをとことん洗え！」

「了解しました」

平岩が電話を切った。

矢吹はポリスモードを耳から離した。ほとんど同時に、着信音が鳴りだした。発信者は金森だった。

「首藤会長から事情聴取したな？」

「それが会長には会わせてもらえなかったんですよ。部屋住みの若い衆たちから話は聞きましたが……」

「何やってるんだ。家宅捜索《ガサ》かけるって脅さなかったのかっ」

「一応、言いましたよ。でも、会長には取り次《つ》いでもらえなかったんです」

「おれたちはヤー公になめられたら、おしまいだぜ。おまえ、首藤の家《ヤサ》の近くにいるんだな？」

「会長宅の前にいます」

「だったら、覆面《メン》パトの中で待ってろ。すぐそっちに行く」

矢吹は刑事用携帯電話の通話終了アイコンをタップし、クラウンを発進させた。

首藤会長宅は文京区千駄木《せんだぎ》三丁目にある。車を七、八分走らせると、会長宅に着いた。

金森が矢吹に気づき、捜査車輌から素早く降りる。

会長宅はコンクリート造りの三階建てだった。階下は事務所になっている。二、三階が居住《きょじゅう》スペースだ。

矢吹は事務所に入るなり、陶製《とうせい》の傘立てを両腕で抱え上げた。花札に興《きょう》じていた三人の若い組員が一斉《いっせい》にソファから腰を浮かせた。

矢吹は傘立てを床に力まかせに叩《たた》きつけた。陶器が砕《くだ》け、数本の雨傘が舞った。

「本庁暴対課の者だ。首藤に取り次がねえと、スチールロッカー、金庫、机の引き出しをいますぐ検《あらた》めるぜ。短刀《ドス》ぐらい見つかるだろうからな」

「少々、お待ちください」
二十六、七歳の男が慌てた様子で二階に駆け上がった。二分ほど待つと、着流し姿の首藤が階下に降りてきた。
「暴対課の矢吹だ。殺《や》られた村山のことで訊きてえことがあるんだよ」

「わかった」

首藤が言って、三人の手下を二階に追いやった。それから会長はコーヒーテーブルの上の花札を払い落とし、矢吹と金森にソファを勧めた。

矢吹は首藤の前に坐った。金森が、かたわらに腰かける。

「村山が東京地検から逃げたことは恥じてる。三次の下部団体《エダ》とはいえ、あいつは一家を構えたんだ。情婦《おんな》が恋しかったんだろうが、組長のやることじゃない。みっともねえ話だ」

会長が言った。重々しい口調だった。

「村山は理事会で、下部組織が吸い上げられてる上納金が重いって言ったらしいね？」

「ああ」

「会長は村山に何も言わなかったそうだが、常任理事のひとりが叱《しか》りとばしたって？」

「そうだったな。村山は理事になってから、ちょっと生意気になったんだ。それで、常任理事たちの反感を買ってしまったんだよ。村山が悪いな」

「会長は上野署の留置課の畑中って巡査を知ってるかい？」

「いや、知らんな」

「そいつは、村山の担当看守だったんだよ」

「おれがそいつを抱き込んで、村山の逃亡に手を貸したと疑ってるようだな。だが、それは見当外れだ。村山が図に乗りはじめてたことは苦々しく感じてたよ。しかし、奴を始末したいと思うほど頭にきてたわけじゃない。ただ、要注意人物とは考えてたがね」

「どういう意味なんだい？」

　矢吹は問いかけた。

「言いにくいことなんだが、村山は警察に接近しすぎてたんだよ。地元の上野署の連中に取り入っただけじゃない。奴は渋谷署、新宿署、池袋署の暴力団係《マルボウ》刑事たちとも接触して、情報を集めてたんだ。常任理事たちの中には、村山のことを警察のイヌと極《き》めつけた者もいる。所轄署だけじゃなく、本庁の幹部にも尻尾《しっぽ》を振ってたようだな」

「そいつの所属は？」

「そこまではわからない。氏名までは摑《つか》んでないいんだよ。村山は、その人物のために何か手を貸してたんじゃないのかね。もちろん、法律に触《ふ》れることだ」

「村山がホセ・サントスというコロンビア人の大使館員とつき合ってることは知ってたかい？」

「配下の者から、そういう情報は入ってた。村山が南米からコカインでも買い集めてるのかもしれないと思って、ちょっと調べさせたんだ。しかし、麻薬を買ってる様子はうかがえなかったらしい」

「銃器を買い集めてたとは考えられねえかな？」

「そういった類《たぐい》なら……」

「別のルートで簡単にピストル、ライフル、短機関銃も入手できるってか？」

「おれの口からはコメントできない。うっかりイエスと言ったら、家宅捜索されることになるからな」

首藤が薄ら笑いを浮かべた。

「それだけで、察《さっ》しはつくよ。しかし、銃器を南米から密輸することは珍しいな。麻薬と違って、疑われることが少ねえから」

「そうなんだが、もう銃器はだぶつき気味だから、商売にはならんと思うよ」

「確かにな。けど、村山と親しい警察関係者が大量の銃器を欲しがってたとしたら……」

「誰かが数多くの銃器を押収したがってるとしたら、村山がホセ・サントスとかいう大使館員を抱き込んで、南米から世界各国の銃器を買い集めた可能性もあるな。そうだったら、村山たち二人を葬《ほうむ》ったのは、あんたたちの身内かもしれないぞ」

「ああ、ひょっとしたらな」

矢吹は隣の金森に目配せした。退散の合図だ。

4

貧乏揺すりが止《と》まらない。

矢吹は自分の太腿《ふともも》を拳《こぶし》で打って、苦く笑った。職場の自席である。

村山が殺されたのは四日前だ。部下の金森と平岩は朝から畑中巡査の自宅アパートの近くで張り込んでいる。張り込み場所は北区赤羽《あかばね》一丁目だった。

きょう、畑中は非番の日だ。矢吹は、村山の担当看守だった巡査が事件に関わりのある人物と接触するかもしれないと予想し、二人の部下に畑中の塒《ねぐら》を張らせたのである。

もうじき午後七時になる。

金森から経過報告があったのは午後三時過ぎだった。捜査対象者は正午過ぎに近所のスーパーマーケットに買物に出かけたきりで、その後は自分の部屋に引き籠っているという。動きはまったくないようだ。

畑中は今夜は外出しないつもりなのか。まだわからない。

矢吹は昼間、被害者の妻から借りてきた村山の名刺アルバムを繰《く》りはじめた。三度目だった。分厚いアルバムには、夥《おびただ》しい数の名刺が貼られている。警察関係者の名刺は三十数枚あった。

本庁勤務の警察官は、たったのひとりしかいなかった。それは、組織犯罪対策部薬物銃器対策課第一銃器捜査一係の郡司公啓《ぐんじきみひろ》係長だった。四十七歳で、職階は警部だ。

郡司は〝ガンハンター〟の異名を持ち、毎月のように十数挺の拳銃、自動小銃、短機関銃を押収している。

押収した銃器は、すでに三百挺を超《こ》えている。過去には前例がなかった。

郡司の手柄を妬《ねた》む声も聞いている。冗談半分に、ネットオークションで手に入れた真正《しんせい》銃を買い漁《あさ》って、押収品にしているのではないかという噂が庁内で囁《ささや》かれてもいた。

しかし、公務員が密《ひそ》かに銃器を買い求めるだけの金銭的な余裕はないはずだ。

三年前まで都内の所轄署で銃器や薬物の摘発に一貫して携《たずさ》わってきた郡司は、警察犬並の嗅覚《きゅうかく》があるのだろう。それにしても、押収した銃器の数が多すぎる。やはり、不自然だ。

矢吹は、推測しはじめた。

郡司は銃器捜査一係の係長の椅子を誰にも譲りたくないと考えているのか。そのためには、目立つ実績を上げなければならない。

そこで、仁友会村山組の組長に相談を持ちかけたのではないか。村山は郡司に貸しを作っておいて損はないと判断し、外交官のホセ・サントスに各種の銃器を買い集めさせて日本に持ち込ませたのかもしれない。

そのことが発覚しても、日本の警察は外交特権を持つ二等書記官を逮捕することはできない。それどころか、ホセ・サントスを捜査対象にしただけで、国際問題に発展しかねないだろう。

村山は引き取った拳銃、自動小銃、短機関銃を暴力団関係者の自宅やセカンドハウスにこっそり隠し、郡司警部に連絡をしていたのではないか。郡司は部下とともに銃器の隠し場所に急行し、ハンドガンやライフルなどを押収していたとは考えられないだろうか。

その疑いはありそうだ。問題は銃器の購入資金である。

村山が郡司に恩を売る目的で、身銭《みぜに》を切っていたのか。矢吹は一瞬、そう思った。しかし、村山は仁友会の理事会で下部団体に課せられた上納金が重すぎると発言している。金銭にシビアな男が銃器の購入資金を肩代わりするとは考えられない。となると、郡司自身が何らかの方法で銃器の代金を調達していたのだろう。

凄腕《すごうで》の〝ガンハンター〟である男は裏社会の顔役たちの弱みを押さえて、裏収入を得ていたのだろうか。そして、カンパさせた裏金で各種の銃器を買い集めていたのか。

しかし、そんな危ないことをしたら、いまに闇討《やみう》ちにされるかもしれない。郡司は村山とつるんで、何か非合法ビジネスをしていたのではないか。考えられるのは高級売春クラブだ。

女優並の美人たちを揃え、著名人たちのベッドパートナーにして、高額の遊び代をせしめる。客の男たちには内緒で、情事の一部始終をCCDカメラに収めておく。そうすれば、揉め事は未然に防げる。

ただ、客たちはそれぞれ権力者と繋《つな》がりがあるだろう。そう考えると、やくざまがいの裏ビジネスはリスキーだ。

賭博《とばく》はどうか。郡司は村山に定期的に賭場を開かせていたのか。胴元がいかさま《サマ》をやれば、かなりの額のテラ銭が転がり込む。しかし、最近はサイコロ賭博も花札もすっかり廃《すた》れてしまった。その証拠に常盆《じょうぼん》がめっきりと少なくなった。

非合法のオンラインカジノで銃器の購入代金を捻出《ねんしゅつ》してきたのかもしれない。ルーレットにしても、ポーカーやブラックジャックなどカードゲームにしても、勝負が早い。一晩で数千万円の金が動く。元手は、それほど必要ない。筋者なら、客も集められるだろう。

十数分後、加門警部がやってきた。

矢吹は反射的に加門を睨《ね》めつけた。加門は意に介さなかった。矢吹の机の横にたたずんだ。
「畑中巡査の金回りがいい理由がわかりましたよ。巡査の父親が十カ月前に肝硬変で亡《な》
くなって、遺産の半分が妻に渡り、残りの半分は三人の子供が均等に相続したんです。
畑中は亡父の預貯金のうち、五百万を受け取りました」
「臨時収入があったと畑中は言ってたんだが、そういうことだったのか。で、野郎はフ
ランク・ミュラーの腕時計を買ったんだな？」
「多分、そうなんでしょう」
「ちょっと待てよ。高級腕時計を買って、非番の日に六本木で豪遊してたら、あっとい
う間に五百万なんかなくなっちまう」
「畑中充は、いつもひとりでキャバクラやトップレスバーに行ってたことを部下が確認
しました。一軒で遣《つか》う金は四、五万だったそうです。ただ、気に入ったキャバクラ嬢に
は店に顔を出すたびに、ブランド物のバッグや装身具をプレゼントしてたようです」
「だったら、とっくに父親の遺産は遣《つか》い果たしてるはずだ」
「そうでしょうか。畑中巡査が借りてるアパートはだいぶ古いんで、家賃は１ＤＫで四
万七千円なんですよ。ふだんの暮らしぶりは質素《しっそ》だったらしいから、まだ亡くなった父

親から相続した金は少し残ってるんじゃないのかな」

「だから、畑中が銭のために村山の逃亡を手助けした疑いは薄いってことを言いたいわけか？」

矢吹は問いかけた。

「担当看守だった畑中巡査は、少なくとも金欲しさに村山の逃亡に協力したんではないでしょうね」

「そうは思えねえな。畑中はホステスたちにちやほやされて、もっと遊ぶ金が欲しいと思ってたにちがいねぇ」

「矢吹さん、何か根拠があるんですか？」

「勘だよ、おれの」

「ただの勘ですか」

「おれにあやつける気かっ」

「別に絡《から》んだわけではありません。畑中巡査が派手な遊び方をしてるからって、彼が村山の逃亡に協力したと思い込むことは早計でしょ？」

「偉そうなことを言うんじゃねえ。村山は東京地検で押送車に乗り込む振りをして、ずらかったんだぜ。わざと畑中が逃亡するチャンスを与えたにちがいねえよ」

「そうなんだろうか。仮にそうだったとしましょう。で、畑中が手を貸した理由は何なんです？」

「遊興費が欲しかったんで、村山の頼みを聞く気になったんだろう」

「こっちは、畑中巡査は村山の罠《わな》に嵌《は》められたのではないかと思ってるんですよ」

「話がよくわからねえな」

「村山は上野署に留置された翌々日、愛人の百合香に下着類を差し入れさせてるんですよ。その晩、巡査はなぜか彼女の自宅マンションを訪ねてるんです」

「なんだって⁉」

「畑中巡査が百合香の部屋を訪ねたことは間違いありません。マンションの入居者が三人、目撃してました。おそらく百合香は村山に命じられて、畑中に色仕掛けで迫《せま》ったんでしょう」

「それで、畑中は村山の愛人《レコ》を抱いちまった？」

「セックスはしてないと思います。しかし、衝動的にキスぐらいしてしまったんでしょう。畑中巡査が村山の逃亡に協力したとしたら、金銭欲しさからではなく、ハニートラップに引っかかりそうになった事実を脅迫材料にされたんでしょうね」

「密室での出来事だったんだ。畑中が色仕掛けに引っかかりそうになったかどうかは、はっきりしねえわけだよな。つまり、根拠はねえわけだ」

「ま、そういうことになりますね」

「だったら、おれの勘と同じじゃねえか。口幅《くちはば》ったいことを言うんじゃないよ」

「確かに矢吹さんが言う通りですね。軽率なことを言ってしまいました。謝ります。ただですね、こっちの推測はピント外れではないと思います」

「うぬぼれが強《つえ》えな。もし読みが外れてたら、頭を丸めてもらうぜ」

「いいでしょう。それはそうと、何か新しい手がかりは摑めました？」

加門が訊いた。

矢吹の脳裏に郡司警部の顔が浮かんだが、無言で首を横に振った。

「そうですか。われわれの聞き込みで、殺された村山が叔父貴分に当たる戸張組の組長を警察に売った疑いが出てきたんです。去年の秋、戸張組は拳銃と自動小銃を併《あわ》せて二十五挺ほど押収されたんですよ。裏付《ウラ》けは取れませんでしたが、戸張は村山に密告《チク》られたと思ってるようでした」

「そうかい」

「矢吹さんも戸張組長に会ってますね？　どうして、そのことをわれわれに教えてくれなかったんです？」

「深い意味はねえよ。そっちの班は支援チームだから、いちいち報告することもねえかなと思ったんだ」

「確かに、われわれは助っ人チームです。しかし、同じ事件《ヤマ》を追ってるんですよ。密《みっ》に連絡を取り合わなかったら、聞き込みを重複するような無駄《ロス》が出ます」

「わかったよ」

「上野のクリスタルホテルでページボーイの制服が事件の前々日の夜、何者かに盗まれてたことが部下の聞き込みでわかりました。そのことは、もうご存じですか？」

「いや、初耳だな」

「犯人はページボーイになりすまし、ピッキング道具を使って一五〇五号室に侵入したんでしょう。上野署が捜査資料としてホテルから借りた事件当日の防犯カメラの映像を観《み》せてもらいました。ページボーイに化《ば》けた犯人の顔は残念ながら、はっきりとは確認できませんでした。終始、うつむき加減だったからです」

「そうかい」

「動作は、あまり若々しくはありませんでした。多分、四十代だと思います。犯人と思われる人物は保身のため、どうしても村山の口を封じたかったんでしょうね。愛人も一緒に殺害したのは、自分のことを村山が洩らしてると考えたからだと思います」

「そうだろうな」

「村山が戸張組を警察に売ったとしたら、銃器の押収が謎を解く大きな鍵になるんじゃないのかな」

加門が歌うように言った。矢吹は表情を変えなかったが、度肝《どぎも》を抜かれた。侮《あなど》れない。

「矢吹さんはどう思われます？」

「いま、考えてるとこだよ」

「そうですか。こっちは、銃器の押収に熱心な警察関係者が協力者だった村山の口を封じたのではないかと推測してます」

「誰か思い当たる奴がいるのか？」

「ええ、まあ。しかし、まだ確証を掴んだわけじゃありませんから、その人物の名前は秘しておきます」

「単なる勘でもいいから、そいつの名を教えてくれや」

「もう矢吹さんも見当はついてるんでしょ？」

「思い当たる野郎なんていねえよ」

「そうですかね」

加門が意味ありげに言って、刑事部屋から出ていった。

手強《てごわ》い相手だ。早く捜査を進めないと、恥をかくことになる。

矢吹は机から離れ、隣接している組織犯罪対策部第五課第一銃器捜査一係の部屋を覗《のぞ》いた。郡司警部の姿は見当たらなかった。

矢吹は居残っていた若い刑事に断って、銃器摘発の事案簿《じあんぼ》を見せてもらった。

郡司が扱った事件は突出して多い。押収した銃器の大半は未使用だった。銃弾も新しかった。

「暴対課が拳銃密売組織をマークしはじめてるんですか？　摘発のときは、わたしも噛ませてくださいよ。係長だけが手柄を立てて、われわれは少しも点数稼げないんですから」

「ここの係長は、異常なほど銃器の押収に熱心だよな？」

「そうですね」

「身内の誰かが海外旅行中に現地で誤射されたのか？　あるいは、国内で運悪く流れ弾《だま》に当たっちまったのか？」

「そういうことはないと思いますよ。ただ、郡司は日本がアメリカみたいに銃社会になることを恐れてるんです。だから、〝ガンハンター〟と呼ばれるほど摘発に精出してるんですよ」

「立派な心がけじゃねえか。けど、それだけじゃねえと思うがな」

「どういうことなんです？」

「郡司公啓は係長としての面目を保《たも》ちたくて、銃器狩りをやってるんじゃねえのか？」

「当然、そういう気持ちはあると思いますね。でも、この国を銃社会にしてはいけないという思いも偽《いつわ》りではないでしょう」

「それにしても、次から次に押収するもんだよな。ネットオークションで入手した銃器を押収品にしてるんじゃないかって噂はともかく、暴力団と裏取引してるんじゃねえかと疑いたくなるぜ。郡司は組長連中に隠し持ってるピストルやライフルを出せば、構成員たちの小さな犯罪には目をつぶってやるとでも言ってんじゃねえのか？」

「そこまではやらないでしょう？　ヤラセの銃器押収のことが発覚したら、それこそ身の破滅ですからね」

「まあな。けど、出世欲の強い奴は危ない橋を渡ってでも、上のポストを狙いたいんじゃねえのか。郡司係長がもっと成績を上げりゃ、そう遠くない日に五課の課長になれるだろうからな」

「そうでしょうけど」

「郡司は出世欲が強いんだろ？」

「ええ、まあ」

「だったら、何か裏技を使ってるな」

「裏技って?」

「邪魔したな」

矢吹は返事をはぐらかして、そそくさと廊下に出た。

5

捜査対象者が動きはじめた。

部下の金森から電話連絡があったのは、午後九時過ぎだった。マークしていた畑中巡査が数分前に六本木のトップレスバーに入ったらしい。

「その店の名は?」

「『ピーコック』です。東京ミッドタウンの斜め裏の飲食店ビルの地階にあります」

「おまえと平岩は、『ピーコック』の出入口付近にいるんだな?」

「そうです」

「そのまま待機してろ。すぐにそっちに行く」

矢吹は電話を切ると、慌《あわ》ただしく刑事部屋を出た。エレベーターで地下二階に降り、クラウンに乗り込む。

『ピーコック』を探し当てたのは、およそ二十分後だった。

部下たちの乗り込んだプリウスは、白人トップレスバーの十メートルほど手前に停まっていた。ヘッドライトは消され、エンジンも切られている。車内は暗い。

矢吹は覆面パトカーを路肩《ろかた》に寄せ、路上に降り立った。金森が足早に近づいてきた。

「畑中に連れは？」

「いいえ、ひとりでした。店内で誰かと落ち合うことになってるのかもしれません」

「そうだな。おまえら二人は車の中で待機してろ。もし畑中が逃げたら、すぐ追ってくれ。いいな？」

「わかりました」

「車に戻れ」

矢吹は金森に言って、飲食店ビルに足を向けた。十一階建てで、外壁は白っぽい磁器タイル張りだった。

地階に通じる階段を降り、『ピーコック』の扉を押す。黒いドアには、金モールがあしらわれていた。店名は金文字だった。

奥から黒服の男が現われた。三十代の前半だろうか。面長《おもなが》で、細身だった。

「いらっしゃいませ。おひとりさまですね？」

「客じゃねえんだ」

「組関係の方ですね。みかじめ料でしたら、オーナーが一年分まとめて払ったと聞いてますが……」

「警察だよ」

矢吹は警察手帳を見せた。相手がにわかに緊張した。

「畑中充は常連客だな？」

「ええ、まあ。月に十回はお見えになりますから」

「いつも連れはいないのか？」

「そうですね」

「目当てのホステスがいるようだな？」

「フランス系カナダ人のカトリーヌさんが気に入ってるようですね。今夜も、彼女が畑中さんのお席についてますんで」

「そうか。畑中は、そのカトリーヌってホステスにだいぶ貢《みつ》いでるんだろ？」

「よくわかりませんが、プレゼントはしてるみたいですね。でも、畑中さまは大手製菓会社の創業者の孫だという話ですから、お金には不自由したことがないんでしょう」

黒服が言った。

矢吹は笑いそうになった。ほとんどの警察官がプライベートでは自分の職業を明かさない。相手に警戒心を持たれることが多いからだ。

矢吹自身も酒場では、もっぱらサラリーマンで通している。もっとも筋者と思われることが少なくない。それにしても、畑中は見栄を張ったものだ。小物ほど自分を大きく見せたがる傾向がある。

「畑中さまが何かまずいことでもしたのですか?」

「いや、ちょっとした事情聴取だよ。ほかの客には気づかれないように畑中を店の外に連れ出すから、安心してくれ」

「ぜひ、そうしてくださいね」

黒服の男が拝《おが》む真似《まね》をした。

矢吹は店の奥に進んだ。正面のステージで乳房を剝《む》き出しにした白人女性がポールを使って、妖《あや》しく踊っている。黒いTバックのパンティーが煽情《せんじょう》的だ。

ボックスシートは十四、五卓あった。

半分ほど埋まっていた。客に侍《はべ》っているのは若い白人ホステスばかりだった。

アジア人や黒人はいない。日本人男性は総じて白人女性に弱い傾向がある。ことにブロンド美人には憧《あこが》れが強い。

矢吹も好奇心から一度、白人娼婦と遊んだことがある。しかし、期待外れだった。肌理《きめ》が粗《あら》く、両腕や背中は産毛《うぶげ》で覆《おお》われていた。羞恥心《しゅうちしん》もなかった。すぐに幻滅してしまった。

畑中は、ほぼ中央のボックスシートに坐っていた。

隣にいる栗毛の娘はカトリーヌだろう。目鼻立ちは整《ととの》っている。睫毛《まつげ》も長い。

矢吹は畑中のテーブルに近づいた。畑中が顔を強張《こわば》らせた。

「ちょっと訊《き》きてえことがあるんだ。店の外に出てくれねえか」

「明日じゃ、まずいですか？」

「いいから、立ちな」

「わたしが何をしたと言うんです？」

「警察、呼んだほうがいい？」

栗毛のホステスが畑中に声をかけた。滑《なめ》らかな日本語だった。畑中は黙ったままだ。

「あんた、カトリーヌさんだな？」

「ええ、そう」

「畑中から、だいぶプレゼントされたらしいね？」

「そうなの。畑中さん、わたしのことを気に入ってくれてる。だから、いろいろよくしてくれてるの」

「畑中もおれも警察官なんだよ」

「それ、嘘でしょ⁉」

カトリーヌが目を丸くした。

「嘘じゃねえよ。な、畑中巡査？」

「わかりました。いま、出ます」

畑中が立ち上がった。カトリーヌは茫然《ぼうぜん》としている。

矢吹は畑中に支払いをさせてから、『ピーコック』を出た。階段の途中で、畑中の腕を掴む。

「村山が逮捕《パク》られた翌々日、組長の愛人が上野署に差し入れにやってきたな。その晩、おまえは百合香の自宅マンションに行った。そうだな？」

「えっ⁉」

「ばっくれるんじゃねえや。おまえが百合香の部屋に入ったところをマンションの入居者たちが目撃してるんだっ」

「そ、それは……」

「白状《ゲロ》しねえと、損だぜ」

「行きました。村山に泣きつかれて、マンションにある百合香の全裸写真をこっそり取ってきてくれと頼まれたんですよ」

「しかし、それは村山の罠だったんだろう？　組長の愛人はおまえに色目を使って、素っ裸になったんじゃねえのか？」

「全裸じゃなく、ランジェリー姿でした。彼女はわたしに全身で抱きついてきて、唇を重ねてきたんです。大胆に舌を絡《から》めてきたんで、反射的にディープキスをしてしまったんですよ。それから胸をまさぐり、ヒップも揉みました。しかし、百合香と男女の仲になったら、村山に仕返しされると思ったんで、そこから先には進みませんでした」

「百合香は、村山に担当看守に姦《や》られそうになったとでも言ったんだろうな」

「そうなんですよ。翌日、村山はそう言って、わたしを睨みました。こちらがどんなに否認しても、組長は疑ったままでした」

「で、村山は自分の逃亡に協力しろと迫ったんだな？」

「は、はい。協力しなかったら、組員にわたしを始末させると脅迫したんですよ。わたしはビビってしまって、あの日、検事調べが終わった直後に村山の手錠の片方を外したんです。それから地検の職員や押送車のドライバーにわざと話しかけて、村山に逃げるチャンスを与えてやったんです。ばかなことをしてしまいました」

畑中がうなだれた。

「協力した謝礼は、村山組の若頭から貰ったのか？　それとも、上野のクリスタルホテルで村山から直《じか》に手渡されたのかい？」

「謝礼なんか貰ってませんよ」

「ほんとだな？」

「ええ」

「キャバクラや白人トップレスバーで遊んでたのは、親父《おやじ》さんの遺産が入ったからだったのか？」

「そうです。臨時収入だったんで、フランク・ミュラーの腕時計を買って残った金で六本木のキャバクラや『ピーコック』に通ってたんですよ」

「相続したのは五百万だったよな？」

矢吹は確かめた。

「はい」

「遺産だけじゃ、お気に入りのホステスにブランド物のバッグや装身具を買ってやれねえだろうが？」

「………」

「殺された村山はコロンビア大使館のホセ・サントス二等書記官に銃器を買い集めさせて、それを警察関係者に渡してたんじゃねえのか？　おまえは、その警察関係者が村山と百合香を始末したと見当をつけて、そいつから口止め料をせしめた。そうじゃねえのかっ」

「何もかもお話しします」

「素直になったか」

「わたしも警察官の端《はし》くれです。まだ少しは正義感が残ってますので」

畑中が両腕を差し出した。

矢吹は畑中の腕を下げ、その背に手を掛けた。

階段を昇りきったとき、畑中が不意に肘《ひじ》打ちを見舞ってきた。エルボーは矢吹の顎《あご》を直撃した。矢吹はよろけた。

畑中が地を蹴った。

数秒後、無灯火のワンボックスカーが畑中を撥《は》ねた。畑中は高く宙を泳ぎ、十数メートル先の路面に落下した。

ワンボックスカーは、そのまま遠ざかっていった。外苑東《がいえんひがし》通り方向だった。

矢吹は身振りで、二人の部下にワンボックスカーを追えと指示した。

プリウスが急発進し、すぐさまワンボックスカーを追いはじめた。加害車輛のナンバープレートは外されていた。

矢吹は畑中に駆け寄った。

畑中は身じろぎ一つしない。首が奇妙な形に捩《ねじ》れている。

矢吹は屈《かが》み込んで、畑中の右手首を取った。脈動《みゃくどう》は伝わってこなかった。

「それ以上、近づくなよ」

矢吹は群れはじめた野次馬に怒鳴《どな》って、事件通報をした。

本庁機動捜査隊と所轄署員たちが臨場したのは十数分後だった。矢吹は顔見知りの捜査員に経過を伝えた。

現場検証が終わったとき、金森から連絡があった。畑中を轢《ひ》き殺したワンボックスカーは、江東区東砂《ひがしすな》三丁目の荒川沿いの廃工場に入ったという。

「おれが行くまで、おまえら二人は様子をうかがっててくれ」

矢吹は指示し、クラウンに乗り込んだ。

サイレンを響かせながら、江東区の廃工場に向かう。三十分弱で、目的地に着いた。

工場街だった。

　捜査車輛を降りると、平岩が駆け寄ってきた。

「金森さんは工場内に入りました。機械が取り払われた場所には、十数台のルーレットテーブルがあるそうです。それから、カードテーブルもね」

「そうか。で、廃工場の主は？」

「片山幹雄《かたやまみきお》、五十一歳です。二年半前に工場は倒産してますね。犯歴照会しましたら、片山は拳銃の密造で二年前に起訴されて、七カ月前に仮出所したことが判明しました。検挙したのは、五課第一銃器捜査班でした」

「やっぱり、そうだったか。村山と百合香を殺《や》ったのは、おそらく郡司だろう」

「えっ⁉」

「畑中を轢《ひ》き殺したのは、片山って野郎だと思うよ」

　矢吹は自分の推測を明かした。

「郡司警部は村山を使って、ホセ・サントスに各種の銃器を買い集めさせてたのか。そして、それを押収してたわけですね？」

「ほぼ間違いねえよ。郡司は廃工場に違法カジノを作って、カジノの客は、荒稼ぎしてたんだろう。その金を銃器の購入資金に充《あ》ててたにちがいねえ。村山に集めさせたんだろうな。畑中は郡司の悪事を嗅《か》ぎつけ、口止め料をせびってたんだろう」

「郡司は保身のため、片山に畑中を轢き殺させたんですね？」

「そうなんだろう。郡司自身はホテルの従業員になりすまして、クリスタルホテルの一五〇五号室に忍び込んで、村山と百合香を殺《や》ったにちがいない」

「そうだとしたら、郡司警部は村山の口を封じる目的で、逃亡を唆《そそのか》したんですね？」

「だろうな。それはそうと、廃工場には片山しかいないのか？」

「ええ、多分ね」

「金森が戻ってきたら、片山に任意同行《ニンドウ》を求めるぞ」

「はい」

平岩の顔が引き締まった。

十数分が流れても、金森は戻ってこない。矢吹は、金森の刑事用携帯電話を鳴らした。電源が切られていた。不測《ふそく》の事態に陥《おちい》ったようだ。

「どうやら金森は片山に見つかって、人質に取られたらしい。おまえは外で待機してろ」

矢吹は平岩に言い置き、廃工場の敷地に入った。

広い車寄せにワンボックスカーが見える。フロント部分は破損していた。

矢吹は姿勢を低くして、工場に忍び寄った。潜《くぐ》り戸はロックされていなかった。ルーレットテーブルやカードテーブルが並び、その向こうにパーティションで仕切られた部屋が見える。

矢吹は抜き足で、その部屋に接近した。ドアが細く開いていた。

隙間《すきま》から覗き込む。金森がロープで回転椅子に縛《しば》りつけられていた。その横には、五十年配の男が立っている。片山だろう。中肉中背だった。

矢吹はホルスターから、シグＰ230Ｊを引き抜いた。

スライドを引いたとき、背中に硬い物を押し当てられた。感触で、銃口とわかった。

「郡司だな？」

「そうだ。わたしはロシア製のサイレンサー・ピストルを握ってる。すでにスライドは引いてある。拳銃を寄越《よこ》すんだ」

「くそったれ！」

矢吹は言われた通りにした。

次の瞬間、背後で空気が揺れた。矢吹は後頭部をシグＰ230Ｊの銃握《グリップ》で強打された。一瞬、脳天が霞んだ。唸《うな》りながら、その場にうずくまる。

「中に入るんだ」

郡司が矢吹の腰を蹴った。矢吹は前のめりに倒れた。

「矢吹さん！　おれ、失敗《ドジ》を踏んでしまいました。すみません！」

金森が謝った。

「仕方ねえさ」

「わたしが村山に頼んでホセ・サントスに銃器を買い集めさせたことは、立件できっこない。外交官には治外法権があるからな」

郡司が矢吹に言った。

「そうだな。けど、てめえがホテルマンを装って村山と百合香を殺《や》ったことは立件できるぜ。クリスタルホテルの防犯カメラの映像をマックスまで拡大すりゃ、てめえの面《つら》がはっきりとわかるだろうからな」

「はったりはよせ！　わたしは予《あらかじ》めホテルの従業員を抱き込んで、十五階の防犯カメラは作動《さどう》させるなと念を押しといたんだ」

「その相手は不審に思って、約束を破ったんだろう」

「狡《ずる》い奴だな、あのホテルマンは」

「村山の逃亡に手を貸した畑中にいくら口止め料を払ったんでえ？」

「三百万だよ。畑中は、さらに五百万円出せと言ってきた」

「際限《さいげん》なく強請《ゆす》られたんじゃ、たまらねえ。だから、てめえはそこにいる片山って奴に畑中を轢き殺させたんだなっ。それから、違法カジノのダミーのオーナーにさせてたんじゃねえのか？」

「否定はしないよ。どうせ矢吹と金森は始末するんだからな」

郡司がシグＰ230Ｊの銃把から、マガジンを落とした。それから、マカロフＰｂを片山に手渡す。

「この二人と外にいる若い刑事を始末してくれ」

「それは、ちゃんとやりますよ。でも、カジノの収益《アガリ》は今後は山分けにしてほしいな」

「いいだろう。片山、しくじるなよ」

「任せてください」

片山が胸を叩いた。郡司が部屋から出ていった。

その直後、金森が回転椅子ごと片山にぶつかった。片山が体をふらつかせた。

矢吹は起き上がって、片山を突き倒した。

片山が横倒しに転がった。手からサイレンサー・ピストルが零《こぼ》れ落ちた。反撃のチャンスだ。

矢吹は片山に覆《おお》い被《かぶ》さって、後ろ手錠を打った。

そのとき、平岩が部屋に入ってきた。郡司の片腕をしっかと摑んでいる。平岩の後ろには、加門警部が立っていた。

「加門さんが郡司警部の身柄《ガラ》を確保してくれたんですよ」

平岩が言った。矢吹は加門を見た。

「助っ人が余計なことをしたかもしれません。しかし、真犯人《ホンボシ》に逃げられたくなかったんですよ。勘弁してください」

「謝ることはねえよ。そっちが郡司を連行しろや」

「いいえ、そちらのお手柄ですよ。後《あと》で、こっちの手錠《ワッパ》を返してくださいね」

加門が言って、大股で歩み去った。

矢吹はほほえんだ。近いうちに加門と二人で酒を酌《く》み交わしたくなった。

郡司が意味不明の言葉を発して、床に頽《くずお》れた。

矢吹は無言で郡司に歩み寄り、顎《あご》を蹴り上げた。郡司がのけ反《ぞ》って、仰向《あおむ》けに引っくり返る。不様《ぶざま》だった。

矢吹は冷笑した。

第五話　哀しい絆《きずな》

1

何かいいことがあるのか。

茶柱《ちゃばしら》が立っている。

しかも垂直に浮かんだ茎《くき》は、なんと二本だった。何かいいことがあるのか。

昔から、そう言い伝えられている。迷信だが、そうなることを願いたい。

五味純高《ごみすみたか》は自宅の縁側《えんがわ》に腰かけ、庭を彩《いろど》る花々を眺《なが》めていた。

二〇二四年五月下旬の正午過ぎだ。

それほど広い庭ではない。十五坪足らずだ。三年前に他界した妻が丹精《たんせい》込めて育てた各種の花が毎年、律儀《りちぎ》に咲く。どんなに心を慰《なぐさ》められたことか。

自宅は板橋《いたばし》区内にある。二階家で、間取りは4ＬＤＫだった。

五十八歳の五味は四日前から、この家で独り暮らしをしている。ひとり娘の梓《あずさ》が結婚し、ヨーロッパに新婚旅行に出かけたからだ。

二十七歳の娘が選んだ夫は風鈴《ふうりん》職人だった。梓よりも三つ年上だ。義理の息子は有名私大を出て、システムエンジニアになった。しかし、労働の歓《よろこ》びを感じられなかったようだ。そんなことで、転職したのである。

梓は幼稚園の先生だ。娘夫婦は当分、共働きをするという。そうしなければ、借りたマンションの家賃も払えないのだろう。

五味は番茶を啜《すす》った。

　うまかった。なぜだか子供のころから、緑茶よりも番茶のほうが好きだった。香ばしさがたまらない。気持ちが安らぐ。

五味は警視庁刑事部捜査第二課に所属している。同課は、主に知能犯罪と呼ばれる詐欺、贈収賄、通貨偽造などの捜査に当たるセクションだ。五味は警部補である。

娘の挙式に合わせて、一週間の休暇を取っていた。あと二日半、のんびりと過ごせる。

ショートホープをくわえようとしたとき、客間で固定電話が鳴った。五味はまだ火を点けていない煙草《たばこ》を箱の上に乗せ、すぐに腰を上げた。

背後の和室に入り、電話機のある場所に急ぐ。受話器を耳に当てると、旧知の加門警部の声が流れてきた。

「梓ちゃんがお嫁に行ったんで、寂しいでしょ？」

「なあに、せいせいしてるよ。一緒に暮らしてるときは、女房以上に口うるさかったからな。ネクタイの結び方が緩《ゆる》いとか、飯を喰《く》ってるときは新聞を読むなとかね」

「とか言ってるけど、寂しくて仕方ないんでしょう？　茶飲み友達を作ったら？」

「おれを年寄り扱いしやがって。まだ還暦《かんれき》前だぞ。こっちのことより、きみこそ早く身を固めろよ」

「独身は気楽ですんで、当分、結婚する気にはなれません」

「困った男だ」

五味は言葉を飾らなかった。もう長いつき合いだ。遠慮し合う仲ではない。

十七年前、ある所轄署の刑事課で加門と一緒になった。五味は新米刑事の加門の指導係を命じられた。加門は好青年だった。

五味は惜《お》しみなく刑事の心得を伝授《でんじゅ》した。加門は吞《の》み込みが早かった。一年後には、頼りになる捜査員に成長していた。

同僚だったのは三年弱だ。異動になっても、二人の交友はつづいていた。加門は周囲の者たちに五味のことを〝師匠〟と敬《うやま》っているらしい。

それでいて、五味には少しもおもねることはなかった。そういう人柄は好ましい。信用もできる。

「梓ちゃんのウェディングドレス姿は綺麗《きれい》だったな。とても幸せそうな顔をしてましたよ」

「そうだったかな。おれはなんか照れ臭くて、まともに娘を見られなかったよ。加門君、わざわざ梓の披露宴に出席してくれて、ありがとうな」

「いいえ。こちらこそ、豪華な引き出物をいただいちゃって」

「あのガラス工芸、実は新郎の手作りなんだよ。風鈴職人で喰《く》ってるんだが、ガラス工芸家として何度も個展を開いてるんだ」

「そうだったんですか。それなら、そのうちプロのガラス工芸家になるつもりなんですね？」

「そういう夢は持ってるんだろうな。将来については多くを語らない男なんだが……」

「梓ちゃんの夫は若いのに、ちゃんと自分のスタンスが定《さだ》まってる感じですよね。梓ちゃんは、そういうとこに惹《ひ》かれたんでしょう」

「そうなのかもしれないね。きみがもう少し若かったら、娘と一緒にさせたんだがな」

「確か梓ちゃんは、刑事が嫌いでしたよね？」

「そう。娘は寄らば大樹型の男や権力側に与《くみ》する奴は、どいつも腰抜けだと軽蔑《けいべつ》してる。刑事の父親に育ててもらったくせに、そういう憎まれ口を平気でたたく。親不孝な娘だよ」

「梓ちゃんの言った通りなのかもしれないな。漢《おとこ》と呼べるような奴は、たいてい一匹狼ですからね」

「そうなんだが、別におれは権力側に擦《す》り寄ったわけじゃない。犯罪捜査に興味があったから、刑事になったんだ。加門君も同じだろう？」

「ええ、そうですね」

「話は飛ぶが、こないだの組長殺しの一件の犯人《ホシ》は組対の銃器捜査課の郡司係長と知って、心底びっくりしたよ。彼は違法カジノで儲《もう》けた金で村山組長を使い、コロンビア大使館員に各種の銃器を集めさせて、それを押収してたそうだな」

「そうなんですよ」

「ヤラセまでして実績を上げたかったなんて、どうかしてる。キャリアに負けたくなかったんだろうが、考え方が間違ってるよ」

「こっちも、そう思います」

「それにしても、きみが率《ひき》いてる殺人犯捜査第五係はちょっと点数を上げすぎだろう？

ほかの連中にやっかまれるぞ」

「首謀者《しゅぼうしゃ》の郡司を割り出したのは、組対の矢吹さんなんですよ」

「えっ、そうなのか⁉　先日、食堂で矢吹と隣り合わせになったんだが、彼は加門君のお手柄だと言ってたぞ。矢吹は凶暴刑事《デカ》と陰口をたたかれてるが、きみのことは素直に誉《ほ》めてたな」

「矢吹さんは露悪《ろあく》趣味があるだけで、素顔は硬骨漢《こうこつかん》なんだと思います。出世のことなんか少しも考えてない。だから、警察官僚《キャリア》にも臆《おく》することなく、言いたいことをはっきりと口にしてるんでしょう。矢吹さんみたいな刑事がもっと増えれば、警察社会の腐敗《ふはい》も少しは喰《く》い止められるでしょうがね」

「そうだろうな。今回の事件《ヤマ》も上層部は揉《も》み消したかったんだろう、現職捜査員の不祥事だったんだから」

「そういう動きは一部にあったようですよ。しかし、矢吹さんが身内を庇《かば》うことはやめろと膝詰め談判して、刑事部長に記者会見を開かせたんです」

「鼻抓《つま》み者と敬遠されてる矢吹こそ、真の警察官だね。ドストエフスキーの言葉だったと思うが、善人ぶってる人間の多くは偽善者で、悪人ぶってるアウトサイダーの中に真っ当な人間がいるってことなんだろうな」

「そうなのかもしれませんね。そのうち、お宅に遊びに行きます。ひとりで夕飯を喰《く》ってもうまくないでしょうから」

「気が向いたら、顔を出してくれよ」

「ええ。また連絡します」

加門が電話を切った。

五味は受話器をフックに掛けた。その直後、娘の梓から電話がかかってきた。海外からの連絡だ。

「薫《かおる》君と仲よくやってるか？　新婚旅行中に大喧嘩をして、成田離婚するカップルもいるそうだからな」

「わたしたちは大丈夫よ。それより、いまパリにいるの。それでね、少し前に洒落《しゃれ》たハンチングを買ったのよ。父さんのお土産《みやげ》にね」

「それは気を遣《つか》っていただきまして」

五味は苦笑《くしょう》して、少しおどけた。体毛が濃く、三十代の前半には額が大きく後退しはじめた。いまでは、すっかり禿《は》げ上がってしまった。

「キャップや登山帽はたくさん持ってるけど、ハンチングは一度も被《かぶ》ったことないわよね？」

「ああ」

「ハンチングやベレー帽なら、レストランや喫茶店でも脱がなくていいんじゃなかったかしら」

「そうなのか。それはそれとして、頭髪が薄いことで、特にコンプレックスなんか感じてないぞ」

「かわいげがないわね。母さんが生きてたときは、植毛しようかななんて悩んでたくせに」

「もう澄子《すみこ》は、この世にいないんだ。色気も洒落っ気もなくなったな」

「駄目よ、そんなことじゃ。父さんはまだ五十代なんだから、再婚してもいいと思うわ。天国にいる母さんだって、きっと許してくれるわよ。もっと洒落っ気を出して、シングルの中年女性をナンパしまくったら？」

「とんでもない娘がいたもんだ」

「半分は冗談よ。でも、ガールフレンドのひとりや二人はいたほうがいいわ。気持ちが若返るだろうし、細胞も活性化するんじゃない？」

「そうなんだろうが、いまさらって気もするな」

「人生百年の時代よ。父さん、いまから老《ふ》け込まないで」

「わかったよ」

「しっかり野菜を食べてる？　スーパーで買ってきた惣菜《そうざい》や缶詰ばかりだと、栄養が偏《かたよ》っちゃうからね」

「わかった、わかった」

「それから、晩酌《ばんしゃく》は二合までよ」

「おれに病気をさせないで、いずれ孫の子守りをさせる気だな？」

「ビンゴ！　それじゃ、帰ったら、実家《じっか》に行くからね」

梓が通話を切り上げた。

五味は縁側に戻り、ふたたび庭の花に目をやった。ありし日の妻の姿が脳裏に蘇《よみがえ》った。

非番の日、五味は縁側に坐り込んで、土いじりをしている澄子とよく雑談を交わしたものだ。ジョークを口にすると、亡妻はさもおかしそうに笑った。明るい性格で、大病は一度もしたことがなかった。ろくに健康診断も受けなかったはずだ。

それが命取りになった。妻は自宅で心筋梗塞《しんきんこうそく》で倒れ、担《かつ》ぎ込まれた救急病院で数時間後に息を引き取った。娘と集中治療室《ICU》に駆けつけたとき、まだ澄子は生きていた。

しかし、意識はなかった。五味は苦労をかけた妻と別れの言葉を交わすこともできなかった。そのことが残念でならない。

　年金生活に入ったら、夫婦で地中海沿岸を旅する計画を立てていた。せめてもの女房孝行のつもりだったが、それも果たせなかった。

　澄子は自分と一緒になって、幸せだったのだろうか。職業柄、非番の日や深夜に駆り出されることは珍しくなかった。どうしても外せない職務で、娘の運動会には一度しか出かけていない。幼稚園や小学校の授業参観は、いつも妻任《まか》せだった。

　俸給も安い。十数年の官舎暮らしは窮屈《きゅうくつ》で、心が安まらなかっただろう。家賃の負担が軽かったので、いまの建売住宅を購入できた。とはいえ、二十年のローンがあった。

　家計は決して楽ではなかっただろう。それでも亡《な》くなった妻は、愚痴《ぐち》ひとつ言わなかった。夫に尽《つ》くし、娘に愛情を注いだ。

　唯一《ゆいいつ》の息抜きが園芸だった。澄子は植えた季節の草花に必ず話しかけ、水や肥料をやっていた。

　植物も子育てと同じで、心を込めて手をかければ、絶対に応《こた》えてくれる。亡妻は、いつもそう言っていた。

　自分には過ぎた妻だった。五味は償《つぐな》いと感謝の気持ちから、庭の草花の手入れをしてきた。雑草はきちんと抜いている。それでも、うっかり花を枯らしてしまうことがあった。何回か蕾《つぼみ》を野鳥についばまれたこともあった。

そのたびに五味は妻の遺影に手を合わせて、心の中で詫《わ》びた。体が動く限り、澄子の遺産である花々を育《はぐく》むつもりでいる。

五味は番茶を飲み終えると、茶の間に移った。

テレビの電源を入れ、チャンネルをＮＨＫの総合テレビに合わせる。

国会関係のニュースが終わると、事件報道が流れはじめた。野方《のがた》署管内で傷害事件が発生したと報じられた。

その事件の被害者の唐木努《からきつとむ》は、よく知っていた。現在二十八歳の唐木は、六年前に逮捕した元強盗犯だ。犯行時、彼は運送会社のトラック運転手だった。

唐木は一つ年上の遊び仲間だった脇坂宗太《わきさかそうた》と高円寺のパチンコ景品交換所に押し入り、現金五百万円を強奪した。二人は金を山分けすると、別々に逃走した。

半月後、脇坂は山梨県の石和《いさわ》温泉の旅館で逮捕された。豪遊した彼は、奪った金をほとんど遣《つか》い果たしていた。

その翌日、五味は都内のビジネスホテルに偽名で泊まっていた唐木を捕まえた。唐木は奪った金のうち、十数万円しか遣っていなかった。残りの金はスポーツバッグの中にあった。

二人は起訴され、それぞれ五年二カ月ほど服役した。彼らが仮出所したのは九カ月前だ。五味は半年前に唐木に会っている。

唐木は仮出所後、孤独死した男女の遺品整理を請け負《うお》っている会社で働いていた。共犯者だった脇坂は定職には就《つ》いていない。パチプロと自称しているようだ。

テレビニュースによると、唐木は歩行中に何者かに金属バットで背後から肩を叩《たた》かれ、病院に担《かつ》ぎ込まれたという。

いったい何があったのか。唐木は更生して、地道に生活していたはずだ。それなのに、なぜ暴漢に襲われることになったのか。

事件の裏に何かがありそうだ。野方署には顔見知りの刑事がいる。

五味は手早く着替えをし、家の戸締まりをした。車庫に回り、マイカーのカローラに乗り込む。車体は濃紺だった。

整備を怠《おこた》っていたが、エンジンは一発でかかった。フロントガラスは埃塗《ほこりまみ》れだった。ウォッシャー液を噴《ふ》き上げ、ワイパーを動かす。

前方は見通せるようになった。リアシールドの汚れが気になったが、そのまま車を走らせはじめた。

野方署に着いたのは二十五、六分後だった。

五味はマイカーを来客用の駐車場に置き、二階の刑事課に直行した。旧知の鴨下晃希《かもしたこうき》警部補は自席に坐っていた。四十四歳で、小太りだった。

五味は居合わせた刑事たちに会釈《えしやく》し、鴨下の机に歩み寄った。

「やあ、五味さん！　娘さんが結婚されたという話は聞いてますよ。後《おく》れ馳《ば》せながら、おめでとうございます」

「どうもありがとう」

「きょうは何です？」

鴨下が問いかけてきた。

「テレビのニュースで、唐木努が何者かに金属バットでぶっ叩かれたことを知って、個人的に情報を集めてみる気になったんだよ」

「そういえば、六年前に唐木を検挙《アゲ》たのは五味さんでしたね？」

「ああ。ここ、いいね？」

五味は、鴨下の隣の椅子に腰かけた。

「うちの課の若い奴らが臨場したんですよ。襲撃者はゴムマスクで面《つら》を隠してたというんです。体つきから察《さっ》して、二十代だろうって話でした」

「そうか。現場は、どのあたりなのかな？」

「野方三丁目です。平和の森公園の裏通りで、沼袋西《ぬまぶくろにし》公園の少し手前の路上ですよ。被害者は歩いてるとき、いきなり後ろから金属バットで叩かれたようです」

「怪我《けが》はひどいのかな？」

「左肩の骨にヒビが入ったみたいですが、二週間程度で退院できるそうです」

「それはよかった。入院先は？」

「高円寺南四丁目にある『杉並整形外科医院』です。病室は二階だったと思います」

「そう。で、唐木は犯人に心当たりがあると言ってるの？」

「いいえ、思い当たる奴はいないと断言したそうです。しかし、担当刑事によると、唐木は犯人に心当たりがあるような心証を得たらしいんですよ。ひょっとしたら、六年前の犯罪《ヤマ》の共犯者にまた強盗をやらないかと誘われたのかもしれませんね。だけど、唐木はきっぱりと断った。それが気に喰わなくて、え―と、昔の共犯者の……」

「脇坂というんだ、六年前の事件の共犯者は」

「そうでしたっけね。その脇坂が唐木の素っ気ない態度に腹を立てて、ちょっと痛めつける気になったんじゃないのかな。若い奴らはちょっとしたことで、すぐキレますからね」

鴨下が言った。

「加害者は脇坂なんだろうか」

「唐木は仮出所してから、変わった会社で働いてるんだそうですね。団地やマンションでひっそりと死んだ身寄りのない老人の遺品の整理をしてるユニークな会社に就職したとか？」

「そうなんだ」

「若いのに、偉いですね」

「唐木の両親は彼が小二のときに離婚したんだ。そんなことで、母方の祖母に育てられたんだよ。母親が再婚することになってたんでね」

「父親はどうしたんです？」

「若い女と駆け落ちしたきり、いまも消息がわからないんだよ」

「お祖母《ばあ》ちゃんに育てられたんで、孤独な年寄りの気持ちがわかるんでしょうね。だから、孤独死した老人たちの遺品整理の仕事をやる気になったんだろうな」

「多分、そうなんだろう。唐木が二十歳《はたち》のとき、祖母は亡くなってしまったんだ」

「そうなんですか」

「これから入院先に行ってみるよ。非公式の聞き込みだから、内密にしといてほしいんだ」

五味は腰を上げた。

2

病室は相部屋《あいべや》だった。

四台のベッドが見える。『杉並整形外科医院』の二階だ。

五味は病室に入った。唐木は、右側の手前のベッドに横たわっていた。眠ってはいなかった。イヤフォンを付けて、ラジオを聴《き》いている。

唐木が五味に気がついた。すぐにイヤフォンを外し、目顔《めがお》で挨拶《あいさつ》した。

「テレビのニュースで事件のことを知って、様子を見に来たんだ。ひどい目に遭《あ》ったな。肩、痛そうだね？」

「まだ少しずきずきしてるんです。でも、たいした怪我じゃありません。ご心配をかけて、すみませんでした」

「坐らせてもらうよ」

五味は円椅子《まるいす》を引き寄せ、すぐに腰かけた。

「ぼくがここに入院してることは、野方署でお聞きになったんですね？」

「そうなんだ。休暇中だったんで、自宅から来たんだよ」

「そうですか」

「おっと、いけない！　手ぶらで来てしまったな。何かお見舞いをと思ってたんだがね」

「お気遣《づか》いなく。五味さんには、いろいろお世話になってるんですから。六年前、五味さんに検挙《アゲ》られなかったら、いまごろ、ぼくはびくびくしながら……」

「唐木君、その話はやめよう。同室者もいるからね」

「休憩室に出ましょう」

唐木がベッドのパイプに摑《つか》まって、上体を起こした。そのとき、小さく顔をしかめた。

「無理するなよ。まだ痛むんだろう？」

「ええ、ちょっとね。でも、平気です」

「それじゃ、少しだけ話を聞かせてもらおうか」

五味はベッドの防護柵《ぼうごさく》を押し下げ、パジャマ姿の唐木の体を支《ささ》えた。唐木がサンダルを突っかける。

五味は唐木に肩を貸した。病室を出て、近くにある休憩室に向かう。

L字形に長いソファが置かれ、大型テレビが据《す》えてあった。誰もいなかった。好都合だ。二人はソファに並んで坐った。

「所轄署で聞いたんだが、犯人に心当たりはないそうだね？」

「ええ」

「どんなゴムマスクを被ってたのかな」

「ゴリラのマスクでした。金属バットで不意にぶっ叩かれたんで、細かいことは憶《おぼ》えていませんけど、ゴリラのゴムマスクでしたよ」

「犯行時、そいつはきみに何か言ったのか？」

「日本人なんか、どいつもくたばればいい。そんな意味のことを口走って、路地に逃げ込みました。逃げ足は速《はや》かったですね」

「犯人は外国人なのかもしれないんだな」

「多分、そうなんでしょう。日本語のアクセントが少し変でしたから。腕が浅黒かったな。東南アジア系の外国人なのかもしれません」

「そのこと、野方署の者には言ったのかい？」

「いいえ、言いませんでした」

「なんで黙ってたんだ？」

五味は訊《き》いた。

「犯人は日本に働きに来て、何か不快な思いをさせられたんでしょう。だから、日本人が嫌いになったんだと思います」

「そうなんだろうか」

「日本に出稼ぎに来てるアジア人は、たいがい貧しい家庭で育ったんでしょう。だから、円安でも割に稼げる日本に働きに来てるんじゃないかな」

「そうなんだろうね。それで、偽造パスポートで不正入国してでも、手っ取り早く稼ぎたいと考える男女がいる」

「そういう連中はよくありませんけど、真面目な東南アジア人もいるはずです。だけど、彼らは賃金なんかの労働条件がよくありません。露骨に東南アジア出身の出稼ぎ労働者を見下《みくだ》してる日本人もいます。彼らが日本人を嫌う気持ちもわかります」

「きみは、犯人に捕《つか》まってほしくないと考えてるようだな」

「大怪我を負わされたわけじゃありませんから、目をつぶってもいいと思ってます」

「寛大《かんだい》なんだな」

「ぼく自身も恵まれた生《お》い立ちじゃないんで、立場の弱い人間に冷淡になれないんですよ。それだから、つい同情してしまうんです」

「唐木君の優しさを甘いと言うつもりはないが、逃げた奴は犯罪者なんだ。どんな理由があっても、通行人を金属バットで殴りつけるなんてことは赦《ゆる》されない。それ相当の罰《ばつ》を受けるべきだ」

「ええ、そうですね。でも、心情的には犯人に捕まってほしくない気持ちなんです」

「そこまで犯人を庇うのは、ちょっと不自然な感じがするね。もしかしたら、きみは犯人に心当たりがあるんじゃないのか？」

「ありません、ありませんよ」

唐木が言下《げんか》に否定した。狼狽《ろうばい》はしていない。

「そうか。脇坂はどうしてる？　仮出所した直後に彼と会ったと言ってたね」

「ええ。そのときは働き口を探してると言ってましたが、いまもパチプロめいたことをやってるみたいですよ。前科歴があると、なかなか就職できませんからね」

「確かに前科者を色眼鏡で見る者は少なくない。しかし、不貞腐《ふてくさ》れないで就職活動をつづければ、理解のある雇い主と出会えるかもしれないんだ。現に唐木君は、いまの会社に就職できた」

「うちの会社の社長は民主化運動の活動家だったから、公務執行妨害罪で二度逮捕されたことがあるんですよ。だから、犯歴があるぼくを正社員にしてくれたんでしょう。だけど、多くの会社経営者は元犯罪者とは関わりたくないと考えてるようです」

「そういう現実があっても、自棄《やけ》になっては駄目だよ」

「ええ、そうなんですけどね」

「脇坂は仮出所してから、吉祥寺《きちじょうじ》の実家で暮らしてるんだったね？」

「もう実家にはいないでしょう。三カ月ぐらい前に親父さんと大喧嘩して、勘当されたと言ってましたんで。いまは、つき合ってる娘《こ》のワンルームマンションに居候《いそうろう》してるみたいですよ」

「その彼女の名は？」

「えーと、若杉美咲《わかすぎみさき》だったな。ダンス教室でインストラクターをやってるらしいですよ」

「いくつなんだい？」

「二十六だったかな」

「その娘《こ》のマンションはどこにあるの？」

「五味さん、なんでそんなことを訊くんですか。まさか脇坂がぼくを襲ったと思ってるんじゃないでしょうね？」

「別に脇坂を疑ってるわけじゃないんだ。彼が本気で働き口を探してるんだったら、知り合いの中古車販売店の社長を紹介してもいいと思ったんだよ」

「そういうことだったんですか。ぼくは一度も行ったことがないんですけど、脇坂の彼女は桃井《ももい》二丁目の『荻窪コーポラス』の三〇三号室に住んでるという話でした」

「そう。きみは、いまも蒲田《かまた》にある会社の寮に住んでるんだね？」

五味は確かめた。

「ええ。寮といっても、階下は倉庫になってるんですけどね。処分しにくい仏壇とか家族のアルバムなんかを保管してあるんです」

「孤独死した方の家財道具は、リサイクルショップに払い下げてるのかな？」

「割に新しい家具や電化製品はね。でも、そういう物はめったにありませんから、ほとんど焼却しています。衣類も同じです」

「遺品の整理を依頼してくるのは、故人の血縁者が多いんだろうね」

「それが意外に少ないんですよ。ひっそりと亡くなった方たちはたいてい親兄弟とは何十年も疎遠《そえん》になったままですから、遺品や遺骨の引き取りを拒絶するんです」

「身内と何かトラブルを起こしたからなんだろうな、生前に。親兄弟の反対を押し切って結婚したとか、何か商売でしくじったとかね。ヤミ金に手を出したり、ギャンブルにハマって、周囲の人間に迷惑をかけた例もあるだろう」

「ええ、そうですね。血縁者に見捨てられた故人が多いことは確かです。だから、遺品整理の依頼人は故人の友人とか昔の同僚が圧倒的多数です」

「身内でもないのに、そこまでやってあげられる人間は尊敬に価《あたい》するな」

「ええ、立派ですよね。こういう世の中ですんで、赤の他人の後始末をする人間はそうたくさんはいないと思います」

「だろうね」

「この国の政治家や官僚は、弱者のことなんかどうでもいいと考えてるんでしょう。ぼくらの仕事は本来、行政がやらなきゃならないことですよ。孤独死した人たちも元気で働いてたときは、それぞれ所得税や住民税をちゃんと払ってたんですから」

「そうだね。一千兆円以上の借金を抱えてるにしても、国は高齢者や低所得者に冷たすぎるな」

「自分もそう思います」

「ところで、唐木君、きょうは仕事は休みだったのかな?」

「休みを貰ったんですよ。米田《よねだ》のおばあちゃんの具合が悪かったんでね。おばあちゃんのアパートを訪ねた後《あと》、ゴムマスクの男に襲われたんです」

唐木が言った。米田房子《ふさこ》は、彼の血縁者ではない。八、九年前から唐木が面倒を見ている老女だ。現在は満七十八歳である。

身寄りのない彼女は六年半前まで、高円寺のパチンコ景品交換所で働いていた。

唐木と脇坂は、房子が雇われていたパチンコ店の常連客だった。そんなことから、唐木は房子を実の祖母のように慕《した》うようになったのだ。

「米田さんは股関節《こかんせつ》が悪かったんだよな」

「ええ、そうです。痛みがひどくなったんで、どうしても動作が鈍《にぶ》くなってしまったんですよ。それで、十三年も勤めた高円寺のパチンコ店を六年半前に一方的に解雇されちゃったんです」

「そういう話だったね」

「ぼくはパチンコ店の経営者の自宅を訪ねて、米田のおばあちゃんを解雇しないでくれと頼み込んだんです。でも、社長は聞き入れてくれませんでした。それで、新しい女性をパチンコ景品交換所で働かせはじめたんです」

「ああ、そうだったな」

「おばあちゃんはわずかな貯えと国民年金だけで喰《く》い繋《つな》ぐことになってしまったんです。パートで稼いでた十万円は大きな収入だったんですよ」

「きみはパチンコ店のオーナーがあまりに薄情なんで、脇坂と景品交換所に押し入って、現金五百万円を強奪した」

「は、はい」

「六年前の捜査で、交換所の従業員と店長は事件当日、六百万円の現金を用意してあったと証言した。しかし、きみら二人は五百万しか奪わなかったと主張したんだったな」

「事実、ぼくと脇坂が奪《と》ったのは五百万円だけでした。二百五十万円ずつ分けて、別方向に逃げたんです。六百万円の金が交換所にあったなんて、嘘ですよ。店長か交換所で働いてた女性のどちらかが勘違いしたんでしょう」

「後日、女性従業員は店長から渡されたのは五百万円だったと証言を翻《ひるがえ》した。店長も、そうだったのかもしれないと言いだした」

「かっぱらったのは五百万円だけです。脇坂が帯封の掛かった百万円の束を三つポケットに突っ込んで、ぼくがふた束奪《と》ったんです」

「きみの供述通りだったんだろう。それはそうと、米田さんの具合はどうだったんだい？」

「持病の不整脈が出たんで、おばあちゃんは焦《あせ》って、ぼくに電話してきたんですよ。でも、幸いたいしたことはなかったんです」

「それはよかった」

五味は言った。

そのすぐ後、唐木が笑顔になった。エレベーターホールに視線を向けている。五味は顔を小さく動かした。

心配顔で歩み寄ってくるのは、米田房子だった。足は引きずっていない。すたすたと歩いてくる。

「米田さん、ちゃんと歩けるようになったんだな？」

「変形した股関節の骨を切除して、金属とポリエチレンでできてる〝人工関節〟を入れたんですよ」

「人工関節手術を受けたのは、いつなの？」

「ぼくが捕まる一週間ぐらい前です。おばあちゃんが辛《つら》そうに歩いてたんで、半ば強引にぼくが手術を受けさせたんです。新宿にある関東医大の整形外科でね」

「手術費用は、きみが払ったのか」

「ええ、そうです。といっても、奪った金で払ったんじゃありませんよ。手術費と入院費の四十八万円は街頭カンパで集めたんです。パチンコ景品交換所から奪った金を治療費に充《あ》てたら、米田のおばあちゃんが悲しむと思ったんで」

「そうか、きみの話を信じよう。唐木君は山分けした二百五十万円のうち、十数万円しか遣《つか》ってなかったからね」

「テレビのニュースで、事件のことを知ったんだ？」

　唐木が米田房子に問いかけた。

「そうなのよ。びっくりしたわ。それでね、野方署に電話をして、ここに入院してることを教えてもらったのよ。努ちゃん、ベッドに寝てなくても平気なの？」

「平気だよ。肩の骨にヒビが入っただけで、折れちゃいないんだ。二週間ぐらいで退院できるってさ」

「そうなの。怪我が思ったより軽そうなんで、ひと安心したわ。心優しい努ちゃんを金属バットで叩くなんて、人でなしよ。早く捕まってほしいわ」

「どうぞ坐ってください」

　五味は立ち上がった。房子がまじまじと五味の顔を見つめた。

「あっ、あなたは刑事さんね。努ちゃんを逮捕した方よね？」

「そうです」

「努ちゃんは仮出所してからは、ずっと真面目にやってますよ。服役中も毎月のように、わたしに手紙をくれてたの。身寄りのないわたしのことを心配してくれてね。努ちゃん、根は善人なのよ。そんな子を金属バットで殴打するなんて、とんでもない犯人だわ。殺してやりたい気持ちよ。刑事さん、一日も早く犯人を取っ捕まえてちょうだい」

「管轄外なんで捜査には加われませんが、個人的に事件のことを少し調べてみます」

五味は房子に言い、唐木に軽く手を振った。

病室を出る。五味はナースステーションの前を回り込み、階段を降りた。マイカーのカローラに乗り込んで、事件現場に向かった。ほどなく目的地に着いた。

五味は事件現場付近で聞き込みをしてみた。

だが、犯行時前後に東南アジア系の外国人男性を見かけた者は誰もいなかった。唐木は、そのことを野方署の刑事には喋《しゃべ》っていない。

五味だけに打ち明ける気になったのは、なぜなのか。唐木はもっともらしいことを言ったのだろうか。そうならば、彼は何かを隠そうとしているのかもしれない。

仮に加害者を知っているとしたら、どうして庇《かば》う気になったのか。それとも、犯人の仕返しを恐れているのだろうか。あるいは、犯人を警察が割り出したら、唐木は不利なことになってしまうのか。

五味はそう推測しながら、カローラの運転席に入った。

そのとき、さきほどからスクーターに跨《また》がっている黒いフルフェイスのヘルメットを被った若い男が気になった。背を見せる形だった。反対側だ。聞き込みをしている間も、若い男は事件現場付近をうろついていた。

五味はルームミラーの角度を変える振りをしながら、スクーターのナンバーを読んだ。数字を手帳に書き留《と》め、加門警部のポリスモードを鳴らした。

待つほどもなく加門が電話口に出た。

「忙しいとこを悪いんだが、ちょっとナンバー照会を頼むよ」

五味はスクーターのナンバーを告げた。二分ほど経過すると、加門の声が流れてきた。

「そのスクーターの所有者は山崎数馬《やまざきかずま》、二十六歳ですね。現住所は杉並区本天沼《ほんあまぬま》三丁目四十×番地です」

「そう」

「ついでに山崎の犯歴を照会してみたんですが、一年数カ月前に恐喝未遂で書類送検されてました。いったい何を調べてるんです？」

「実はね……」

五味は経緯《いきさつ》を語った。

「唐木という被害者は五味さんの目を逸《そ》らしたくて、ゴリラのゴムマスクを被った加害者は東南アジア系の男と言ったのかもしれませんね。そういう不審者を目撃した者は、ひとりもいなかったんでしょ？」

「そうなんだ。それに、もうひとつ引っかかってることがあるんだよ。強盗事件が発生したとき、店長と女性従業員は最初、景品交換所には六百万円の現金があったと言ってたんだ。その後、五百万円しか奪っていないと証言を変えたんだよ」

「犯人の二人は五百万円しか奪っていないと供述したんですよね？」

「そうなんだ。加門君、どう思う？」

「もしかしたら、景品交換所には現金六百万円があったのかもしれませんね」

「消えた百万円は、女性従業員がこっそりくすねたのかな。そして、店長に口止め料として五十万円やったんだろうか」

「二人が証言を翻《ひるがえ》したということですから、その疑いはありそうですね。そうでないとしたら、犯人の二人組のどちらかが相棒の目を盗んで、百万円を素早く盗《ギ》ったんだろうな」

「そういう疑いを否定することはできないが、唐木君の人柄を考えると……」

「それなら、もうひとりの犯人が百万をくすねて、店長と女性従業員に数十万円ずつ口止め料を渡したのかもしれませんよ」

「脇坂という共犯者《レツ》なら、そういうことをやりかねないな。もう少し調べてみるよ」

「いつでも協力します」

加門が電話を切った。五味も通話終了アイコンをタップした。

怪しいスクーターは、いつの間にか消えていた。

五味は脇坂の居候先に行く気になった。エンジンを始動させ、カローラを走らせはじめた。

3

ワンルームマンションは三階建てだった。

エレベーターは設置されていない。五味は三階まで上がった。

三〇三号室の表札には、若杉という姓しか掲《かか》げられていない。インターフォンのボタンを押しかけたとき、ドア越しに若い女の怒声が響いてきた。

「もう嘘つき男とはつき合ってられない。六年以上も前に知り合いに貸してた五十万が戻ってくるとか言ってたけど、その話は嘘だったんでしょ？」

「嘘じゃねえよ。そいつから五十万円返してもらえることになってたんだ。けどな、先方の都合で金の工面ができなくなったんだよ。二、三週間後には必ず五十万を返済してもらう。美咲、もう少し待ってくれ！」

「宗太の話は、もう信じられない。いままで何度も騙《だま》されてきたのよ、わたしは。就職活動に必要だからって、わたしからスーツ代を持ってったでしょ？」

「ああ」

「でも、結局、そのお金はパチスロに遣《つか》っちゃったのよね」

「その件では、もう謝ったじゃねえか。スーツ代を元手にして二、三十万稼いで、おれも少しは生活費を入れたかったんだよ。けど、負けちまった」

「きれいごとを言ってるけど、あんたはヒモ男なのよ。わたしの部屋に転がり込んで、家賃も食費も一円も負担してない。光熱費だって、わたし持ちでしょうが！」

「美咲、もう少し待ってくれよ。おれは必ずビッグになって、おまえを幸せにしてやる」

「定職に就《つ》きもしないで、どうやってビッグになるのよ？」

「おれはサラリーマン向きじゃねえんだよ。パチプロをめざすのもやめる。おれには商才があるんだ。そう遠くない日に、スポンサーが見つかるって。そしたらさ、これまでにない飲食店をやって、じゃんじゃん稼ぐ」

「宗太は根っからの怠《なま》け者なのよ。もううんざりだわ！　すぐに消えてちょうだい、わたしの目の前から」

「美咲、おれはおまえにぞっこんなんだ。別れたくねえよ」

「わたしは迷惑してるの。早く出ていって！」

「仲よくしようや」

脇坂が同棲相手をベッドに押し倒した気配が伝わってきた。部屋の主はひとしきり抗《あらが》っていたが、じきに静かになった。

単なる痴話喧嘩だったのか。だとしたら、いまインターフォンを鳴らすのは野暮だろう。五味は三〇三号室から離れ、階段の降り口に向かった。『荻窪コーポラス』の敷地を出て、斜め前に駐《と》めてあるカローラに乗り込む。

五味は煙草を吹かしながら、時間を遣《や》り過ごした。

二十分ほど過ぎたころ、前方から見覚えのあるスクーターが走ってきた。ライダーは黒いフルフェイスのヘルメットを被っている。さきほど事件現場で見かけた男にちがいない。

五味は体を助手席側に傾け、グローブボックスを開ける振りをした。そうしながら、山崎数馬と思われる男の様子をうかがう。

スクーターは『荻窪コーポラス』の塀の際《きわ》に寄せられた。

男はヘルメットを脱ぎ、座席を撥《は》ね上げた。ヘルメットをボックスに納めようとしたとき、茶色っぽい物が覗《のぞ》いた。

それは、ゴリラのゴムマスクだった。唐木努を金属バットで叩いたのは、スクーターの男なのか。まだ確証はない。

五味は男の動きを目で追った。

山崎らしき男は馴《な》れた足取りでワンルームマンションの敷地に入り、三階まで駆け上がった。『荻窪コーポラス』の歩廊《ほろう》は、道路側に面している。スクーターに乗っていた男は三〇三号室の中に消えた。どうやら彼は、脇坂の遊び仲間か何からしい。

五味はカローラを三十メートルほどバックさせた。

脇坂は同棲相手と言い争ったとき、六年以上も前に知り合いに貸した五十万円を返してもらうことになっていたと語っていた。その話が事実なら、金を貸した相手は唐木なのかもしれない。

五味は一瞬、そう思った。

しかし、唐木と脇坂は高円寺のパチンコ景品交換所から五百万円を強奪している。仮に五十万円の借金があったとすれば、唐木は犯行直後に返済しているだろう。

昔の捜査では、そうした事実は把握していない。唐木は仮出所後、脇坂から五十万円を借りたのだろうか。それは考えられない。現に脇坂は同棲中の若杉美咲に、六年以上も前に知り合いに五十万円を貸したと喋《しゃべ》っていた。

五味は推測しつづけた。

唐木たち二人がパチンコ景品交換所で奪ったのは、五百万円だけだったのか。店長と女性従業員は最初の事情聴取の際《さい》には、景品交換所に六百万円があったと明言した。だが、その後、二人は被害額は五百万円だと証言を翻《ひるがえ》した。

最初の証言通りなら、百万円は紛失したことになる。店長や交換所で働いていた女性がくすねたとは考えにくい。そんなことをしたら、職を失うことになるだろう。

そう考えると、唐木が共犯者の脇坂の目を盗んで百万円をこっそり盗んだ疑いが出てくる。そして、被害店の店長と女性従業員を抱き込んで、強奪されたのは五百万円だったと偽証してもらった疑いもある。

店の売上金の管理や運転資金の運用をオーナーから任されている店長なら、被害額を実際よりも百万円少なくすることはできそうだ。むろん、何かメリットがなければ、そんなリスキーなことはしないだろう。

唐木はこっそり盗んだ金のうちの半分を店長に渡したのではないか。店長は景品交換所で働いていた女性従業員に五万円か十万円を手渡し、偽証することを頼んだのかもしれない。

脇坂は犯行時に相棒の唐木がこっそり百万円をくすねたことに気づいていたのではな

いか。仮出所後、金に不自由していた脇坂は唐木に揺さぶりをかけて、半分の五十万円を分け前として要求したのかもしれない。

しかし、唐木は百万円をこっそり盗んだことを否定し、要求を突っ撥《ば》ねた。そのことに腹を立てた脇坂が知り合いの山崎に唐木を襲撃させたのではないか。唐木に恐怖心を与えて、分け前を吐き出させようと企《たくら》んだという推測はできる。

その筋読みが正しかったとしたら、一つだけ謎が残る。唐木はどんな理由があって、共犯者と山分けした二百五十万円とは別に少しまとまった金が欲しかったのだろうか。

こっそり百万円を手に入れ、いったい何に遣《つか》う気だったのか。そこまで考えたとき、五味の脳裏で唐木と米田房子の顔が交互に明滅《めいめつ》した。

『杉並整形外科医院』を訪れたとき、唐木は犯行前に房子が関東医大で人工関節を埋め込む手術を受けたと語っていた。実際に房子が手術を受けたのは、強奪事件の後《あと》だったのではないか。

その通りなら、唐木は脇坂に覚《さと》られないようにして、うまく百万円を先に盗んだのだろう。彼は房子を自分の祖母のように慕《した》っていた。いわば、疑似《ぎじ》家族だ。

山分けした二百五十万円から房子の手術費と入院費を払ったことが発覚したら、相手が悲しむにちがいない。唐木はそう考え、どうしても〝汚れていない金〟で房子の治療費用を払いたかったのではないか。

しかし、彼自身は工面《くめん》できなかった。やむなく唐木は共犯者の目を盗んで、百万円を密《ひそ》かに奪ったのではないか。もちろん、細工の必要がある。

唐木は犯行後にパチンコ店の店長を訪ね、被害額は五百万円だったと偽証してほしいと頼み込んだのだろう。そのとき、とりあえず五十万円程度の謝礼を渡し、ほとぼりが冷めたら、自分の分け前の大半を店長に与えると約束したのかもしれない。

当時、捜査当局は店長の私生活も調べた。店長の茂原路夫《もばらみちお》は競馬にのめり込んでいた。ギャンブル資金欲しさに唐木の裏取引に応じたのではないか。

景品交換所で働いていた大串直子《おおぐしなおこ》、当時五十四歳も生活は楽ではなさそうだった。十万円ほどの金を握らされて、被害額を偽ったとも考えられる。

五味は刑事用携帯電話《ポリスモード》を懐から取り出し、関東医大整形外科をコールした。刑事であることを明かし、米田房子が人工関節手術を受けた日時を調べてもらう。

手術を受けたのは、唐木が逃亡して四日後だった。五味はポリスモードの通話終了アイコンをタップし、暗い気持ちになった。唐木は犯行前に房子に手術を受けさせたと言っていたが、それは嘘だったことになる。

推測したことは、おおむね間違ってはいなかった。唐木は、家族のように接してきた房子に不正な手段で手術費用を調達したことを絶対に知られたくなかったのだろう。

その気持ちが哀《かな》しく切ない。心根の優しさもわかる。

だが、唐木の思い遣《や》りは独善的だ。稚《おさな》くもある。そして、人としての道を外している。

個人的には、過去の事件のことはもう蒸《む》し返したくない。しかし、ここで目をつぶってしまったら、刑事失格だろう。

犯罪の真相を明らかにすることは警察官の義務だ。現実は直視しなければならない。

五味は、そう自分に言い聞かせた。

スクーターの男が三〇三号室から出てきたのは、それから間もなくだった。五味は、いつでもマイカーから出られる体勢を整えた。

男が自分のスクーターに近づいた。

五味はカローラから静かに降り、足早に男に歩み寄った。気配を感じたらしく、相手が振り向いた。

「警視庁の者だが、きみは山崎数馬さんだな？」

「違うよ。おれの名前は鈴木《すずき》だって」

「運転免許証を見せてくれないか」

「職務質問する前に、あんたが警察手帳《パス》を見せるべきなんじゃないの？」

「非番の日なんで、警察手帳は自宅に置いてきてしまったんだよ」

五味は穏《おだ》やかに言った。

「だったら、おれは捜査に協力しなくてもいいわけだ。だいたい、なんでおれが職質受けなきゃならないわけ？　おれ、スクーターに乗るときはちゃんとメットを着用してるぜ」

「平和の森公園の裏通りで、きみを見かけたんだよ。唐木努が金属バットで背後から殴打された事件現場の近くだった」

「なんの話をしてるんだ？　おれには、さっぱりわからねえな」

「山崎君、きみには検挙歴があるね。少し前に犯歴照会してもらったんだよ。知り合いの刑事にな」

「おれは鈴木だって」

「きみの現住所もわかってる。それから、このマンションの三〇三号室に入ったのも、この目で見てるんだよ。部屋を借りてる若杉美咲という娘《こ》と脇坂宗太が同棲中だってこともわかってる」

「誰なんだよ、その二人は？」

「粘《ねば》るね。脇坂は六年数カ月前に唐木と共謀して、高円寺のパチンコ景品交換所から現金五百万円を強奪した奴だよ。きみは脇坂の遊び仲間なんじゃないのか。えっ？」

「知らねえよ、そんな名前の奴は」

男が言うなり、いきなり自分のスクーターを引き倒した。

倒れた弾《はず》みにシートが浮き、黒いヘルメットとゴリラのゴムマスクが路面に零《こぼ》れ落ちた。相手が蒼《あお》ざめた。

「きみは脇坂に頼まれ、そのゴムマスクを被って唐木努を襲ったんじゃないのか？」

「あんた、おれを犯罪者扱いするのかっ。だったら、証拠を見せてくれ！」

「わたしと一緒に三〇三号室に行こう。きみの顔を見たら、脇坂も観念すると思う」

五味は相手の利《き》き腕を摑《つか》んだ。

ほとんど同時に、手を振り払われた。男が背を見せ、全速力で逃げはじめた。五味は追いかけた。数十メートル先で、山崎と思われる男が急に立ち竦《すく》んだ。横道からコンテナトラックが飛び出してきたからだ。

五味は懸命に駆け、男に組みついた。

相手が全身で暴《あば》れた。五味はやむなく相手の両足を払った。足払いはきれいに極《き》まった。

五味は、横倒しに転がった男の腹部を右の膝頭で押さえつけた。

「あんまり世話を焼かせるなよ。こっちは、もう若くないんだ。息が上がりそうだよ。山崎数馬だな？」

「………」

「急に日本語を忘れちゃったか」

「そうだよ、山崎だ」

「脇坂に頼まれたんだな？」

「それは……」

「どうなんだっ」

「あんたの言う通りだよ。おれは脇坂さんによく奢《おご》ってもらってたんで、頼みを断れなかったんだ。唐木って奴には気の毒だったけど、脇坂さんに少し痛めつけてくれって言われたもんだから、金属バットで……」

「脇坂は唐木努から金を脅し取ろうとしたんだな？　しかし、唐木は脅迫には屈《くっ》しなかった。そうなんだろう？」

「詳《くわ》しいことは知らないけど、唐木って野郎は六年前の事件のときに脇坂さんの目を掠《かす》めて、百万円の束《たば》を一つだけ自分のパーカのポケットにこっそり入れたんだってさ。脇坂さんは何か事情があるんだろうと思って、見て見ぬ振りをしてやったらしいんだ」

「それで？」

「刑務所を出ても、脇坂さんはなかなか働き口が見つからなかった。実家にも居づらくなったんで、美咲さんの部屋に転がり込んだんだよ。そのとき、脇坂さんは唐木って奴に金を借りようとしたらしいんだ」

「しかし、断られてしまったんだな？」

「そうなんだってさ。それで脇坂さんは百万をこっそり盗《ギ》っといて、ばっくれてる唐木に頭にきたみたいだね。くすねた百万のことを警察に話すと脅しても、唐木は半金の五十万を出そうとしなかったんだって。だから、このおれに……」

山崎が語尾を呑《の》み込んだ。

五味は山崎を引き起こし、『荻窪コーポラス』まで歩かせた。三階に上がり、三〇三号室のインターフォンを鳴らす。

応対に現われたのは若杉美咲だった。きつい顔立ちだが、美人と呼べるだろう。

五味は小声で正体を明かし、奥にいる脇坂を呼んでもらった。

脇坂は五味の姿を見ると、いきなり同棲相手の首に左腕を回した。美咲の喉《のど》を圧迫しながら、小さな調理台の横まで退《さ》がる。

脇坂は部屋の主を屈《かが》ませてから、調理台の扉を開けた。素早くステンレスの文化庖丁を握ると、切っ先を美咲の項《うなじ》に突きつけた。

「二人とも、この部屋から離れろ！　言う通りにしねえと、この女を刺すぞ」

「脇坂、落ち着くんだっ。少し前に山崎がおまえに頼まれて、唐木の肩を金属バットでぶっ叩いたことを吐いたんだ」

「うるせえ！　とにかく、ドアから早く離れやがれ」

「お願いだから、言われた通りにして！」

美咲の声が脇坂の語尾に重なった。哀願口調だった。

五味は山崎の片腕を取って、三、四メートル後退した。すぐに三〇三号室のドアが乱暴に閉じられ、内錠が掛けられた。

五味は片手で懐を探《さぐ》った。ポリスモードで事件通報するためだった。

4

電話で犯人を説得することはできなくなった。

脇坂がスマートフォンの電源を切ってしまったからだ。五味は溜息をついた。

そのとき、『荻窪コーポラス』の前に三台の捜査車輌が相前後《あいぜんご》して停まった。五味は三階の歩廊から眼下を見下ろした。

最初に覆面パトカーから降りたのは、野方署の鴨下刑事だった。すぐに刑事課の面々が車から出てくる。

事件通報をした相手は鴨下だった。この種の事件は刑事課が担当する。しかし、生活安全課の鴨下に仁義を切ったわけだ。

待つほどもなく鴨下が三階に駆け上がってきた。

「わたしに花を持たせてくれて、ありがとうございます」

「一応、仁義を切っただけだよ」

五味は言って、経過を伝えた。むろん、唐木が不利になるような事柄《ことがら》は喋らなかった。

「こいつが唐木に怪我をさせた奴ですね？」

鴨下が山崎の利き腕を捩《ねじ》上げた。山崎が大仰《おおぎょう》に痛がった。

「唐木努を襲わせた脇坂に罪を認めさせようとしたんだが、まさか同棲相手を人質に取るとは予想もしなかったんだ。まだまだ未熟だな、わたしは」

「誰だって、そこまでは予想できませんよ。別に五味さんに落ち度はなかったんですから、そんなふうに思わないでください。五味さんのご活躍で、殴打事件はスピード解決できました。後《あと》は、うちの署の刑事課の連中に任せてください」

「ああ、よろしく頼む」

五味は言った。

その直後、刑事課の三人がやってきた。

五味はリーダー格の捜査主任の藤代滋《ふじしろしげる》警部補に現場の状況を話した。藤代は三十代後半で、目が鷹《たか》のように鋭い。凄《すご》みがあった。

「脇坂は本気で人質の若杉美咲を刺す気はないんでしょう」

「いや、わからんぞ。このマンションは、もうじき包囲される。脇坂が追いつめられた気持ちになったら、一か八かで包囲網を突破しようとするかもしれない。そのときは、人質を浅く傷つけてでも、逃げ道を確保するだろう」

「確かに、そういうことも想定しておくべきでしょうね。『SIT《シット》』に出動要請したほうがいいんでしょうか？」

「それは、野方署で決めてほしいな」

五味は答えた。

『SIT』は本庁捜査一課の特殊班で、監禁事件の人質救出などに当たっている。『SAT《サット》』ほど一般的には知られていないが、射撃の名手揃《ぞろ》いだ。

「山崎数馬に手錠《ワッパ》打って、すぐ署で取り調べをしたほうがいいんじゃないの？」

　鴨下が藤代に声をかけた。

「ええ。鴨下さんのおかげで、刑事課《うち》はおいしい思いをさせてもらいました。そのうち、一杯奢《おご》らないとな」

「藤代、まだ安心するのは早いぞ。主犯格の脇坂は彼女の若杉美咲を楯《たて》にして、三〇三号室に立て籠《こも》ってるからな」

「そうですね」

　藤代がそう応じ、かたわらの部下たちに目配せした。どちらも三十歳前後だった。ひとりが手早く山崎に前手錠を掛けた。もう片方は、山崎の背後に回った。

　山崎は二人の刑事に挟まれ、階段を降りていった。

「脇坂、聞こえるか？」

　藤代がドア越しに呼びかけた。応答はなかった。

「わたしは野方署の藤代という者《もん》だ。おまえは、もう逃げられない。人質を解放し、部屋から出てくるんだ。いまなら、監禁未遂ってことにできるかもしれない」

「てめえらは信用できねえ」

　ドアの向こうで、脇坂が吼《ほ》えた。

「逃げられやしないんだから、素直になったほうが得だよ」

「黙れ！　逃亡用の覆面パトカーを一台用意しろ。それで、数馬に運転させるんだ」

「山崎数馬は、もう署に連行された」

「数馬を呼び戻せ！　それからな、警官《マッポ》どもを全員、このマンションから百メートル以上離れさせるんだ」

「本気で逃亡を図る気なのか？」

「ああ。数馬に唐木を傷《いた》めつけさせたことで、また実刑喰らうことはわかりきってるからな。刑務所暮らしは、もう真《ま》っ平《ぴら》だ。刑務官は威張《いば》りくさってやがるし、古株の受刑者どもも態度がでかい。それからな、服役してる連中の中にはゲイもいる。寝込みを襲われて、尻《けつ》を狙われたら、それこそ最悪だからな」

「人質は無傷なんだろう？」

「てめえ、話をはぐらかすんじゃねえ。おれの要求を呑《の》む気はあるのかよ？」

「それは……」

「こっちの要求を無視したら、美咲の胸を抉《えぐ》るぞ」

「自分の彼女にそんな惨《むご》いことをするなんて、人間じゃない」

「おれは犬でも豚でもねえ。れっきとした人間だよ。上から目線で物を言うんじゃねえよ」

「ちょっと言いすぎた。悪かったよ」

「とにかく、言われた通りにしな。いまから、三十分だけ待ってやらあ」

「脇坂、冷静になれよ。わたしを部屋に入れてくれ。話し合おうじゃないか。もちろん、丸腰で三〇三号室に入る」

「そっちの魂胆《こんたん》は見え見えだぜ。おれを説得する振りをして、組み伏せる気なんだろうが！」

「少し若杉さんと話をさせてくれないか」

「また、返事をはぐらかしやがって。てめえ、おれを小僧っ子と思ってやがるんだなっ」

「そんなことはない。人質の声がまったく聞こえないんで、安否《あんぴ》が気がかりなんだ」

藤代が言った。

「まだ刺し殺しちゃいねえよ」

「ほんとなんだな？」

「疑り深い野郎だ」

脇坂がせせら笑った。数秒後、部屋の主が悲鳴を放った。

「人質に何をしたんだ⁉」

「おっぱいの裾野に庖丁の刃先を押しつけただけだよ」

「宗太の要求通りにして。そうしてください。わたし、殺されたくないんです」

美咲の声がした。切迫《せっぱく》した声だった。

交渉の仕方が稚拙《ちせつ》だ。五味はそう感じたが、差し出がましい発言は控えた。

鴨下刑事も、藤代のやり方には疑問を感じている様子だった。しかし、刑事課の担当事案《じあん》である。口出しはしにくいのだろう。

「必ず救出しますよ、あなたを」

藤代が人質に言った。

「どうやって、わたしを救《たす》けてくれるの？　宗太はわたしの片腕をむんずと摑んで、庖丁を突きつけてるのよ。警察の人たちが強行突破したら、きっと宗太はわたしを刺すわ」

「そんなことはさせません」

「させませんと言っても、救出の手段があるわけじゃないんでしょ？」

「なくはありませんよ」

「いい加減にして！　あんたたちは国民の税金で食べさせてもらってるんでしょ！　だったら、市民の命ぐらいしっかり護《まも》りなさいよ。そんなふうだから、警察は世間から信用されないんだわ。架空の捜査協力費で裏金を作ってるし、危《ヤバ》いことをして懲戒免職になった悪徳警官が毎年十数人もいるんでしょ？」

「全国に約二十九万七千人の警察官がいるんです。中には、そういう不心得者もいますよ。しかし、そういう奴はごく一部です。大部分の者は命懸《が》けで、社会の治安を保《たも》つ努力をしてるんです」

「だったら、わたしを無傷で保護してちょうだい」

「もちろん、そうするつもりです」

「頼りない男ね」

「脇坂、女性を人質に取るなんて、卑怯だとは思わないのか？」

「寝ぼけたことを言ってんじゃねえ。時間稼ぎをする気なら、美咲を血塗《まみ》れにしちまうぞ」

「一緒に暮らしてた女性を怯《おび》えさせるなんて、男じゃない。最低だぞ」

「この女には、もう飽《あ》きたんだよ。うぜえことばっかり言うようになったんでな。そろそろ別れてもいいと思ってたんだ」

「宗太、本気で言ってるの⁉　さっきは、わたしと別れたくないと言ってたじゃない？」

「とりあえず、そう言っとけば、おまえがおとなしくなると思ったんだよ」

「そうだったの。やっぱり、あんたはろくでなしだわ。人間のクズよ」

「なんだとーっ」

「や、やめて！」

美咲が逃げ惑《まど》う物音がした。すぐに床が鳴った。脇坂が人質を蹴飛《けと》ばしたらしい。美咲の泣き声が聞こえてきた。

「課長と相談して、本庁の『SIT』に支援してもらったほうがいいんじゃないか」

鴨下刑事がとうとう焦《じ》れたようで、藤代に提案した。

「みすみす『SIT』に手柄を譲《ゆず》ることには、なんか抵抗がありますね」

「刑事課だけで事件を処理できる自信があるのか？」

「全力を尽くします」

「藤代、ちゃんと質問に答えろ。自信があるのかと訊いてるんだっ」

「残念ながら、百パーセントの自信はありません」

「それだったら、本庁《ス》の力を借りるほかないだろうが？」

「生安課のみんなに助けてもらえば、野方署《うち》の刑事課で人質を確保し、脇坂を逮捕できると思います」

「思うじゃ、困るんだよ」

「『SIT』だって、百パーセント人質を救出できるってわけじゃないでしょ？」

「それは屁理屈《へりくつ》だな」

五味は会話に割り込んだ。藤代がわずかに眉根《まゆね》を寄せた。

「まだ休暇中なんで口を挟む気はなかったんだが、これ以上、脇坂を刺激したら、悪い結果を招《まね》くだろう」

「鴨下さんが言ったように『SIT』に出動要請をすべきでしょうか？」

「そのほうがベターだろうね、人質のことを考えたら」

「しかし、桜田門の捜一《そういち》においしいとこ取りをさせるのは癪《しゃく》だな」

「そんなことを言ってる場合じゃないだろうが！　早く上司に相談して、『SIT』のメンバーに来てもらえ」

鴨下が藤代を叱りつけた。藤代がたじろぎ、あたふたと階段を駆け降りていった。

「部外者が余計なことを言ってしまったな」

五味は禿《は》げた頭に手をやった。

「いいえ。五味さんが言ってくれたんで、わたしも藤代に強く言えたんですよ。所轄では刑事課が花形セクションですから、ちょっぴり遠慮はあったんですがね。でも、このまま膠着《こうちゃく》状態が長くつづいたら、人質救出が難しくなりますでしょ？」

「だろうね」

「五味さん、脇坂はどうして山崎に唐木努を痛めつけさせたんでしょうか？　金を返してもらえなかったという理由で、そこまでやりますかね。ひょっとしたら、六年前の事件のことで、脇坂と唐木は何かトラブってたのかもしれないな」

鴨下が言った。五味は、どきりとした。

「どう思われます？」

「そうなんだろうか。そのあたりのことがよく見えないんだ」

「そうですか」

鴨下が口を結んだ。

五味は、ひとまず安堵《あんど》した。やはり、心情的には唐木を庇《かば》ってやりたい。

『SIT』の隊員たちが現場に駆けつけたのは小一《こ》時間後だった。

およそ二十人の隊員は『荻窪コーポラス』の周辺を完璧《かんぺき》に固めた。ワンルームマンションの真裏の民家の屋根に上がった隊員たちは、三〇三号室のベランダに音もなく移った。

別のメンバーが脇坂を玄関に誘《おび》き寄せた。その隙《すき》に、ベランダから特殊隊員たちが室内に突入した。玄関ドアは抉《こじ》あけられた。

前後を挟まれてしまった脇坂は観念した。部屋の主は無事に保護された。みごとなチームプレイだった。

五味はそこまで見届け、自分のカローラに乗り込んだ。高円寺のパチンコ店に向かう。脇坂が全面自供する前にやっておきたいことがあったからだ。

十分そこそこで、目的の店に着いた。

五味はマイカーを駐車場に置き、店のホールに足を踏み入れた。店長の茂原路夫は、じきに見つかった。六年前よりも、だいぶ老けている。競馬の借金が残っていて、生活に苦労しているのか。

「わたしのことは忘れてないね？」

五味は、茂原店長の耳許《みみもと》で囁《ささや》いた。

「刑事さんでしょ？」

「ちょっと訊きたいことがあるんだ。店内では客の耳もあるから……」

「どうぞこちらに」

茂原が室内に立った。導《みちび》かれたのは、奥にある事務室だった。人の姿は見当たらない。事務机とソファセットが置かれている。

二人はコーヒーテーブルを挟んで向かい合った。

「六年前の事件のことなんだが、実際の被害額は六百万円だったんじゃないのか？」

「えっ⁉」

「事件後、唐木努に頼まれて、最初の証言を変え、強奪されたのは五百万だったと訂正した。裏取引の謝礼は五十万程度だったんだろうな。あんたはそのうちの五万か十万を景品交換所で働いていた大串直子に握らせ、被害額を五百万円だったと言わせた。そうなんじゃないのか？」

「………」

茂原は目を大きく見開いたまま、口の中で何か呟《つぶや》いた。その言葉は聞き取れなかった。

「ギャンブル資金が欲しかったのかな。そうだとしたら、ほとぼりが冷めてから、唐木から強奪金の半分ぐらい毟《むし》り取る気だったんだろう？」

「わたしは、そんなに欲深じゃありません。唐木努の人柄が気に入ったんです。事件があった翌日の晩、彼は店の横の暗がりでわたしを待ってたんですよ。そして、共犯者の目を盗んで先に百万円をくすねたことを打ち明けたんです」

「やっぱり、そうだったか」

五味は複雑な気持ちになった。自分の推測が間違っていなかったことは、刑事として面目は保てた。しかし、唐木の隣人愛のことを考えると、なんとも辛い気持ちになった。

「初めは、ふざけた野郎だと思いましたよ。よく話を聞いたら、唐木の生《お》い立《た》ちが気の毒になってね。それから、米田のおばあちゃんを家族のように大切にしたくなる寂しさも理解できたんですよ。刑事さんはご存じないかもしれませんけど、店のオーナーは米田のおばあちゃんを安い賃金で扱《こ》き使ってたくせに、持病が悪化すると、無情にも解雇したんです。オーナーは相当な資産がありながら、すごくケチなんです。店長のわたしの年収さえ四百万に届かないんですよ」

「それは安すぎるな」

「わたしは二十代の半《なか》ばから、この店で働いてきたんです。店長になったのは四十歳のときでしたが、それからは少しでも売上がアップするよう努力してきました。しかし、オーナーは従業員を安く使うことだけしか考えてない」

「唐木君は米田房子の人工関節の手術費を工面したくて、犯行に及んだんだね？」

「ええ、そう言っていました。しかし、強奪金の中から手術費と入院費を払ったと米田のおばあちゃんに知られたら、すごく悲しむだろうし、本人も軽蔑されると思ったみたいですね。彼にとっては、米田のおばあちゃんが唯一の〝家族〟なんでしょう。おばあちゃんに嫌われることをとても恐れてました」

「それほど唐木君は、子供のころから家族の愛情に飢えてたんだろう。実の祖母が亡くなってからは支《ささ》えがなくなったような気持ちになって、とても不安だったんだろうな」

「そんな時期に彼は米田のおばあちゃんと定食屋で偶然に一緒になったことで仲よくなったようです。もともと二人は顔見知りでしたんで、米田のおばあちゃんは唐木を自分のアパートに呼ぶようになったんでしょう。家庭の温《ぬく》もりを求めてた彼は、おばあちゃんと過ごすことで心の渇《かわ》きが癒《いや》されてたんだと思うな」

「そうなんだろうね」

「米田のおばあちゃんも人恋しかったんでしょう。だから、唐木を孫のようにかわいがったんだろうな。生きにくい時代ですから、孤独な他人同士が疑似家族を演じたくなる気持ちはわかりますよ。ただ、唐木はまだガキですね」

茂原が言って、頬を緩《ゆる》めた。

「まだガキ？」

「ええ、そうです。彼が米田のおばあちゃんの手術代と入院費に回した金も、うちの店の景品交換所から盗んだ金なわけでしょ？　真っ当な稼ぎじゃないんだから、汚れた金になりますよね。だったら、共犯の脇坂と山分けした金で米田のおばあちゃんの手術代を払っても同じでしょ？」

「ま、そうだね」

「彼の犯行動機を聞いて、反射的に偽証してやると言っちゃったんですが、よく考えてみたら、理解できない部分もあったんです。米田のおばあちゃんの手術代は、汚れた金に変わりがないのに、唐木はこっそりくすねた百万円の中から費用を払ってやりたいんだと何遍《なんべん》も言ってたんです。つい意気に感じて、大串さんにも被害額は五百万円だったと最初の証言を変えさせたんだけど、唐木の言ったことはどこか矛盾してませんか？」

「脇坂の目を盗んで先にくすねた百万円も犯罪絡《がら》みの金だから、ダーティーマネーだ。あんたが言ったように、ひとりよがりの論理ってことになるね。そのもっともらしい言い分は店長のあんたや大串直子に協力してほしくて苦し紛《まぎ》れに考えたことなんだと思うな」

「頭が悪いせいか、どうも話が呑《の》み込めません」

「わたしの説明がまずかったんだ。おそらく唐木君は、自分がいずれ逮捕されることを想定してたんだろう。そうなれば、当然、警察に強奪金の遣《つか》い道を厳しく追及される。わたしが彼を押さえたとき、わずか十数万円しか手をつけてなかった。脇坂と山分けした二百五十万円の中から米田房子の人工関節手術の費用と入院費を五十万円近く払ったら、遣い道を吐かざるを得なくなるじゃないか」

「あっ、なるほど！　彼は米田のおばあちゃんに一切《いっさい》迷惑をかけないで、手術を受けさせてやりたかったんですね？」

「多分、そうだったんだろうね。自分がまともに稼いだ金を手術代に回してやることがベストだったんだが、それはできなかった。それで唐木君は脇坂とつるんで、パチンコ景品交換所に押し入った。そして、自分が捕まることを想定してたんで、密かに先に百万円だけ盗んだにちがいない」

「さすがだな、刑事さんは。唐木は米田のおばあちゃんが杖《つえ》なしで歩行できるようになったのを見届けて、刑務所に行ったんですね」

「そうなんだろう。確認しておきたいんだが、あんたと大串直子は唐木君から口止め料の類《たぐい》は貰ってないんだね？」

「そんな金は、一円だって貰っちゃいませんよ。わたしは唐木の話を聞いて積極的に協力する気になったんで、大串さんに偽の証言をしてくれるよう頼んだんです。彼女も、ケチなオーナーにはいろいろ不満があったらしく、二つ返事でオーケーしてくれましたよ」

「そうだったのか」

「われわれ二人の偽証でオーナーに背任行為を働いたってことになるんでしたら、わたしだけを罰してください。大串さんは、わたしに偽証を強《し》いられたってことにして……」

「わたしは職務で六年前の事件を再捜査してるわけじゃないんだ。唐木君が金属バットで殴打された事件に個人的な関心を持ったんで、ちょっと調べてみただけなんだよ。いまは休暇中なんだ。だから、所轄署に告げ口する気なんかない。手間を取らせたね」

五味は茂原に言って、店の駐車場に回った。

カローラに乗り込み、『杉並整形外科医院』に急ぐ。五味は外科病院の二階に上がり、入院中の唐木を休憩室に連れ出した。並んで腰かけると、先に声を発した。

「きみを金属バットで殴打した犯人は山崎数馬という名で、脇坂の遊び仲間だった。山崎は脇坂に頼まれて、きみを襲ったことを認めたよ」

「えっ」

「きみは昔の事件のとき、共犯者の目を盗んで百万円をこっそりくすねた。その金で、米田房子の人工関節手術の費用と入院費を払ってやった。脇坂は共犯者の裏切り行為のことをネタにして、五十万円を毟《むし》り取る気になった。しかし、きみは取り合わなかった。だから、脇坂はきみをビビらせるつもりで山崎を動かした。ここに来る前に茂原路夫に会ってきたんだ。きみの話に胸を打たれた店長は、店の被害額を六百万円ではなく、五百万円だったと嘘の証言をしたと認めたよ」

「そうですか」

唐木がうなだれた。

「手術費を含む治療費は確か五十万円弱だったね。残りの金は、米田房子に上げたのかな？」

「そうです。生活費の足しにでもしてくれと言って、渡してやったんですよ。おばあちゃんは両手でぼくの手を握りしめて、涙声で何度も礼を言いました」

「そうか。脇坂は同棲相手を人質に取って、しばらく『荻窪コーポラス』の三〇三号室に立て籠ってたんだが、三、四十分前に現行犯逮捕された。野方署で彼は、山崎にきみを襲撃させたことを自白《ウタ》うかもしれない」

「そうなったら、ぼくが脇坂の目を掠《かす》めて百万円の束をこっそり盗んだことも……」

「発覚するだろうな。脇坂が全面自供する前にきみが先に自首すれば、おそらく罪は軽減されるだろう。ただし、こっそりくすねた百万円を米田房子の治療費と生活費に回したことを明かす必要はあるだろうがね」

「それはできません。米田のおばあちゃんをがっかりさせたくないんです。百万円は逃亡中にぼくが遣《つか》ったことにします」

「まだ仮出所の身なんだから、実刑は免れないぞ」

「それでもかまいません。米田のおばあちゃんは、ぼくが汗水垂らした金で手術費用を払ったと信じてるんです。おばあちゃんを失望させたら、寿命を縮めることになるかもしれません」

「きみは生き方が無器用だな。しかし、いい奴だね。実刑判決が下《くだ》っても、一年数カ月の服役で済むだろう。仮出所する日までには、きみの塒《ねぐら》と働き口は決めといてやる。次は自分のために生き直してほしいな」

五味は正面を向いたままで言い、すっくと立ち上がった。

背後で唐木が一礼する気配が伝わってきた。五味は振り向かなかった。階段の降り口に歩《ほ》を進める。

殴打事件の裏を探《さぐ》ったことはよかったのだろうか。唐木に人生の辛酸《しんさん》を舐《な》めさせる結果になったことが哀《かな》しい。

だが、まだ救いはある。きっと唐木は生き直してくれるにちがいない。

五味は確信を深め、階段を降りはじめた。

二〇一五年十二月　祥伝社文庫刊
（『刑事稼業　包囲網』より改題）
再文庫化に際し大幅に加筆をしました。

本作品はフィクションであり、登場する人物および団体名は、実在するものといっさい関係ありません。

実業之日本社文庫　最新刊

花房観音
京都伏見　恋文の宿
秘密の願い、叶えます――。幕末の京都伏見、一通の手紙で思いを届ける「懸想文売り」のもとを訪れる人々の人間模様を描く時代小説。（解説・桂米紫）
は29

平谷美樹
国萌ゆる　小説　原敬
南部藩士の子に生まれ、明治維新後、新しい国造りを志した原健次郎が総理の座に就くまでには大きな壁が。〈平民宰相〉と呼ばれた政治家の生涯を描く大河巨編。

ひ54

南　英男
刑事図鑑
殺人犯捜査を手掛ける刑事・加門昌也。赤坂の画廊の女性社長絞殺事件を担当するが…捜査一課、二課、生活安全部、組対など凶悪犯罪と対峙する刑事の闘い！

み738

睦月影郎
美人探偵　淫ら事件簿
作家志望の利々子は、ある事件をきっかけに恩師とともに探偵事務所を立ち上げ、調査を開始。女子大生や人妻が絡んだ事件を淫らに解決するミステリー官能！

む221

吉田雄亮
大奥お猫番
伊賀忍者の御書司・服部勇蔵。大奥で飼われている猫にかかわる揉め事を落着する〈お猫番〉に任じられるやいなや、側室選びの権力争いに巻き込まれて――。

よ512

実業之日本社文庫　好評既刊

南英男
謀殺遊戯　警視庁極秘指令

元エリート官僚とキャバクラ嬢が乗った車が激突して二人は即死。しかし、この事故には不自然な点が。極秘捜査班が調査に乗り出すと――怒濤のサスペンス！

み7 18

南英男
偽装連鎖　警視庁極秘指令

元IT社長が巣鴨の路上で殺された事件で、タレントの恋人に預けていた隠し金五億円が消えていたことが判明。社長を殺し、金を奪ったのは一体誰なのか!?

み7 19

南英男
罠の女　警視庁極秘指令

熱血検事が少女買春の疑いをかけられ停職中に金属バットで撲殺された。極秘捜査班の剣持直樹は、検事を罠にかけた女、自称〈リカ〉の行方を探るが――!?

み7 20

南英男
裁き屋稼業

卑劣な手で甘い汁を吸う悪党たちに闇の裁きでリベンジせよ！　落ち目の俳優とゴーストライターのコンビは脅迫事件の調査を始めるが、思わぬ罠が……。

み7 21

南英男
虐殺　裁き屋稼業

内部告発者の死、そしてさらなる犠牲者が――悪辣企業の密謀を暴き出せ！　不正の真相をめぐり闇の探偵コンビが格闘する、傑作クライムサスペンス！

み7 22

実業之日本社文庫　好評既刊

南 英男
禁断捜査
報道記者殺人事件を追え——警視庁捜査一課長直属の特務捜査員として、凶悪犯罪を単独で捜査する村瀬翔平。アウトロー刑事があぶりだす迷宮の真相とは!?
み 7 28

南 英男
毒蜜　冷血同盟
窃盗症のため万引きを繰り返していた社長令嬢を恐喝し、巨額な金を要求する男の裏に犯罪集団の異常な野望が!?　裏社会の始末屋・多門剛は黒幕を追うが——。
み 7 29

南 英男
潜伏犯　捜査前線
三年前の凶悪事件捜査から浮かびあがる夫の事故死の真相とは!?　町田署刑事課のシングルマザー刑事・保科志帆の挑戦。警察ハード・サスペンス新シリーズ開幕!
み 7 30

南 英男
異常手口　捜査前線
猟奇殺人犯の正体は!?——警視庁町田署の女刑事・保科志帆は相棒になった元マル暴の有働力哉の強引な捜査に翻弄されて…。傑作警察ハードサスペンス。
み 7 31

南 英男
夜の罠　捜査前線
殺したのは俺じゃない!——元マル暴で警視庁捜査一課警部補の有働力哉が目覚めると、隣には女の全裸死体が。殺人容疑者となった有働に罠を掛けた黒幕は!?
み 7 32

実業之日本社文庫　好評既刊

南 英男　策略者　捜査前線

おまえを殺った奴は、おれが必ず取っ捕まえる！　歌舞伎町スナック店長殺しの裏に謎の女が―？　亡き親友に誓う弔い捜査！　警察ハード・サスペンス！

み７33

南 英男　警視庁潜行捜査班シャドー

殺人以外の違法捜査が黙認されている非合法の特殊チーム「シャドー」。監察官殺しの黒幕を突き止めるべくメンバーが始動するが……傑作警察サスペンス！

み７34

南 英男　断罪犯　警視庁潜行捜査班シャドー

非合法捜査チーム「シャドー」の面々を嘲笑う〝断罪人〟からの謎の犯行声明！　美人検事殺害に続く標的は誰？　緊迫の傑作警察ハード・サスペンス長編!!

み７35

南 英男　雇われ刑事

元警視庁捜査一課刑事で赤坂のバーのマスターを務める津坂は、警視庁監察の係長殺人事件の隠れ捜査を依頼されるが、怪しい悪徳警官には強固なアリバイが…。

み７36

南 英男　密告者　雇われ刑事

スクープ雑誌の記者が殺された事件で、隠れ捜査を依頼された津坂達也。日本中の不動産を買い漁る中国人富裕層を罠に嵌める裏ビジネスの動きを察知するが…。

み７37

実業之日本社文庫 み 7 38

刑事図鑑《けいじずかん》

2024年12月15日　初版第1刷発行

著　者　南英男《みなみひでお》

発行者　岩野裕一
発行所　株式会社実業之日本社
〒107-0062　東京都港区南青山6-6-22 emergence 2
電話［編集］03(6809)0473［販売］03(6809)0495
ホームページ　https://www.j-n.co.jp/
ＤＴＰ　株式会社千秋社
印刷所　中央精版印刷株式会社
製本所　中央精版印刷株式会社

フォーマットデザイン　鈴木正道（Suzuki Design）

ISBN978-4-408-55925-4（第二文芸）